Amanda Grange compte parmi les auteurs de romance les plus réputés en Grande-Bretagne. Elle affectionne particulièrement les œuvres de Jane Austen et de Georgette Heyer, et aime s'inspirer d'événements historiques tels que le naufrage du *Titanic* pour élaborer ses romans. Elle vit dans le Cheshire, en Angleterre.

Du même auteur, chez Milady :

Le Journal de Mr Darcy
Le Journal du colonel Brandon
Le Journal de Mr Knightley
Le Journal du capitaine Wentworth

Amanda Grange

Le Journal du capitaine Wentworth

Traduit de l'anglais (Grande-Bretagne) par Claire Allouch

Milady Romance

Milady est un label des éditions Bragelonne

Titre original : *Captain Wentworth's Diary*

Originellement publié en Grande-Bretagne en 2007
par Robert Hale Limited London.

ISBN : 978-2-8112-1086-1

Bragelonne – Milady
60-62, rue d'Hauteville – 75010 Paris

E-mail : info@milady.fr
Site Internet : www.milady.fr

1806

Juin

Jeudi 5 juin

Me voici enfin en route vers le Somerset !

Harville et moi avons voyagé depuis la côte ensemble, nous étonnant de voir le vert des champs autour de nous, au lieu du bleu de la mer. Si l'on excepte l'alarmante tendance du sol à rester immobile sous nos roues plutôt qu'à rouler et tanguer comme tout élément qui se respecte, notre trajet a été assez confortable, et nous avons réussi à faire passer le temps en régalant deux gouvernantes, les sœurs Brown, du récit de nos aventures en mer. Ou plus exactement, je les ai régalées, car Harville n'a pas dit grand-chose, et c'est à moi qu'il est revenu de les surprendre par le compte-rendu des dangers que nous avions rencontrés dans nos efforts pour les protéger des Français. Je fus récompensé par leurs exclamations horrifiées et leurs remerciements chaleureux.

Lorsqu'elles eurent quitté la diligence, je secouai Harville, lui faisant remarquer qu'il était idiot d'échanger les sourires de toutes les femmes du pays contre le joug d'une seule, et lui demandant si l'aînée des sœurs Brown n'était pas la plus belle jeune fille qu'il ait jamais vue. Il convint qu'elle était très jolie, mais pas autant que sa Harriet, et ne se laissa pas convaincre ; il est toujours décidé à solliciter sa main aussitôt qu'il sera arrivé chez lui.

Nous avons trouvé un refuge agréable au *Cow and Calf*, et je suis à présent dans ma chambre, assis près de la fenêtre ouverte, à regarder les champs. Je ne m'étais pas encore accoutumé à la campagne, avec sa riche odeur d'herbes et de fleurs. Cela me paraît curieux, après la senteur salée et puissante de la mer, mais j'y serai vite habitué, je pense, et je suis certain qu'il ne me faudra pas longtemps avant de me délecter des joies de ma permission.

Vendredi 6 juin

Harville et moi avons mangé un bon petit déjeuner, puis nous nous sommes séparés. Il partait pour le Wiltshire, tandis que je me rendais à Monkford. Il a pris la route en premier, à bord de la diligence, et j'ai dû attendre une heure la voiture qui allait m'amener à destination. Elle est arrivée à l'auberge dans la précipitation et ne s'est arrêtée que le temps nécessaire pour changer les chevaux, laisser descendre trois passagers, en faire monter deux de plus – moi-même et un jeune homme qui s'est assis à l'extérieur –, avant de repartir à la même allure effrénée. Je me suis installé à l'intérieur, car j'avais de l'argent, et me suis bientôt retrouvé brinquebalé, à cause de la vitesse de la voiture et du mauvais état de la route, mais comme une très jolie fille de fermier a été projetée dans mes bras, je n'ai pas eu de regrets. Sa mère m'a lancé un regard réprobateur, mais aucun de nous n'a pu s'empêcher de rire quand un nouveau nid-de-poule l'a expédiée à son tour sur mes genoux ! La glace ayant ainsi été brisée, nous avons commencé à converser, et j'ai rapidement découvert qu'elles avaient un cousin dans la Marine. Le temps s'est envolé alors que nous parlions de batailles et de promotions, et j'ai été surpris en m'apercevant qu'il était l'heure pour moi de descendre de voiture.

Je regardai autour de moi pour me repérer, et constatai que j'avais quelque distance à parcourir à pied, mais je fus ravi de cet exercice après être resté si longtemps confiné. Je traversai Uppercross, que j'avais imaginé plus grand d'après la description que mon frère m'en avait faite, et qui n'est en fait qu'un village d'importance moyenne, avec des maisons de fermiers, un manoir entouré de hauts murs, et un presbytère. Je me demandai si mon frère habitait une demeure semblable, et espérai que c'était le cas, car même si elle était de taille modeste, elle avait son propre jardin et sa façade était recouverte de vigne et d'un poirier grimpant.

Enfin, j'entrai dans Monkford, où je suscitai l'attention des deux dames et des trois petits garçons devant lesquels je passai. Ces derniers se mirent à me suivre en file indienne. Je cherchai des yeux la résidence de mon frère et finis par demander mon chemin à un gentleman que je croisai. Il m'indiqua la direction, et peu après, j'arrivai à la grille.

Je détaillai la maison avec intérêt. Elle n'est pas aussi belle que le presbytère d'Uppercross, car elle est beaucoup plus petite et n'a pas de vigne vierge, mais elle a tout de même belle allure, et c'est avec plaisir que je toquai à la porte. Le domestique ouvrit et m'informa que mon frère n'était pas chez lui, car il ne connaissait pas l'heure de mon arrivée, mais que je le trouverais à l'église. Je laissai mes affaires dans le hall et partis à sa recherche.

L'église n'est pas grande, mais elle est bien entretenue, ce qui est tout à l'honneur des paroissiens. Alors que j'entrais, Edward m'aperçut et m'accueillit avec chaleur. Il finit le travail qu'il avait commencé, puis nous quittâmes le bâtiment ensemble.

Alors que nous retournions chez lui par la route poussiéreuse, je lui fis part des nouvelles, des vaisseaux sur lesquels j'avais navigué et des capitaines sous les ordres desquels j'avais servi ; de la bataille de Saint-Domingue et de ma promotion au grade de commandant. En retour, j'écoutai le récit de ses sermons et de ses offices, de ses voisins et de ses ouailles. Je ne pus m'empêcher de rire du contraste.

— Comment ! Le mois dernier, l'un de vos paroissiens a franchi votre mur sans y être invité ? Quelle catastrophe ! Je me demande comment vous avez pu survivre à une telle émotion !

— Alors que vous, vous prenez du bon temps ! rétorqua Edward. Ne sachant jamais où vous vous trouverez dans les prochaines heures, ni même si vous serez encore vivant. Je préfère rester en sécurité dans ma paroisse, avec mon jardin et mes livres, ma maison et mon église, que d'être ballotté sur la mer dans une coquille de noix. Vous avez toujours été le plus aventureux de nous deux, Frederick.

— Et quel mal y a-t-il à cela ? La guerre a rendu possible pour les hommes talentueux et ambitieux de conquérir une place dans le monde, et je compte bien saisir cette occasion de faire fortune. Ah ! les horizons sans fin, aussi bien sur l'eau que sur terre, les batailles, les prises de guerre ! Je serai bientôt riche, et j'ai l'intention de devenir propriétaire avant la fin de ma carrière.

— Et de vous en aller aussitôt installé. Vous ne vous établirez jamais sur la terre ferme, cela vous semblera trop ennuyeux. Je ne peux vous proposer aucune bataille, sauf si vous souhaitez combattre mes paroissiens pour les forcer à écouter mes sermons au lieu de chuchoter des remarques sur les chapeaux des unes et des autres. Et je ne peux vous offrir aucune gloire, mis à part celle d'être nouveau dans le voisinage, et d'être observé et commenté comme un taureau à la foire.

— Cela me suffira. J'ai eu mon content de batailles pour le moment, et j'aspire au changement. On peut se lasser de la mer comme de toute autre chose, et je ne me battrai que mieux après cet intermède. De plus, j'ai l'intention de m'amuser pendant mon séjour, et de m'adonner à toutes les occupations que l'on ne peut avoir sur un bateau. Je compte me promener à cheval et à pied, afin d'explorer la campagne, et je suis impatient de rencontrer vos voisins. Vous m'avez beaucoup parlé d'eux dans vos lettres et je ne puis attendre de faire leur connaissance ! J'espère qu'il y a de jolies filles dans les environs…

— Je ne saurais vous le dire, je n'y ai jamais prêté attention.

— Allons, allons, même un clergyman remarque un gentil minois !

— Si vous aviez comme moi été harcelé pendant toute une année par chaque demoiselle à marier de la région, de seize à soixante-seize ans, vous ne seriez pas si impatient de susciter leur intérêt. Quand elles ne me proposent pas de s'occuper de la décoration florale de l'église, elles m'apportent des gâteaux, ce qui a le don d'exaspérer ma gouvernante. « Me croient-elles incapable de faire un gâteau ? » me répète-t-elle. C'est tout juste si j'arrive à la dissuader de démissionner. Je dois soigner son ego meurtri au moins une fois par semaine.

— Elles peuvent m'apporter autant de gâteaux qu'elles le désirent, même si je me demande pourquoi elles n'en chargent pas leurs domestiques.

— Elles sont pour la plupart trop pauvres pour employer davantage qu'une bonne à tout faire, si bien que la majorité d'entre elles doit parfois se mettre aux fourneaux, expliqua Edward.

— Et laquelle de vos vieilles filles est la plus jolie, selon vous ?

— Si vous insistez, on dit que Miss Welling est très jolie, et que Miss Elliot est belle. Toutefois, elle est la fille d'un baronnet, et je doute qu'elle ait seulement mis les pieds dans une cuisine une fois dans sa vie. Elle ne vous accordera pas la moindre attention, commandant ou pas. Vous ne serez pas digne de son intérêt.

— Ah oui, je me souviens que vous aviez mentionné les Elliot. C'est sir Walter Elliot qui vous a demandé si vous apparteniez à la branche des Wentworth de Strafford, et vous a tourné le dos en apprenant que ce n'était pas le cas.

— Il ne m'a pas tourné le dos ; il a simplement déclaré qu'il était surpris que les patronymes de la noblesse deviennent si communs, avant de passer à autre chose.

— C'est un peu fort, quand il n'est rien de plus qu'un baronnet. Je n'ai pas envie de fréquenter ce genre d'individus. Ils ne font rien d'utile, mais se donnent des grands airs à cause des hauts faits de leurs ancêtres. Ils appartiennent au passé.

— Alors j'espère que vous le lui direz, afin de ruiner ma réputation dans le voisinage, persifla Edward.

— N'ayez crainte, je n'ai pas entièrement perdu mes manières ni mon bon sens, dans la Marine. Mais je m'accorde le droit de ne pas en penser moins pour autant.

Je lui demandai quand je pourrais avoir l'occasion de voir Miss Elliot, et il m'annonça que nous étions invités demain à une soirée que sir Walter comptait honorer de sa présence.

— Et Miss Elliot a-t-elle de jolies sœurs ?

— Deux. Miss Elliot, c'est-à-dire Elizabeth, est l'aînée, ensuite vient Miss Anne puis Miss Mary, bien que la dernière soit encore une enfant. Elle est en pension.

— Et Miss Welling ? A-t-elle aussi des sœurs ?

— Une plus âgée, qui est mariée, et une plus jeune, qui ne l'est pas.

— Merveilleux ! Quatre jolies jeunes filles à rencontrer. Je crois que je vais passer de bons moments, ici !

Samedi 7 juin

Je me levai à l'aube et me rendis à l'écurie, mais aucun cheval ne retint mon attention, et je décidai de m'en acheter un. Je fis part de mon projet à mon frère, qui me le déconseilla, puisque je repartirai bientôt en mer, mais j'étais déterminé. Je marchai donc jusqu'à Crewkherne après le petit déjeuner dans ce but. Je vis plusieurs bêtes, mais aucune ne me séduisit, et j'allais renoncer lorsque Limming, qui menait les enchères, me parla d'un cheval alezan qui devait être vendu en raison d'importantes pertes que son propriétaire avait subies aux cartes. Il promit de me montrer le cheval lundi, et j'acceptai d'y jeter un coup d'œil.

En rentrant à Monkford, je déjeunai avec mon frère et mentionnai l'animal.

— Et vous pouvez vous le permettre ? demanda-t-il.

— Bien sûr que je le peux. J'ai l'argent de ma prise de guerre. Je pourrais m'en acheter dix comme celui-là.

— Cette dépense ne vous semble-t-elle pas inutile ?

— À quoi sert l'argent, si ce n'est à être dépensé pour se faire plaisir ?

— À donner aux pauvres, rétorqua-t-il en se resservant un verre de vin.

— Cela m'étonnera toujours, que notre mère ait pu donner naissance à deux fils si différents ! Mais pour vous satisfaire, mon cher frère, je verserai une contribution au tronc des pauvres. Êtes-vous satisfait ?

— Pour le moment.

Après le repas, j'explorai la campagne pendant qu'il vaquait à ses devoirs paroissiaux. Nous nous retrouvâmes en fin d'après-midi afin de nous préparer pour la soirée chez l'honorable Mrs Fenning.

— Je vois que vous avez de nouveaux vêtements ? commenta-t-il en me détaillant de la tête aux pieds lorsque je le rejoignis en bas. Non, ne me dites rien : l'argent de la prise de guerre !

— Il ne demande qu'à être ramassé, si un homme a le courage de se battre. Il y a des vaisseaux français qui ne sont là que pour être pris, et dès que j'aurai mon propre navire, j'ai l'intention d'en capturer une bonne dizaine !

— Il vous en faudra, en effet, une jolie quantité si vous continuez à dépenser votre pécule aussi vite que vous le gagnez.

Je ris de lui et de sa prudence et lui donnai une claque dans le dos avant de l'engager à rejoindre la Marine pour parcourir les mers avec moi. Il me répliqua qu'il aimerait que je reste à terre et me fasse homme d'Église. Nous étions les meilleurs amis du monde en nous mettant en route.

La demeure de l'honorable Mrs Fenning était un grand manoir à la lisière de Monkford, pas aussi imposant que celui que j'avais vu à Uppercross, mais tout de même respectable. En entrant, je regardai autour de moi, songeant que je voudrais acheter quelque chose de semblable lorsque j'aurais vaincu quelques navires français supplémentaires. Après avoir été accueillis chaleureusement par Mrs Fenning, mon frère et moi passâmes dans la salle de bal. En parcourant la pièce du regard, je vis qu'elle était déjà assez peuplée.

— Qui sont tous ces gens ? demandai-je à mon frère avant de me reprendre. Non, laissez-moi deviner.

Mes yeux se posèrent sur un bel homme qui pouvait avoir quarante ou quarante-cinq ans. Les cheveux tirés en arrière selon la dernière mode, il était vêtu avec la plus grande élégance.

— Voici certainement sir Walter Elliot. Et le gentleman à son côté est… ?

— Mr Poole, accompagné de sa fille, Miss Poole, expliqua Edward en désignant une demoiselle assez ordinaire, d'un âge indéterminé. Et la jeune fille qui se tient à côté de sir Walter est…

— … sa fille, Elizabeth. Vous aviez raison, mon cher frère, elle est très belle.

Edward, gêné, commença par rire avant de me corriger :

— Ce n'est pas Miss Elliot. Les filles de sir Walter ne sont pas ici ce soir, elles sont souffrantes. Elles se sont fait surprendre par la pluie lors d'un pique-nique et ont attrapé froid. Non, cette personne est Miss Cordingale. Lorsque lady Elliot est morte, nous pensions tous que sir Walter épouserait lady Russell, qui est également veuve, car ils sont amis de longue date, et ont le même âge, mais…

— … sir Walter, comme bien des hommes avant lui, voulait une femme plus jeune. Ainsi va le monde, conclus-je.

Mr Poole s'approcha pour parler à mon frère puis me saluer. Nous échangeâmes quelques politesses à la suite desquelles il me présenta à sir Walter.

Ce dernier me considéra d'un œil critique.

— Votre avancement dans la Marine est tout récent, à ce que l'on m'a dit, déclara-t-il avec hauteur. Je dois vous féliciter…

Je m'apprêtais à dire que ce n'était rien, que j'avais seulement fait ce que tout marin aurait fait en pareilles circonstances, et que j'étais fier de servir ma patrie, quand il ajouta :

— … car vous avez su garder un excellent teint. Votre peau commence à être un peu marquée, bien sûr, mais rien d'irréparable. Elle ne tardera pas à être très abîmée, cependant, car il n'y a rien de pire pour la peau qu'une vie au grand air. Je vous recommande de porter un chapeau, monsieur, ainsi qu'un voile, lorsque vous êtes sous des cieux ensoleillés.

— Merci, monsieur, mais je crois que je vais devoir continuer à m'en passer, car on n'a pas le temps de songer à un voile dans la chaleur de la bataille. Il faut manœuvrer le navire et terrasser l'ennemi.

— Cela en dit long sur les préoccupations des officiers de marine. Avec une silhouette acceptable, l'uniforme n'est pas vilain, mais un teint rougeaud vient tout gâcher.

— Mais pensez à tout ce que fait la Marine pour nous protéger ! s'écria Mr Poole en se tournant vers moi d'un air d'excuse. Sans ces hommes si courageux, cela ferait longtemps que Napoléon nous aurait envahis.

— C'est ce que les journaux voudraient nous faire croire, mais qui les écrit ? Des gentlemen ? Non, il n'y a pas un seul être distingué parmi ces scribouillards, rétorqua sir Walter.

— En effet, convint Mr Poole, frappé par cette idée. Vous avez raison, sir Walter, il n'y en a aucun.

— Croyez-moi, Mr Poole, il faudra plus qu'une horde de Français pour envahir l'Angleterre. Un Anglais vaut dix Français, déclara sir Walter.

— En temps normal, peut-être, mais sous les ordres de Napoléon Bonaparte, qui sait ? Il a l'air décidé à soumettre l'Europe et jusqu'à présent, il y est parvenu. C'est un monstre ! fit remarquer Mr Poole avec courage.

— Comment pourrait-il en être autrement, alors que son père est homme de loi ! rétorqua sir Walter qui ne comptait pas se laisser contredire. On ne pourrait s'attendre qu'il se comporte de façon appropriée. Au contraire, il a été destiné depuis le plus jeune âge à s'opposer à tout ce qui est décent et bon.

Miss Poole hochait la tête et souriait, à côté de sir Walter, dans une flatterie silencieuse, acquiesçant sans un mot à tout ce qu'il disait. Mr Poole sembla sur le point d'émettre une objection, mais se ravisa.

— Néanmoins, il a réussi à se faire couronner empereur, commentai-je.

— N'importe qui en est capable, mais un empereur n'est pas un roi. Il faut des siècles d'éducation pour faire un roi, rétorqua sir Walter.

— Ou un baronnet ! s'exclama Miss Poole avec exaltation.

Sir Walter récompensa cette judicieuse remarque par un sourire royal. Avec une révérence, je continuai mon chemin, heureux de m'éloigner de lui.

Je fus présenté à une multitude d'autres invités, parmi lesquels se trouvaient Mr Shepherd, un homme de loi des environs, et sa fille, Mrs Layne, ainsi que Mr Denton. Puis je pris place, car la musique était sur le point de commencer.

Mrs Fenning avait engagé une harpiste que j'écoutai avec intérêt jusqu'à ce que Miss Welling retienne mon attention en faisant tomber son éventail. Au coup d'œil qu'elle me lança, il me sembla que ce n'était pas entièrement par maladresse, et qu'elle avait au contraire cherché à attirer mon regard. C'était une très jolie jeune fille, comme l'avait dit mon frère, avec de doux cheveux blonds et une silhouette très engageante, et j'étais impatient de lui parler sitôt la musique finie.

Je ne fus pas déçu, car nous eûmes une conversation assez badine avant la fin de la soirée.

Dimanche 8 juin

Tous les notables du voisinage étaient à l'église aujourd'hui, et sir Walter témoignait beaucoup d'attention à Miss Cordingale, au grand chagrin de Miss Poole. Cependant, comme Miss Cordingale rougit de façon charmante lorsque Mr Sidders regarda de son côté, et qu'il est un jeune homme du même âge qu'elle, bien fait de sa personne et très riche, je crains que sir Walter ne doive chercher une épouse ailleurs.

Peut-être Miss Poole n'a-t-elle pas perdu toutes ses chances de le conquérir !

Je vis de jolies filles de fermiers dans l'église, et trois demoiselles dont les sourires égayèrent ma matinée lorsqu'on me les présenta, après l'office. À ma grande surprise, je m'aperçus que j'appréciais ma permission à terre plus encore que la vie en mer !

Lundi 9 juin

Ce matin, j'ai vu l'alezan, et j'ai été conquis. Le prix exigé était excessif, mais après avoir négocié, je l'achetai pour une somme raisonnable. Mon frère secoua la tête et me demanda ce que je comptais en faire lorsque je reprendrais la mer, mais il dut tout de même reconnaître que c'était un bel animal.

Ce soir nous assistâmes à un bal privé chez Mr et Mrs Durbeville, un couple à la lignée et à la fortune irréprochables, selon mon frère. Je les trouvai agréables, et pas le moins du monde prétentieux, car ils m'accueillirent avec chaleur, espérant que je prendrais plaisir au bal.

Je reconnus un grand nombre de gens en entrant. Je vis les Poole, puis mes yeux se posèrent sur Miss Denton, l'une des jolies jeunes filles que j'avais rencontrées devant l'église, et que je conduisis sur la piste de danse. Danser avec elle était si délicieux que je l'invitai une seconde fois plus tard dans la soirée.

Elle rougit de façon charmante et répondit qu'elle acceptait avec plaisir.

Ensuite, je dansai un menuet avec Miss Welling, qui badina de manière fort agréable, mais hélas, les filles de fermiers n'étaient pas là et je dus me contenter de Mrs Layne comme cavalière. Elle m'abreuva de récits sur ses enfants, et je crois avoir réussi à prendre un air intéressé pendant la longue énumération de leurs innombrables vertus. Quand la danse prit fin, je me retrouvai de nouveau avec mon frère à une extrémité de la pièce.

Rapidement, mon œil fut attiré par sir Walter Elliot, qui venait d'arriver et se tenait près de Mr Poole, à l'autre bout de la salle. Il était admirablement vêtu une fois de plus, avec des habits qui tombaient à merveille et un beau visage pomponné et soigné par son valet. Il était accompagné d'une jolie demoiselle, et j'interrogeai mon frère :

— Est-ce une autre soupirante de sir Walter ?

— Non, il s'agit de sa fille, Miss Elliot.

Je compris la réputation qui la précédait. Son visage comme sa silhouette étaient avantageux, et quelque chose dans son maintien montrait qu'elle connaissait son rang dans le monde. Séduit, je commençai à traverser la pièce, décidé à demander à Mr Poole de nous présenter. Toutefois, en me rapprochant, je l'entendis parler à sa dame de compagnie – une malheureuse créature mal fagotée – avec le plus grand dédain. Son père l'encourageait dans cette conduite, et cela me dégoûta si bien d'eux que, changeant imperceptiblement le cours de mes pas, je me dirigeai plutôt vers la dame de compagnie. Une danse allait commencer, et je lui demandai :

— Me ferez-vous l'honneur d'être ma cavalière ?

Sir Walter me dévisagea comme si je venais de confirmer ses pires craintes concernant ceux qui n'avaient pas le rang de baronnet, et sa fille n'était pas plus heureuse. La dame de compagnie sursauta, rosit un peu, lança un regard hésitant à Miss Elliot, puis, avec un timide « merci », prit mon bras.

Je remarquai plus d'un œil étonné alors que je la conduisais sur la piste.

— Vous n'auriez pas dû m'inviter, me dit-elle doucement alors que nous prenions place parmi les couples. Nous n'avons pas encore été présentés.

— Dans ce cas, pourquoi avez-vous accepté ?

Elle s'empourpra, et je me dis que même si elle n'avait pas la remarquable beauté de Miss Elliot, elle était fort jolie, avec ses traits délicats et ses yeux sombres.

— Je ne le sais pas moi-même, si ce n'est que j'ai si peu d'occasions de danser que je ne peux me permettre d'en décliner une.

Je me serais senti désolé pour elle, si une étincelle dans son regard ne m'avait montré que ses mots, bien que sans doute vrais, étaient prononcés avec espièglerie. J'étais de plus en plus heureux de l'avoir choisie comme partenaire.

— Vous ne devriez pas laisser votre maîtresse vous dicter sa loi. Même une dame de compagnie a le droit de s'amuser de temps en temps, déclarai-je comme nous commencions à danser.

Elle écarquilla les yeux avant de me demander :

— Qu'est-ce qui vous fait penser que je suis la dame de compagnie de Miss Elliot ?

— Je ne suis pas resté si longtemps en mer que j'aie oublié comment reconnaître une différence de rang. C'est évident, même pour un œil aussi peu exercé que le mien. Votre robe, même si elle est bien coupée, n'est pas aussi élégante que celle de Miss Elliot. Vous n'exprimez pas la même confiance, la même allure supérieure, et elle vous parle comme à une inférieure. Son père la soutient dans cette attitude, et l'encourage à vous mépriser. Et puis il y a le fait que, lorsque nous sommes venus sur la piste, vous n'avez pas été reçue avec la même déférence qui lui est témoignée, et même, les gens semblaient surpris que vous ayez été choisie. Vous avez aussi un tempérament timide et réservé, approprié à votre position. Mais n'ayez crainte, ajoutai-je gentiment, vous êtes sans aucun doute plus intéressante que la belle Miss Elliot, bien qu'elle soit fille de baronnet. Et maintenant, ne parlons plus de Miss Elliot, car je préférerais m'entretenir de vous. Vivez-vous depuis longtemps ici ?

— Depuis toujours, répondit-elle d'un ton grave.

— C'est une bénédiction. Au moins, vous n'avez pas été séparée de vos amis et de votre famille, en embrassant le destin de votre classe. Vos parents sont heureux de vous voir si bien établie, j'imagine ?

— Ma mère est morte, expliqua-t-elle après un court silence.

Je me maudis pour mes mauvaises manières.

— Pardonnez-moi. Je suis resté longtemps en mer, et j'ai oublié comment me conduire en société. Je nous ai crus plus intimes que nous ne le sommes en réalité, mais je vous supplie de me faire confiance quand je vous dis que je ne voulais pas vous heurter. Aimez-vous les bals ? demandai-je, pensant que ce serait un thème plus sûr.

— Oui, beaucoup. Mais vous n'avez pas besoin de changer de sujet, ni de vous inquiéter : vous ne m'avez pas blessée. Ma mère est morte depuis cinq ans ; elle me manque, mais j'ai appris à vivre avec cette douleur.

J'étais soulagé, car je n'aurais pas voulu causer de la peine à cette créature si délicate.

— Et votre père, est-il toujours vivant ? repris-je, espérant que c'était le cas, et qu'elle ne connaissait pas la dure vie des orphelins.

— Oui.

— C'est une bénédiction. Il est heureux que vous viviez à Kellynch Hall, je suppose ?

— Absolument. Il estime que c'est la plus belle maison de tout le voisinage.

— Et il apprécie les Elliot ? Il partage les opinions et les croyances de sir Walter Elliot ?

— Je crois pouvoir dire sans me tromper qu'ils sont d'accord en tout point.

Pauvre fille, pensai-je, si son père ressemble à sir Walter, mais je me gardai de le dire. Je préférai lui demander de m'entretenir de mes nouveaux voisins, afin de la mettre à l'aise.

— La demoiselle sur votre gauche est Miss Scott, m'apprit-elle en me montrant une vieille fille timide. Un rien l'effraie, et il vaut mieux éviter de lui parler de la guerre, car elle vit dans la crainte que les Français n'envahissent l'Angleterre. Sa sœur lui envoie chaque mois des journaux qui l'informent d'une nouvelle menace, et je crois qu'elle ne sera pas tranquille tant que la paix n'aura pas été signée. En face d'elle se trouve Mr Denton ; il habite Harton House. À côté de lui, vous pouvez voir Mrs Musgrove, et derrière elle, Miss Neville.

La danse prit fin bien trop vite à mon goût. Ma cavalière avait une grâce surprenante, que je trouvais charmante, et mes attentions lui avaient fait perdre son air misérable. À la fin du morceau, elle avait les yeux brillants et les joues roses ; elle semblait s'épanouir. Je la reconduisis et la laissai, à regret, avec une Miss Elliot contrariée, avant de rejoindre Edward.

— Alors, que pensez-vous de Miss Anne ? me demanda-t-il.

Je le regardai d'un air interrogateur.

— Miss Anne Elliot, précisa-t-il.

— Je ne l'ai pas vue. Je supposais qu'elle était toujours à la maison, avec un rhume. Il faut que vous me la montriez, bien que, si elle ressemble à son père et à sa sœur, je n'aie pas envie de la rencontrer. Elle sera, sans aucun doute, fière et désagréable, imbue de sa beauté et de son importance, et pleine de mépris pour les autres.

— Mais vous venez de danser avec elle !

J'étais abasourdi.

— Quoi ?!

Je contemplai Miss Anne, de l'autre côté de la pièce. Le hasard voulut qu'elle se tourne vers moi à cet instant, et nos regards se croisèrent. En me voyant, elle sourit et se détourna.

— Ainsi, voilà Miss Anne ! m'écriai-je alors que notre conversation m'apparaissait sous un jour différent.

Je ne pus m'empêcher de rire.

— Je commence à apprécier ma permission.

— J'espère que vous n'avez pas l'intention de lui conter fleurette, me rabroua mon frère. Elle est très jeune : seulement dix-neuf ans, et ne pourrait convenir à un homme de votre âge et de votre expérience.

— Vraiment, vous croyez ? Je crois, au contraire, qu'elle me conviendrait très bien. Elle vient de m'attaquer une première fois par le flanc, et je la pense capable de revenir à l'assaut.

Mon frère me regarda d'un air sceptique mais, avec une claque dans le dos, je lui conseillai de ne pas s'inquiéter, l'assurant que je n'avais pas l'intention de faire du mal à la demoiselle, mais qu'un badinage léger m'aiderait à passer le temps avant de reprendre la mer.

Je suis impatient. En outre, je crois que cela lui permettra de recevoir une attention dont elle a bien besoin. Rien ne vaut d'être remarquée par un beau parti pour faire monter une jeune fille dans l'estime de ses amis.

Mercredi 11 juin

N'ayant rien de mieux à faire, j'acceptai la proposition de mon frère de l'accompagner ce matin au village afin qu'il s'acquitte de ses fonctions. Pendant qu'il me désignait la maison de chacun des membres de sa congrégation, et me présentait à ceux qui étaient à la fenêtre ou dans le jardin – c'est-à-dire tous, me sembla-t-il – je me surpris à espérer apercevoir Miss Anne Elliot. Malheureusement, je n'eus droit à rien de mieux que de croiser sir Walter et Miss Elliot dans leur voiture, qui roula dans une flaque, éclaboussant mes bottes au passage. Cela fit rire Edward, mais je ne trouvai pas cela amusant, car n'ayant pas de domestique, je dus les cirer moi-même une fois rentré chez lui.

Cet après-midi, après avoir redonné du lustre à mes bottes, je me suis promené à cheval dans la campagne. La vue d'une fille d'étable aux joues roses, chargée de deux pots de lait sur un porte-seaux, vint me ragaillardir. Je l'aidai à se débarrasser de son fardeau afin qu'elle puisse se désaltérer au puits, et en fus récompensé par un baiser et un sourire.

Je commençais à trouver la vie à la campagne fort plaisante, et à comprendre pourquoi Edward avait choisi la terre ferme, lorsqu'une soirée passée à jouer au whist avec les notables des environs me rappela pourquoi j'avais pris la mer.

Vendredi 13 juin

Je me levai tôt, débordant d'énergie, et ne tardai pas à quitter la maison. Comment mon frère peut-il supporter de rester au lit quand le temps est si beau ? Je n'en ai pas la moindre idée. Je traversai le village, puis sortis dans la campagne, marchant à travers champs et taillis pour aboutir à la rivière. Je la franchis d'un bond en son point le plus étroit, avec l'exubérance qu'on ressent lors d'un matin d'été, et continuai ma promenade dans les champs verdoyants. Je venais de déboucher sur un petit barrage lorsque j'aperçus une silhouette familière. Miss Anne Elliot était en train de se promener, et elle venait à ma rencontre.

— Commandant Wentworth, dit-elle.

Ses yeux pétillaient de gaieté. Il était évident qu'elle repensait comme moi à notre dernière rencontre.

— Je suis surpris de vous trouver ici, fis-je remarquer en arrivant à sa hauteur, décidé à jouer le jeu, car j'étais certain que vos devoirs de dame de compagnie vous garderaient enfermée, même par un si beau matin. Serait-ce possible que Miss Elliot n'ait pas eu besoin de vous, ou bien vous êtes-vous faufilée hors de la maison pendant qu'elle dormait encore ? Ne négligez pas vos obligations, je vous en supplie, car vous risqueriez d'être mise à la porte. Je ne voudrais pas vous voir tomber dans la misère pour le plaisir d'une promenade matinale.

Elle rit.

— Êtes-vous fâché contre moi ? demanda-t-elle.

Je souris.

— Comment pourrais-je vous en tenir rigueur alors que vous m'avez vaincu à la loyale ? Vous auriez une grande valeur sur un vaisseau de guerre, Miss Elliot. Vos tactiques ont l'avantage d'être à la fois originales et efficaces.

— C'était trop tentant !

— Mais que faites-vous à cette heure-ci, seule ? Je ne pense pas que votre père serait heureux de vous savoir dehors sans chaperon.

— Au contraire, il ne voit pas d'objection à ce que je me promène seule, si je reste sur nos terres.

Je tressaillis.

— Oui, monsieur, reprit-elle. Vous êtes sur une propriété privée. Cet endroit nous appartient, jusqu'à la rivière.

Je me revis la franchir d'un bond, n'ayant nullement conscience que je pénétrais ainsi chez quelqu'un.

— Je suis ravi de n'en avoir rien su, car autrement je ne serais pas venu jusqu'ici. Mais vous avez le droit de m'enjoindre de partir. Alors, allez-vous appeler l'un de vos gardes-chasse pour me raccompagner, ou préférez-vous me reconduire vous-même ?

— Je crois que je ne vais pas en tenir compte pour le moment, dit-elle en feignant de réfléchir. Vous nous avez, après tout, sauvés de Napoléon. C'était un grand service, et comme nos champs nous appartiennent toujours, plutôt que d'être tombés entre les mains des Français, le moins que l'on puisse faire en échange est de vous autoriser à vous y promener de temps à autre.

— Dans ce cas, si vous le permettez, je vais vous accompagner.

Elle acquiesça avec grâce et nous repartîmes ensemble. Je ralentis l'allure pour m'accorder à ses petits pas, et en baissant les yeux je constatai qu'elle avait les pieds menus et fort jolis, chaussés de chevreau bleu.

— Marchez-vous souvent le matin ? lui demandai-je.

— Toujours, si le temps le permet.

— L'exercice semble vous convenir, commentai-je en remarquant son apparence pleine de vitalité. Êtes-vous toujours aussi animée, si tôt dans la journée ?

Elle rosit un peu, et je dois avouer que je ressentis une bouffée de vanité en devinant que c'étaient mes attentions, et non l'heure matinale, qui lui avaient coloré les joues. Je pris pitié d'elle en la voyant embarrassée, et lui dis :

— Peut-être repensez-vous à l'assemblée de vendredi, et à la joie de vivre que l'on y a éprouvée ? À moins que vous ne soyez l'une de ces personnes qui sont toujours plus heureuses à l'air libre ?

— Je crois que c'est en effet ce que je préfère.

— Moi de même. Lorsque je suis à l'intérieur, je me sens prisonnier, enfermé, mais il faut dire que je suis habitué à la pleine mer et aux horizons sans fin. Avez-vous déjà navigué, Miss Elliot ?

— J'ai fait des voyages d'agrément dans la baie à différents endroits réputés pour leur beauté, mais je ne suis jamais allée plus loin.

— Cela vous a-t-il plu ?

— Oui, beaucoup. J'ai trouvé la sensation du vent et des embruns sur mon visage revigorante. Je me suis demandé, sur le moment, si les marins, qui sont en mer tous les jours, ressentaient la même chose ou s'ils n'y prêtaient plus attention. Appréciez-vous les éléments, commandant Wentworth ? Ou les considérez-vous comme vos ennemis ? Ou bien, peut-être y êtes-vous totalement indifférent ?

— Il peut arriver que la mer soit notre ennemie, mais la plupart du temps, le grand air, le vent et le soleil nous donnent des ailes.

— Mais ne se sent-on pas parfois enfermé, sur un bateau ? Il doit être frustrant de déborder d'énergie et de ne pouvoir aller nulle part.

— Nulle part ?! Je ne peux vous laisser penser cela. En bateau, on peut aller partout, au contraire !

— Je veux dire que l'on ne peut pas marcher bien loin, car si on le faisait, on tomberait par-dessus bord.

— Ce que vous dites n'est pas faux, mais avec une vue toujours différente à l'horizon, on n'éprouve pas ce besoin de marcher loin.

—Quand vous êtes près des côtes, je veux bien vous croire, mais diriez-vous également cela au milieu de l'océan ?

—Oui. Chaque vague est différente – par sa couleur ou sa taille – et les voiles changent constamment selon qu'elles se gonflent ou pendent, au gré du vent. Et puis il y a l'excitation de savoir qu'un vaisseau ennemi peut surgir à n'importe quel moment et nous prendre en chasse, ou au contraire nous offrir une cible tentante.

—Je dois avouer que cela me semblerait plutôt inquiétant.

À cet instant, son châle glissa vers le creux de son coude, et je fus distrait par la douceur de son bras, si bien qu'il me fallut quelques secondes avant de reprendre la parole. Elle tourna vers moi un regard interrogateur, qui était profond et attirant.

—Ne trouvez-vous pas cela alarmant, pour votre part ? demanda-t-elle.

—Pas du tout ! répondis-je en me ressaisissant. Un vaisseau ennemi n'a rien d'effrayant. Au contraire, il offre une chance de défendre son pays, et de faire une prise. On peut gagner beaucoup d'argent sur les mers, Miss Elliot, et grâce à la guerre, ceux qui ont envie de saisir les opportunités peuvent progresser rapidement.

—Je crois que c'est déjà votre cas. Votre frère nous a dit que vous aviez récemment bénéficié d'un avancement.

—En effet.

— C'était à la suite de la bataille de Saint-Domingue, n'est-ce pas ?

— Exactement. Ah, quelle bataille ! Les Français voulaient interrompre nos échanges commerciaux, car ils ne pouvaient guère espérer davantage une fois leur flotte décimée à Trafalgar. Leurs projets d'invasion réduits à néant, ils ont mis le cap sur les Indes. Nous les avons pourchassés, et enfin, les avons rattrapés. Quelles pertes ils ont subies ! Cinq navires, tous capturés ou amenés au rivage. Une belle journée pour l'Angleterre.

— Et pour vous !

— Oui. On m'a offert de commander mon propre vaisseau, et j'ai reçu ma part de la prise de guerre.

Elle m'écouta avec attention avant de déclarer :

— J'ai entendu dire que cette action avait privé l'armée française d'une grande partie de ses moyens.

— Vous semblez en savoir long sur les opérations militaires, fis-je remarquer.

L'étendue de ses connaissances me surprenait, car peu de jeunes filles se préoccupent de ce qui se passe en dehors de leur voisinage immédiat.

— Comment pourrais-je ne pas m'y intéresser, alors que mon sort et celui de mes proches en dépendent ? Si Napoléon nous envahit, je crains que l'Angleterre ne change de visage, et pour ma part, je n'aimerais pas voir cela.

— N'ayez crainte, nous vous protégerons. La flotte française n'est pas entièrement détruite, hélas, car elle compte encore aujourd'hui plus de trente vaisseaux, et de nouveaux sont en cours de construction pour compenser les pertes, mais la menace d'une invasion est derrière nous, en tout cas pour le moment. Il leur faudra du temps pour se remettre des revers que nous venons de leur faire subir, et vous pouvez continuer à vous promener en paix.

— Je vous avoue que j'ai plaisir à l'entendre.

Elle s'arrêta et regarda autour d'elle.

— Je n'aime rien tant que marcher au grand air en été, ajouta-t-elle.

Il n'était pas difficile d'en comprendre la raison. La campagne anglaise, dans toute sa luxuriance, s'offrait à perte de vue. On voyait des champs, des haies, et les méandres de la rivière, bordée de rives paisibles. Une petite plage de sable s'était formée dans un de ses coudes, au fond d'une cuvette, et plus loin l'eau devenait transparente et peu profonde, révélant les galets blancs ou bruns qui en tapissaient le fond.

— Voici la lisière de nos terres, annonça-t-elle.

— Alors je dois prendre congé.

C'était bien à regret, cependant, et je retardai mon départ en lui demandant si elle pensait se rendre aux *Assembly Rooms* le lendemain. Elle me répondit que oui, et, incapable de trouver un autre prétexte pour la retenir plus longtemps, j'exprimai mon souhait de l'y rencontrer et lui adressai une révérence.

En m'éloignant d'elle, je résistai au désir de me retourner, bien que la tentation soit grande. J'avais envie de la voir, avec sa robe en mousseline aux motifs végétaux, son châle drapé sur les bras, le soleil jouant sur ses cheveux. Je voulais aussi – qu'il me soit permis de l'avouer ici ! – savoir si elle me suivait des yeux.

Je rentrai chez Edward, et le trouvai attablé devant son petit déjeuner.

— Où étiez-vous, de si bon matin ?

— Je me promenais.

— J'aimerais avoir ne serait-ce que la moitié de votre énergie. Les deux prochains jours seront chargés pour moi, et je crois que je vais devoir renoncer à me rendre aux *Assembly Rooms* demain.

— Allons, vous ne pouvez pas délaisser vos voisins ! Et avec qui les jeunes filles pourront-elles danser si vous les privez de deux célibataires ? Les hommes mariés dansent rarement.

— La plupart des hommes mariés des environs aiment au contraire la danse.

— Quoi qu'il en soit, je ne peux pas vous laisser échapper à cette sortie.

— Et pourquoi donc, je vous prie ? demanda-t-il en prenant une tranche de jambon.

— Par simple politesse. En outre, lors de ma promenade, j'ai rencontré Miss Anne Elliot, et j'ai appris qu'elle s'y rendrait.

— J'espère que vous ne comptez pas la courtiser, Frederick. Cela ne peut déboucher sur rien, et risque de nuire à sa réputation.

— Vous accordez trop d'importance à ce genre de choses.

Mais voyant qu'il s'apprêtait à me délivrer un sermon, je préférai capituler :

— D'accord, d'accord, dis-je en riant. Je n'entacherai pas son honneur, vous pouvez en être sûr. Je serai prudent et la traiterai avec le plus grand respect. Je ne lui demanderai pas plus de deux danses, et je ne rechercherai pas sa compagnie, ou du moins pas plus qu'il n'est admis de le faire. Mais j'ai envie de danser avec elle, et comme il semblerait curieux que je me rende aux *Assembly Rooms* sans vous, je dois vous supplier de trouver l'énergie nécessaire.

— Votre préférence pour Miss Anne me surprend. J'aimerais savoir ce qui vous séduit tant. J'aurais cru Miss Neville plus à votre goût.

— Miss Neville me plaît aussi, mais Miss Anne se tient plus informée, et elle apprécie beaucoup la mer !

— Mais elle ne voudrait pas y vivre.

— Vous vous trompez si vous pensez que je songe au mariage. Quoi, me ranger à l'âge de vingt-trois ans, quand il me reste dix bonnes années de danger et de plaisir devant moi ? Mais j'aime la façon qu'elle a de me regarder quand je lui raconte les batailles que j'ai vues, et les vaisseaux que j'ai capturés. C'est une fille très intelligente.

— Ah, je vois, vous vous voyez en Othello et elle en Desdémone, jeune fille captivée par vos récits d'aventures lointaines. À présent, je comprends.

— J'espère que non, dis-je en riant.

Affamé après ma promenade, je me servis une tranche de bœuf.

— Contrairement à Othello, je ne suis pas général, objectai-je, et ne suis pas non plus beaucoup plus âgé qu'Anne. Et si à l'avenir je montrais des signes de vouloir l'étrangler, j'espère que vous voudriez bien m'assommer ! Mais allons, Edward, je vous ai donné ma parole que je ne lui ferai pas de mal. En vérité, je ne doute pas un instant que mes attentions ne lui fassent le plus grand bien. Elles lui donneront confiance en elle, et lui apprendront que la vision que sa famille se forge de sa valeur n'est pas universelle.

— Si j'avais su que vos intentions étaient si charitables, je n'aurais fait aucune remarque. C'est bien aimable à vous de vous donner tant de mal pour une jeune fille maltraitée, rétorqua Edward avec ironie.

— Voudriez-vous que je renonce au plaisir de la connaître davantage ? Vous avez toujours recherché la sécurité, Edward, et je ne m'y suis jamais opposé, mais de mon côté j'ai toujours couru après l'aventure. Laissez-moi la trouver là où je le peux.

— Si c'est dans les *Assembly Rooms*, alors je ne vous la disputerai pas !

— Rassurez-vous, je saurai la saisir.

Même si elles ne sont pas aussi stimulantes que des batailles sur les flots, mes rencontres avec Miss Anne sont aussi agréables, à leur façon.

Lundi 16 juin

Je me surpris à attendre le bal avec joie, et comme l'après-midi avançait, l'impatience me gagna. Aussi fus-je déçu lorsque, en entrant dans les *Assembly Rooms*, je constatai que Miss Anne Elliot ne s'y trouvait pas.

Je surmontai cependant ma déception et exécutai les deux premières danses de façon plutôt plaisante avec Miss Riversage. Son esprit sembla tout d'abord faire d'elle une partenaire agréable, mais il tourna à la médisance avant la fin de la deuxième danse, et je ne fus pas fâché de la raccompagner à sa place.

Miss Welling m'adressa une œillade à laquelle je ne pus résister. Sa silhouette élégante transformait en plaisir le fait de la conduire sur la piste, et ses talents de danseuse n'étaient pas déshonorants. Au contraire, nombreux étaient ceux qui nous suivaient des yeux à travers la salle. Elle avait autant de charme que de beauté, et m'offrit une agréable conversation sur l'art et la littérature. Je m'apprêtais à poursuivre cette discussion en dehors de la piste lorsque sa mère se mit à m'évaluer du regard. Voyant que je me trouvais en danger d'être considéré comme un soupirant, chose que je voulais éviter, je la remerciai pour le plaisir qu'elle m'avait accordé et battit promptement en retraite.

— Que vois-je ? Vous avez peur de Mrs Welling ? s'exclama Edward que ma brusque apparition à son côté amusait beaucoup.

— Elle a un regard calculateur. Je suis entré dans la Marine de mon propre gré, et je n'ai nullement l'intention de me marier sous la pression.

Je profitai des deux danses suivantes avec Miss Bradley, dont la compagnie me fut encore plus agréable lorsque j'appris qu'elle était quasiment fiancée, puis je me retirai au fond de la pièce. Alors que je prenais un verre sur le plateau d'un domestique, je me trouvai entre deux groupes et ne pus m'empêcher d'entendre leurs conversations.

— … c'est le meilleur des fils. Oui, mon Dick est un beau garçon, et aussi gentil que l'on pourrait en rêver, déclarait avec fierté une dame sur ma droite.

Le gentleman qui se tenait à ma gauche n'avait pas autant de chance avec son rejeton.

— … il se met toujours dans le pétrin, grommelait-il. Quand ce n'est pas ceci, c'est cela…

— … je ne prétends pas qu'il soit parfait, continuait la mère aimante. Je ne souhaite à aucune mère un fils parfait. Il peut lui arriver de faire une bêtise ou deux, mais ce n'est rien de plus, et comme je le dis toujours, un garçon qui ne fait pas de bêtises n'est pas un vrai garçon…

— … sa mère est beaucoup trop indulgente, elle refuse de voir que notre fils n'obéit plus à rien et a besoin d'être repris en main. C'est bien joli de l'envoyer à l'école, mais quand il est à la maison pour les vacances, il n'en fait qu'à sa tête. J'ai bien envie de l'expédier à l'armée, ou mieux encore, dans la Marine. Cela lui ferait passer le désir de sauter l'enceinte des propriétés des voisins…

— … il est capable d'escalader n'importe quel mur, si haut soit-il. Tous les garçons devraient savoir grimper, et il est très doué, il ne tombe jamais, mais son père se plaint toujours…

— … entrer chez les autres pour voler des pommes…

— … il ne cueille jamais directement dans l'arbre, bien sûr, il ramasse simplement ce qu'il trouve par terre, mais son père en fait toute une affaire…

— … se battre avec les autres gamins…, expliquait le père.

— … il est très bon en boxe, et je pense vraiment qu'il est primordial pour un garçon de connaître le noble art. Oui, vraiment, mon Dick est un bon garçon…

— … et j'ai la ferme intention d'expédier Dick à l'armée ou dans la Marine avant la fin de l'année, que cela plaise à sa mère ou non…

Je me mis à rire en comprenant que les deux fils n'étaient qu'une seule et même personne, considérée tour à tour avec l'œil de la mère et du père. J'espérai de tout cœur que le jeune Dick ne se retrouverait pas dans la Marine, où il serait une véritable plaie pour son capitaine… bien que, s'il était doué pour l'escalade, il puisse se rendre utile dans le gréement !

J'allais reposer mon verre vide sur le plateau d'un serviteur qui passait lorsque je vis du coin de l'œil une image bien plus intéressante : Miss Anne Elliot. Elle se tenait paisiblement à côté de son père et de sa sœur qui feignaient de ne pas la voir, trop occupés à se féliciter mutuellement de leur apparence.

Je m'approchai d'elle.

— Quelque chose vous amuse, constata-t-elle après ma révérence.

Je lui parlai de ce fils, source à la fois de fierté et d'inquiétude, et elle m'apprit que les heureux parents étaient Mr et Mrs Musgrove, qui habitaient Great House à Uppercross, et étaient revenus tout récemment de Clifton. Elle me révéla également que c'était Dick qui était entré dans la propriété de mon frère quelques semaines auparavant.

— J'étais loin de me douter que la criminalité était aussi élevée. Il faudra que vous m'en disiez plus pendant que nous danserons, car je dois me préparer.

— Mais vous ne m'avez pas encore demandé...

— Me ferez-vous l'honneur... ?

— Merci, répondit-elle avec une révérence.

Nous nous dirigeâmes vers la piste de danse, joyeux. Je dansai deux fois avec elle, et m'aperçus que nombreux étaient ceux qui nous regardaient, certains avec curiosité, ou plaisir, et d'autres – sir Walter et Miss Elliot – avec dédain. Anne ne sembla pas leur prêter attention, cependant, car elle ne tressaillit pas une seule fois, et je jugeai sa compagnie comme sa conversation exaltantes. Nous parlâmes sans discontinuer, d'art, de musique, de ses travaux dans la paroisse, et de ma vie en mer.

Je fus contraint d'abandonner sa main à un homme de loi du genre ennuyeux, puis elle dansa avec un baronnet. Ce cavalier-ci me satisfaisait nettement moins, et j'eus de grandes difficultés à les quitter des yeux.

— Vous feriez mieux de regarder ailleurs, me dit mon frère. Les gens commencent à parler.

— J'ai bien le droit de contempler les danseurs, tout de même. Tout le monde le fait !

— Les danseurs, certes, si vous les observez tous, mais vous n'avez d'yeux que pour Miss Anne… et vous lancez des regards furieux à son partenaire, si je puis me permettre.

— Je ne fais rien de tel, répliquai-je en tentant de regarder ailleurs sans toutefois y parvenir. Qui est-ce ?

— Sir Matthew Cruikshank. Il est en visite dans la région, chez des parents.

— Il n'est pas d'ici ?

— Non, il vient du Gloucestershire. Il repart demain.

— Il semble fort sympathique, commentai-je avec bonne humeur.

Non seulement il partait bientôt, mais en plus il paraissait évident qu'après avoir fait le tour des politesses d'usage, Anne et lui ne trouvaient plus rien à se dire.

— Comptez-vous l'escorter pour le dîner ? demanda Edward.

— Bien sûr.

— Dans ce cas, n'omettez pas de parler à votre autre voisin de table. Il ne faudrait pas attirer l'attention sur vous, ni sur elle.

— J'espère que je sais encore comment me comporter…

— Je l'espère aussi, rétorqua-t-il avant d'être appelé par Mr Cox, qui souhaitait lui présenter une jeune fille en visite chez des parents dans le voisinage.

Alors que je me dirigeais vers Miss Anne, j'eus le plaisir de la voir s'animer à mon approche, et de comprendre qu'elle avait autant envie de dîner avec moi que moi avec elle.

Gardant en tête l'avertissement de mon frère, j'engageai la conversation avec mes voisins, ce qui ne fut guère difficile car le sujet était d'intérêt général : Napoléon.

— Je crains qu'une victoire facile ne soit pas possible, dit Miss Anne.

— Au contraire, la guerre sera finie pour Noël, assena sir Walter sans éprouver de gêne à rabrouer ainsi sa fille en public.

Je la vis rougir, et me pris à souhaiter avoir sir Walter sur mon vaisseau pendant quelques semaines, histoire de lui apprendre la signification de l'effort et le sens du respect.

Comme ce ne serait pas le cas, je volai au secours d'Anne :

— J'aimerais qu'il en soit ainsi, mais Napoléon n'est pas du genre à capituler, et son influence est si grande que le conflit va durer quelques années, au moins.

Elle m'adressa un sourire de remerciement, ce qui me récompensa au-delà de mes espérances.

Sir Walter, cependant, n'appréciait pas d'être contredit.

— Croyez-moi, il sera vaincu avant Noël, répéta-t-il avec encore plus de conviction.

— Oh oui, avant Noël, renchérit Miss Poole en hochant la tête avec vigueur. Vous avez raison, sir Walter, j'en suis certaine. Grâce à nos valeureux officiers, cela ne peut guère prendre de temps avant qu'il ne vienne nous supplier de signer la paix.

Anne baissa les yeux vers son assiette mais je vis que la grossière flatterie de Miss Poole la faisait sourire.

— Je ne puis supporter de parler de la guerre, décréta Miss Elliot en étouffant un bâillement. Je ne connais pas de sujet plus ennuyeux. Je pense que nous devrions redécorer la chambre jaune, papa, en prévision de la visite de Mr Elliot. Elle est défraîchie, et de plus, j'ai vu chez *Ackerman's* un papier peint qui serait du meilleur effet. Il faudrait aussi changer les tentures du baldaquin, ainsi que le tapis.

— Oui, ma chérie, il me semble que vous avez raison. Nous ne devons pas lui manquer de courtoisie, car nous ne voudrions pas qu'il pense du mal de Kellynch Hall. En tant qu'héritier présomptif, il sera préoccupé par son entretien. Je crois que nous devrions également prendre soin du salon.

Ils continuèrent de discuter des améliorations à apporter à leur maison ancestrale, tandis que Miss Poole hochait la tête avec enthousiasme et s'écriait : « Oh, oui ! » ou : « Merveilleuse idée ! » toutes les deux minutes. Cela me laissa le champ libre pour me tourner vers Miss Anne.

Nous eûmes une intéressante conversation sur les livres les plus récents, comparant *Les Chants de ménestrels de la frontière écossaise* de Walter Scott avec *Le Lai du dernier ménestrel* qu'il venait de publier. Elle n'aurait toutefois pas été aussi stimulante sans les expressions changeantes, les yeux pétillants et les fréquents sourires de Miss Anne.

Le dîner se termina trop vite. À regret, je quittai sa compagnie alors que nous retournions à la salle de bal, et la vis danser avec un certain Lauderdale. On me présenta deux jeunes filles dont les noms m'échappent à présent, et je remplis mon devoir en les accompagnant sur la piste de danse, mais le cœur n'y était pas et je ne fus pas le meilleur des cavaliers.

La soirée s'acheva. J'espérais pouvoir échanger quelques mots avec Miss Anne, mais cela me fut impossible, et je dus me contenter d'une vision fugitive alors qu'elle repartait, aussi jolie qu'en arrivant.

Mardi 24 juin

Ce matin, nous reçûmes une lettre de Sophia.

— Je préférerais que notre sœur ne parcoure pas les mers avec son mari, mais s'installe à terre, grommela Edward en prenant la missive sur le plateau. Je ne dis pas qu'elle aurait dû rester à Deal, mais elle aurait pu venir vivre près d'ici, par exemple à Plymouth. C'est un bon port, avec des maisons respectables, et elle ne se serait pas sentie seule car j'aurais pu lui rendre visite régulièrement.

— Comme si la présence occasionnelle d'un frère pouvait compenser l'absence d'un mari ! protestai-je avec mépris en me servant des œufs au jambon. Elle n'a pas épousé Benjamin pour être séparée de lui. Vous savez combien elle s'inquiétait quand il était parti dans le Nord. Elle n'en dormait plus de la nuit, occupée à l'imaginer étendu sur le pont, blessé ou même pire, et pendant la journée ce n'était pas mieux car elle n'arrivait pas à manger. Je suis allé chez elle pendant l'une de mes permissions, vous vous en souvenez, et je ne l'avais jamais vue si pâle ni si amaigrie. Elle souffrait de mille maladies imaginaires, et je crois qu'elle serait morte d'inquiétude si elle n'avait pas décidé d'embarquer avec lui pour sa mission suivante.

— Mais le mal de mer…, objecta Edward.

— Elle n'y est pas sujette, du moins pas après les premières vingt-quatre heures, et rien n'est plus sain que la vie en mer.

— Cela doit être très inconfortable pour une femme, quoi que vous en disiez.

— Sophia n'est pas n'importe quelle femme, c'est ma sœur, et elle a reçu sa part de l'esprit Wentworth…

— Contrairement à moi ?

— Nous ne pouvons pas être tous pareils, répondis-je gentiment, car je me sentais désolé qu'il soit dépourvu de courage.

— Merci, rétorqua-t-il sèchement.

— De plus, je commence à trouver que c'est une bonne chose que vous n'ayez pas le pied marin. Maintenant que nos parents sont morts et que Sophia est en mer, je me demande où j'irais pendant mes permissions.

— Je suis content de pouvoir vous rendre service. C'est dans ce seul but que je suis entré dans l'Église.

Il déplia la feuille à côté de lui et reprit une tranche de jambon.

— Je dois reconnaître qu'elle semble heureuse, cependant, ajouta-t-il. Je pensais qu'elle se lasserait vite de cette existence, et qu'elle supplierait son mari de la ramener à terre, mais sa lettre est plutôt joyeuse, commenta-t-il en commençant à m'en donner lecture.

— Et pourquoi ne le serait-elle pas ? Songez à tous les lieux qu'elle a vus, à toutes les choses qu'elle a faites. Elle a une vie mille fois plus riche que si elle avait épousé Mr Wantage, comme vous le souhaitiez.

— Moi ? Souhaiter qu'elle épouse Mr Wantage ? Vous plaisantez ! Je ne l'ai jamais aimé. C'est juste qu'il me semblait qu'elle serait plus en sécurité avec un avocat qu'avec un marin. Même aujourd'hui, je ne puis me résoudre à penser qu'un vaisseau de guerre soit un lieu approprié pour ma sœur.

— Il n'y a rien de mieux, au contraire. Elle aura une vie de reine, lui assurai-je.

Il poursuivit la lecture de la lettre, dans laquelle Sophia mentionnait ma visite ici et espérait que j'étais bien arrivé avant d'exprimer le souhait que l'on me confie bientôt mon propre navire. Elle concluait par des vœux de bonheur et de santé pour nous deux.

Ayant fini son petit déjeuner, Edward rédigea une réponse. J'ajoutai un post-scriptum et la missive fut envoyée sans délai.

— Mais nous ne pouvons prédire quand elle atteindra sa destination, fit remarquer mon frère.

— Qu'importe le jour, elle lui fera grand plaisir. Rien n'est meilleur qu'un souvenir de la maison quand on se trouve de l'autre côté du globe. Cela fait remonter d'agréables images des amis et de la famille, et l'on garde la lettre avec soi pour la relire dans les moments de calme.

Nous discutâmes de nos plans pour la matinée, puis j'abandonnai mon frère à ses devoirs paroissiaux pendant que je partais me promener à cheval. Cela me permit de me défouler, et ensuite je me rendis en ville pour affaires. J'avais espéré que nous sortirions ce soir, mais n'ayant reçu aucune invitation, mon frère et moi passâmes la soirée paisiblement à la maison, à jouer aux échecs. Cela avait l'attrait de la nouveauté, mais je dois admettre que je ne pourrais supporter de nombreuses soirées semblables à celle-ci ! C'est une bonne chose que mon frère soit entré dans l'Église, et pas moi !

Juillet

Mercredi 2 juillet

Je me promenais dans le village à pied ce matin quand j'eus l'agréable surprise au coin d'une rue de me retrouver derrière Miss Anne Elliot. Elle était en compagnie de sa sœur, Miss Elliot, et de Miss Shepherd. Elles s'arrêtèrent devant *Clark's*, discutèrent un moment, puis Miss Elliot et Miss Shepherd entrèrent dans la boutique pendant que Miss Anne traversait la rue en direction d'un petit cottage.

C'était celui de Miss Scott, et je devinai que Miss Anne allait lui présenter ses respects. Je me dirigeai également par là et nous arrivâmes en même temps sur le perron. Elle leva les yeux, surprise, et je lui adressai une révérence en déclarant que nous semblions avoir la même intention. Elle me gratifia d'un sourire et de quelques politesses. Elle paraissait dans une forme éclatante, les joues roses et l'œil pétillant d'une envie de me taquiner si l'occasion se présentait.

J'allais faire une remarque lorsque nous nous aperçûmes que la porte était entrouverte. Miss Anne me lança un regard interrogateur ; je poussai le battant, pendant qu'elle nous annonçait pour éviter d'alarmer les occupantes de la maison.

Nous entrâmes, pensant voir la bonne, mais il n'y avait personne ; nous avançâmes vers le salon où nous fûmes accueillis par une Miss Scott armée d'un tisonnier !

— Oh, ma chère amie, excusez-moi, je vous avais prise pour Napoléon.

Elle remit son arme de fortune en place, tandis que Miss Anne se comportait comme si on la prenait tous les jours pour le fléau de l'Europe, et demandait à Miss Scott comment elle se portait.

— Très bien, je vous remercie, ma chère amie. C'est très aimable à vous de me rendre visite.

Lorsque Miss Anne lui fit observer que nous avions trouvé la porte ouverte, Miss Scott répondit par un claquement de langue agacé, expliquant qu'elle avait des ennuis avec sa nouvelle bonne, une jeune fille qui passait plus de temps à batifoler avec le laitier qu'à s'occuper de sa maîtresse.

Nous compatîmes, et Miss Anne promit de parler à la demoiselle.

— Ma chère amie, je vous en serais tellement reconnaissante, car je suis certaine qu'elle vous écoutera. Je me tue à lui répéter que les Français peuvent débarquer n'importe quand, mais elle ne veut pas me croire.

Elle continua à nous gratifier de tous les menus détails de ses divers maux, ainsi que de ceux de sa sœur, avant de s'enquérir de la santé de sir Walter, puis de Miss Elliot, de Miss Anne, et enfin de Miss Mary.

Miss Anne et moi finîmes par prendre congé, et nous étions juste sur le pas de la porte quand mon frère vint à passer. C'était une déception, car j'aurais voulu savourer ces dernières minutes avec Miss Anne en tête à tête, mais je parvins à cacher mes sentiments. Nous la raccompagnâmes donc ensemble vers la boutique, où nous nous séparâmes. Elle entra rejoindre ses compagnes, tandis que nous poursuivions notre chemin.

— C'était très généreux à vous de rendre visite à Miss Scott, insinua mon frère. À moins que votre passage chez elle n'ait eu quelque autre intérêt ?

— La charité seule a dicté ma conduite, rétorquai-je.

Il n'en crut pas un mot, mais me laissa en paix, et nous rentrâmes déjeuner.

Vendredi 11 juillet

Ce matin, j'ai reçu une lettre de Harville qui m'annonçait que sa Harriet bien-aimée avait accepté de lui accorder sa main, et qu'ils avaient décidé de se marier début septembre.

— Comptez-vous vous rendre au mariage ? s'enquit Edward.

— Oui ; il m'a demandé d'être son témoin.

— Il semble plutôt jeune pour un tel engagement. Il n'est pas plus âgé que vous, je crois, et vous n'avez que vingt-trois ans. C'est bien trop tôt pour prendre femme.

— Je partage votre opinion et lui en ai fait part à de nombreuses reprises, mais il est déterminé, et rien de ce que j'ai pu lui dire n'a suffi à le faire changer d'avis.

— Mais ne peut-il repousser le mariage ? Il ferait mieux de se fiancer, à ce stade de sa vie. L'état matrimonial entraîne des responsabilités et des fardeaux, et cela ne fera que le ralentir.

— Il se méfie des longues fiançailles, et maintenant qu'il est décidé, il lui semble qu'il ne saurait se marier trop vite, car il peut être rappelé en mer à n'importe quel moment. Je crois que Harriet n'a pas plus envie d'attendre que lui, et s'il laisse passer cette permission, qui sait quand il reviendra ? Il me demande de venir lui rendre visite, afin que je puisse rencontrer Harriet, dis-je en repliant la lettre. Si cela vous convient, j'irai la semaine prochaine.

— Je vous en prie, faites comme il vous plaira. Je suis simplement votre hôte.

— J'en ferai de même quand j'aurai acheté un domaine. Vous pourrez séjourner chez moi aussi souvent que vous le voudrez, et aller où bon vous semblera, sans avoir besoin de me prévenir.

— Lorsque vous achèterez votre domaine, si vous voulez me faire plaisir…

— Ce sera ma première considération.

— … je vous supplie d'en choisir un dont dépend une paroisse, et de me la confier. L'attente d'une paroisse est interminable, et comme je n'ai personne pour m'appuyer, j'ai peur de rester simple vicaire jusqu'à mes soixante-dix ans.

— Je ferai de mon mieux, promis-je.

— Et assurez-vous qu'il s'agit d'une bonne paroisse, avec un joli presbytère, surtout pas sombre ni exigu, et doté d'un grand terrain.

— Ce sera tout ?

— Je ne dirais pas non à un petit bout de rivière et à une belle bibliothèque.

— Et à une maison à Londres en prime, je suppose.

Il rit et m'expliqua que, quitte à rêver, autant le faire avec panache.

— Même ainsi, j'espère que vous aurez un avancement, de préférence assez vite. N'avez-vous vraiment personne pour vous appuyer ?

— L'évêque est ami avec l'épouse de Melchester ; vous vous souvenez de Melchester ? Nous étions à Cambridge ensemble.

— Oui, je me le rappelle. Un gentilhomme corpulent, qui aimait le porto. Pensez-vous obtenir le soutien de l'évêque, alors ?

— S'il peut m'aider, il le fera, mais il doit d'abord songer aux membres de sa famille, et deux d'entre eux sont entrés dans l'Église. Vous voyez, ce n'est guère prometteur...

— Et n'y a-t-il rien que vous puissiez faire par vous-même ?

— Je fais tout ce que je peux. Il y a bien une ou deux possibilités. Mr Abbott, le vicaire de Leigh Ings, vient juste de recevoir une paroisse grâce à l'un de ses cousins, et je crois que j'ai une chance d'ajouter celle qu'il occupait avant cela à la mienne. Les charges seraient légères, et cela arrondirait mon traitement. Il se peut également qu'une autre devienne vacante à Trewithing, et comme personne n'est sur les rangs, elle pourrait m'être attribuée.

Je lui souhaitai que ses vœux se réalisent, puis commençai à préparer mon voyage chez Harville. J'ai hâte de rencontrer Harriet et de voir quel genre de femme a conquis le cœur de mon ami.

Mercredi 16 juillet

Ce soir nous avons dîné avec les Grayshott, et après le repas les dames nous ont divertis avec de la musique. La mère de Miss Denton réussit à la convaincre de jouer, et la demoiselle se montra très talentueuse. Après avoir accepté d'interpréter une seconde sonate comme sa mère l'y incitait, elle quitta le pianoforte, priant Miss Anne de lui succéder. Avec plus d'hésitation, Miss Anne s'approcha de l'instrument. Son père leva les yeux, et je crus qu'il y avait là, enfin, un signe de sentiment paternel, mais il retourna aussitôt à sa conversation et continua à parler pendant le morceau. Miss Elliot n'en fit même pas autant, et n'accorda pas un seul regard à sa sœur.

Alors que la chanson de Miss Anne se poursuivait, je fus attiré vers le pianoforte, car elle avait une voix douce et un goût supérieur. Je l'écoutai avec plaisir, et quand elle eut fini, lui demandai de nous faire la grâce d'un autre morceau. Elle sembla surprise, puis rosit de contentement et se remit à chanter. Je l'accompagnai, et nous partageâmes autant de joie que nous en donnâmes aux autres.

Vendredi 18 juillet

Ce matin, je me suis rendu en ville, et au retour, alors que je passais devant une petite maison, j'ai entendu pleurer bruyamment. J'hésitai tout d'abord, mais comme la voix de Miss Anne s'élevait, je décidai d'entrer ; une scène étrange s'offrit à mon regard. Une femme corpulente était assise dans un coin de la pièce, la tête enfouie dans son tablier, tandis que sept enfants déchaînés chahutaient devant la cheminée. Miss Anne, qui de toute évidence venait d'arriver, s'adressait d'un ton calme mais ferme aux enfants qui, d'après ce que je compris rapidement, se disputaient au sujet d'un petit chien.

Elle attrapa le chiot et le berça dans ses bras, car les enfants surexcités l'avaient traumatisé. Les plus grands sautèrent pour essayer de l'attraper, mais elle les réprimanda jusqu'à ce qu'ils se tiennent tranquilles, puis elle consola les plus petits, qui étaient en pleurs, et prodigua des encouragements à la mère, qui finit par reparaître de derrière son tablier.

En quelques minutes, l'harmonie fut restaurée – ou du moins ce qui pouvait en tenir lieu dans cette maison –, l'animal fut placé dans les bras aimants du plus jeune des enfants, et Miss Anne et l'inconnue purent enfin prendre le temps de regarder autour d'elles. Ce qui eut pour conséquence désagréable de révéler ma présence.

— J'ai entendu du tapage, et je me suis demandé si je pouvais rendre service.

La femme répliqua qu'il n'y avait jamais eu le moindre tapage sous son toit. Je m'excusai aussitôt et me préparais à partir lorsqu'il apparut que Miss Anne se rendait au village, de même que l'aînée des filles. Je proposai de les escorter, ce qu'elles acceptèrent. Nous nous mîmes en chemin. L'enfant ne tarda pas à se retrouver à la traîne, ce qui n'était pas pour me déplaire puisque cela me permettait de parler librement à Miss Anne. Je mentionnai ma visite prochaine chez Harville.

— Nous étions ensemble à l'Académie navale de Portsmouth, expliquai-je. Deux jeunes garçons, impatients d'être en mer. J'ai du mal à croire qu'il s'est écoulé dix ans depuis que j'y ai séjourné, à l'âge tendre de treize ans…

— Vous avez dû nouer de nombreuses amitiés là-bas, dit-elle.

— C'est vrai. Benwick, Jenson et Harville. Benwick était le plus jeune de la bande, il est entré à l'Académie quelques années après nous, en 1797, mais nous l'avons adopté. Non que nous soyons restés en permanence à l'école. On nous envoyait sur des vaisseaux acquérir de l'expérience, et cela nous a beaucoup apporté.

— Cela semble passionnant, commenta Anne. Très différent de mes années de pension…

Elle me posa des questions sur les enseignements, sur ma vie d'aspirant, avant de me raconter ce qu'elle avait vécu à l'école : ses leçons, ses professeurs, ses amies ; Miss Vance, qui était retournée en Cornouailles chez ses parents ; Miss Hamilton, mariée à un certain Mr Smith et partie vivre une vie de plaisirs à Londres ; et Miss Donner, qui avait épousé un propriétaire terrien.

Finalement, nous arrivâmes au village. Avec une révérence, je pris congé des demoiselles et rentrai déjeuner à la maison.

Mardi 22 juillet

Je partis de bonne heure et arrivai dans l'après-midi chez Harville. Il m'accueillit chaleureusement, impatient de me présenter Harriet.

C'est une petite créature charmante, qui n'a pas l'intelligence de Miss Anne Elliot, sans doute, ni sa beauté, mais est tout de même jolie. Elle m'a semblé un peu moins éduquée que Harville, mais de toute évidence très amoureuse de lui, et j'étais content d'offrir à mon ami les vœux de bonheur que l'occasion exigeait.

Je n'eus guère d'occasions de lui parler d'autre chose, car lorsque nous rentrâmes chez lui, il ne voulait rien faire à part chanter les louanges de Harriet. En vain tentai-je de l'entretenir de nos aventures, passées ou futures, car après avoir répondu de façon sensée à une question, il poussait un soupir et déclarait que Harriet avait les plus beaux yeux du monde, ou les plus petits pieds, ou le cœur le plus tendre, et c'est sans succès que j'évoquai les batailles. Cela me fit rire, mais il se contenta de me dire que je comprendrais lorsque je serais amoureux. Je lui expliquai que si l'amour rendait les hommes si bêtes, j'aimais autant ne pas y succomber. Il sourit, décréta qu'il avait pitié de moi, puis que le sourire de Harriet était plus éclatant que le soleil.

— Vous avez raté votre vocation. Vous auriez dû être poète.

— Peut-être vais-je le devenir. Je suis sûr que la vie de poète est plus facile que celle de marin.

— Mais le salaire est encore pire, commentai-je.

Il rit et concéda que dans ce cas, il préférait rester dans la Marine.

Par trois fois, j'essayai d'aller me coucher, mais il ne voulait pas cesser de discuter, et il était fort tard quand je pus enfin regagner ma chambre. Je crains de n'avoir que très peu de conversations intelligentes dans les prochains jours !

Mercredi 23 juillet

Harville était ravi de me recevoir parmi ses amis et sa famille, et je n'eus pas moins de plaisir en leur compagnie. Cela faisait trois ans que je ne les avais vus, davantage encore en ce qui concerne sa sœur Fanny, qui était en pension lors de ma précédente visite. Je fus surpris en la revoyant, car ce n'est plus une enfant, mais une jeune demoiselle, et non des moindres. Elle est aussi cultivée que spirituelle. Son visage comme sa silhouette sont propices à lui attirer de nombreux admirateurs avant longtemps, et je ne me privai pas de le dire à Harville.

Il sembla enchanté, ce que je pris d'abord pour de la fierté fraternelle, mais alors que la journée avançait j'en vins à me demander si cela ne cachait pas autre chose, car lorsque nous sortîmes nous promener, Harville et sa famille ralentirent les uns après les autres jusqu'à ce que Fanny et moi nous retrouvions seuls en tête du cortège.

De même, une fois rentrés à la maison, nous nous trouvâmes tous les deux à de nombreuses reprises alors que les autres se retiraient à l'autre bout de la pièce. En un mot, ils nous donnaient l'occasion d'apprendre à nous connaître, et la raison n'en était pas difficile à deviner. Harville et moi étant très proches, et Fanny ayant fêté ses dix-sept ans, ils avaient dans l'idée que nous pourrions un jour nous marier. Mais, malgré son esprit supérieur et sa grande beauté, elle ne suscita en moi que des sentiments fraternels, et je suis certain de n'avoir rien éveillé de plus en elle. Harville fut assez raisonnable pour s'en rendre compte, et lorsque nous sortîmes pour une petite promenade après le dîner, il cessa rapidement ses allusions et revint à son sujet de prédilection : Harriet.

Je le laissai parler, et ne lui tins pas rigueur de sa félicité, car nous avons toujours été les meilleurs amis du monde, mais je suis heureux que mon séjour s'achève demain. Un homme qui vient de se fiancer n'est d'agréable compagnie pour personne d'autre que sa promise !

Jeudi 24 juillet

Je passai la matinée avec Harville, Harriet et Fanny, et nous partîmes tous trois marcher dans la campagne. Le soleil était chaud, et les demoiselles faisaient tourner leurs ombrelles au-dessus d'elles tout en se promenant. Harville et moi les taquinâmes, leur disant que nous n'avions rien de semblable pour nous protéger lors de nos durs labeurs sous le ciel brûlant des Bahamas. Nous leur racontâmes que parfois l'eau se faisait rare à bord, et que nous devions alors naviguer la gorge sèche, si bien que lorsque nous rentrâmes, nous avions tous envie d'une boisson fraîche.

En fin d'après-midi, je me mis en chemin vers Monkford, laissant Harville et Harriet plongés dans leurs projets de petit déjeuner de noces. Le voyage commença agréablement, car ma route traversait des paysages variés, mais il fut gâché par une soudaine averse qui me surprit à trois miles de Monkford et me fit apprécier mon arrivée au chaud.

Edward était curieux d'en apprendre davantage sur la promise de Harville, et je lui décrivis son caractère et ses habitudes dès que j'eus passé des vêtements secs.

Lorsque j'eus fini mon récit, il m'annonça qu'il avait reçu en mon absence une invitation à un pique-nique, et qu'il avait accepté en notre nom à tous les deux.

Samedi 26 juillet

La campagne environnante me devient de plus en plus familière, et je commence à m'y sentir chez moi. Ce matin, avant le petit déjeuner, je me suis promené à cheval comme chaque jour, et plus tard je suis passé rendre plusieurs visites. Après le déjeuner, je me rendis en ville pour acheter un chapeau. Je caressais vaguement l'espoir de rencontrer Miss Anne Elliot. Je l'ai très peu vue ces derniers temps, car elle ne s'est montrée à aucun des événements auxquels Edward et moi avons assisté – et qui étaient indignes des Elliot. Mais je n'eus pas la chance de la croiser.

Mardi 29 juillet

Ce soir, j'ai vu Miss Anne et constaté avec surprise à quel point elle m'avait manqué.

Je m'apprêtais à lui proposer de l'escorter pour le dîner lorsque, par la plus grande malchance, mon hôtesse me demanda d'offrir mon bras à Miss Barnstaple. Avec une révérence, je me déclarai enchanté, mais bien que Miss Barnstaple se soit montrée une charmante compagne, je n'avais d'yeux que pour Miss Anne.

Elle était assise à côté d'un jeune homme qui avait l'air d'un parfait imbécile, le genre qui ne sait pas faire la différence entre le mât et la bôme. Miss Anne paraissait s'ennuyer, mais à ma grande surprise, Miss Barnstaple affirma :

— Anne semble trouver son voisin très amusant. Les dames raffolent de lui, ce qui n'est guère étonnant, car il est très bel homme.

Je n'étais pas moi-même frappé par son apparence, que je jugeais trop douce, ni par sa conversation dont j'entendais des bribes, et qui n'offrait rien de remarquable. Mais je ne pus révéler mon point de vue, car Miss Barnstaple aurait pu prendre mes réserves pour de la jalousie – bien à tort, évidemment.

Cependant, je ne pouvais m'empêcher de tourner les yeux dans cette direction de temps à autre, et je fus gratifié en m'apercevant à plusieurs reprises que Miss Anne cherchait à croiser mon regard. Ce petit rien me remonta le moral, et je me laissai aller à penser qu'elle aurait préféré s'entretenir avec moi.

Dès que le souper s'acheva, on annonça des danses, et je m'approchai d'elle pour lui demander de m'accorder le plaisir d'être son cavalier. Elle sourit, se déclara ravie, et mit sa main dans la mienne. Je sentis une bouffée de fierté en la conduisant vers la piste où les danseurs prenaient place. Ils n'étaient pas nombreux, car la pièce n'offrait pas assez d'espace pour plus de cinq couples, mais je fus heureux de cette exiguïté qui me permettait de lui parler.

— Cela fait…

J'allais lui indiquer le nombre exact de jours pendant lesquels je ne l'avais pas vue quand je m'aperçus que cela pouvait sembler trop précis. Je me contentai alors de dire :

— … un moment que je ne vous ai pas croisée. Vous a-t-on de nouveau prise pour Napoléon, pendant ce temps ?

— Non, pas récemment, répondit-elle alors que la musique commençait. Miss Scott a très peu lu les journaux ; elle est donc beaucoup plus calme, et arrive à se changer les idées. Encore hier, elle m'a dit qu'elle avait planté trois buissons dans son jardin.

— Ainsi vous avez évité de nouvelles attaques au tisonnier.

— Du moins jusqu'à l'arrivée du prochain journal.

Nous fûmes séparés par la chorégraphie, mais lorsque nous nous rapprochâmes, elle ajouta :

— Avez-vous apprécié votre visite chez votre ami ?

Je fus heureux de constater que mon absence n'était pas passée inaperçue, et je commençai à lui parler de Harville. Alors que je lui faisais part de ses plans, pour la première fois il ne me parut pas bizarre qu'il ait choisi de se ranger si jeune, et je suppose que ce changement dans mes opinions montre que je m'habitue à l'idée ; c'est soit cela, soit le fait d'avoir rencontré sa Harriet qui me laisse penser qu'ils goûteront à la félicité ensemble.

Lorsque j'eus fini de lui parler de Harville, je m'enquis l'air de rien :

— Qui était le jeune homme avec lequel vous étiez assise au dîner ? Je ne crois pas le connaître.

— C'était Mr Charles Musgrove.

— Est-ce un bon ami à vous ? demandai-je malgré moi.

— Nos familles sont très liées. Les Musgrove habitent Great House, à Uppercross.

— Ah, un ami de la famille, dis-je avec soulagement. Je me souviens de ses parents, ajoutai-je, me sentant soudain charitable à l'égard du jeune Mr Musgrove, et, par voie de conséquence, plus expansif. Ce sont eux que j'ai entendus un soir parler d'un autre de leurs fils, Dick. Ont-ils d'autres enfants ?

— Oui, mais tous sont plus jeunes que Charles, et aucun n'a encore fait son entrée en société.

Alors que nous conversions, je remarquai une dame bien mise à l'autre bout de la pièce, qui me regardait sans aménité. Surpris, je me détournai, mais sentis ses yeux posés sur moi jusqu'à la fin de la danse.

Quand elle s'acheva, je lâchai à regret la main de Miss Anne, et, rejoignant mon frère, lui demandai :

— Qui est cette dame ?

— Laquelle ?

— Là-bas, de l'autre côté de la salle, bien habillée, en soie fauve. Vous la voyez ? Elle m'a regardé comme un capitaine toise un moussaillon maladroit, et je ne sais vraiment pas pourquoi. Je ne puis l'avoir offensée d'aucune façon, puisque je ne la connais pas, et ne lui ai même jamais parlé de ma vie.

Il la chercha des yeux, puis m'expliqua :

— C'est lady Russell.

— La veuve dont tous les amis pensaient qu'elle épouserait sir Walter Elliot après la mort de son épouse ?

Mon frère acquiesça.

Je restai pensif un moment, mais fus incapable de deviner pourquoi elle m'avait dévisagé avec tant d'hostilité.

— Je comprendrais qu'elle me regarde ainsi si j'étais Miss Cordingale ou une autre jolie jeune fille, et que j'aie l'intention de lui voler sir Walter, mais comme ce n'est pas le cas, je me demande ce qu'elle a derrière la tête.

— Vraiment ? Alors je vais vous le dire. C'est une vieille alliée de la famille Elliot ; pour tout dire, elle était la meilleure amie de lady Elliot, et Miss Anne est sa filleule. Elle s'intéresse au destin des demoiselles Elliot depuis le décès prématuré de leur mère, il y a cinq ans, et elle est particulièrement proche d'Anne, qui ressemble à lady Elliot tant par l'apparence que par le caractère. Elle s'inquiète de vous voir lui accorder trop d'attention.

— Ah, je saisis, elle pense que mes intentions ne sont pas honorables, déclarai-je en comprenant la raison de ses regards noirs.

— Au contraire, elle craint qu'elles ne le soient que trop. Elle veut que sa filleule épouse mieux qu'un commandant.

J'étais offensé, mais m'en remis rapidement.

— Elle a tort de s'inquiéter. Je ne songe pas au mariage, affirmai-je.

Mais à l'instant où je prononçais ces mots, je me dis que je pourrais connaître pire destin que de conduire Miss Anne Elliot à l'autel.

— Dans ce cas je vous conseille un peu de retenue. Vous distinguez Miss Anne par vos attentions, et je ne serai bientôt plus le seul à le remarquer. Vous ne devez pas l'exposer aux commérages, Frederick.

— C'est à peine si je l'ai vue pendant ces quinze derniers jours ! protestai-je.

— Mais vous vous rattrapez ce soir.

— Je n'ai dansé avec elle qu'une fois, et j'étais assis avec Miss Barnstaple au dîner.

— Mais vous ne vous êtes pas perdu dans la contemplation de Miss Barnstaple comme dans celle de Miss Anne. Non, ne sortez pas les griffes, prévint-il quand je me préparai à riposter, je dis seulement que vous devriez faire attention. Vous n'êtes pas sur l'océan, mais dans un village, et vous devez songer à sa réputation.

— Je vais l'éviter pendant une semaine, si c'est ce que vous souhaitez, promis-je avec bonne humeur.

— Ce serait, en effet, plus raisonnable.

Je ne m'attendais pas à ce qu'il approuve, car je n'avais dit cela que par plaisanterie, et je ressentis tout l'agacement de quelqu'un contraint de tenir une parole donnée à la légère. Je dus regarder Miss Anne accepter de danser avec Mr Charles Musgrove pendant que j'invitais moi-même plusieurs demoiselles qui ne m'intéressaient pas le moins du monde, afin de rassurer mon frère… et lady Russell, dont les yeux continuaient à se poser sur moi de temps à autre.

La dernière danse me fut accordée par Miss Elliot. Je ne pus m'empêcher de penser qu'Elizabeth n'était guère apte à me consoler d'Anne, mais elle me fut présentée d'une telle manière qu'il nous fut impossible à tous deux de décliner. Il était difficile de savoir lequel de nous deux était le plus mécontent de cet arrangement : Miss Elliot, contrainte de danser avec un marin, ou moi, occupé à comparer cette demoiselle avec sa sœur, tellement plus agréable.

Cependant, j'atteignis mon but en mettant Miss Anne à l'abri des commérages, et lady Russell finit par cesser de me couver des yeux.

— Lady Russell ne semble pas surveiller Miss Elliot aussi jalousement que sa sœur, commentai-je en retrouvant mon frère après la danse. On dirait qu'elle n'a pas d'inquiétudes à son sujet. Je suppose que c'est parce que Miss Elliot ne s'abaisserait jamais à épouser un simple marin ?

— D'une part, et aussi parce que Miss Elliot se réserve pour l'héritier présomptif, William Walter Elliot, *Esquire*.

— Ah, je vois. En l'épousant, elle restera la première dame de la région, et elle conservera en outre sa maison à la mort de son père. L'héritier présomptif est-il au courant de ses projets ?

— Il doit s'en douter, car sir Walter et Miss Elliot l'ont par deux fois retrouvé à Londres, où ils se rendent chaque printemps. À ces deux occasions, ils l'ont invité à Kellynch Hall. La première fois, ils semblaient certains qu'il viendrait, et nous étions tous impatients de le rencontrer. Cela aurait alimenté les conversations lors de nombreuses soirées où les sujets nouveaux se font rares. Les messieurs se seraient régalés en commentant ses habitudes, tandis que les mères de jeunes filles à marier auraient mis toute leur astuce dans des plans pour l'éloigner de Miss Elliot. Aucune n'avait de souhait plus cher que de s'assurer qu'il épouserait l'une ou l'autre de ses filles. Mais hélas, il nous a infligé une déception en ne paraissant pas. L'invitation a été renouvelée l'année suivante, mais il n'est toujours pas venu. Je pense que Miss Elliot n'a pas entièrement renoncé, et ne le fera pas tant qu'elle n'aura pas la certitude que tout est perdu, lorsqu'il en épousera une autre. Mais il ne semble vraiment pas pressé de découvrir Kellynch Hall.

— Est-il jeune ?

— Je le crois. Il étudie le droit.

— Dans ce cas, il est jeune. Ce n'est guère surprenant qu'il n'ait pas envie de se charger de responsabilités si tôt dans la vie ; même s'il est étrange qu'il se destine à une profession alors qu'il doit hériter d'une telle fortune.

— Il peut s'écouler du temps avant qu'il en hérite. Rappelez-vous, il ne touchera rien avant la mort de sir Walter, qui peut ne pas se produire avant plusieurs années, et même ainsi, il pourrait tout perdre au dernier instant, car il est toujours possible que sir Walter se remarie et engendre un fils.

— Privant ainsi Mr Elliot de son héritage, conclus-je d'un air pensif. C'est un homme prudent, donc, ce Mr Elliot ; il ne se contente pas de ses perspectives de richesse, mais préfère s'assurer par lui-même un avenir. Il me plaît.

— Comment pouvez-vous dire une chose pareille ? Vous ne l'avez jamais rencontré. Peut-être est-ce un gredin, fit remarquer Edward.

— Mon cher Edward, s'il étudie le droit, il n'y a aucun doute que ce ne soit un gredin, mais du moins n'est-ce pas un gredin oisif. Miss Elliot sait-elle qu'il fait des études ?

— Bien entendu. Mais elle s'attend à ce qu'il les abandonne, certainement, s'il l'épouse. Peut-être que nous avons encore une chance de le voir à Uppercross.

Je me demandai ce qu'un tel mariage signifierait pour Miss Anne. Recevrait-elle plus d'attention de son père, une fois sa sœur mariée, ou l'inverse ? J'étais tenté de l'inviter de nouveau à danser, mais je me souvenais de la mise en garde de mon frère et je choisis donc plutôt de danser avec Miss Shepherd. Lorsque la danse s'acheva, je l'abandonnai à un certain Mr Clay, qui séjournait dans les environs, et fis mon devoir en prenant pour cavalières de nombreuses autres demoiselles avant qu'il soit temps de rentrer.

Août

Mardi 5 août

Je tins parole et restai une semaine sans voir Miss Anne. Comme les Elliot ne comptent pas se rendre au pique-nique, cela fera quelques jours de plus sans sa compagnie. Après cela, je crois pouvoir lui parler librement sans raviver les soupçons.

Vendredi 8 août

Lorsque je me suis levé ce matin, la chaleur déformait les champs face à moi. Cela me fit regretter la mer, car rien n'est plus agréable que la brise océanique par une chaude journée d'été.

Avant le petit déjeuner, je sortis à cheval et me délectai de la caresse du vent sur mon visage. Cela me rappelait l'euphorie que l'on éprouve lorsqu'on se tient à la proue d'un navire de bon matin, fouetté par l'air vif, et je me pris à me demander de quel bateau on me confierait le commandement. Je commençais à brûler d'impatience de retourner en mer. Mon propre vaisseau ! Mon propre équipage ! Une nouvelle vie, de nouveaux défis, le monde s'offrant à moi pour que je m'en saisisse.

Lorsque je rentrai à la maison, toutefois, mon impatience à quitter cette région se calma, car mon frère m'apprit que les Elliot, finalement, se joindraient à nous pour le pique-nique.

— Il semblerait qu'ils aient entendu dire que Mr William Walter Elliot se trouverait non loin du lieu de l'excursion, et ils veulent faire semblant de le rencontrer par hasard, sans nul doute pour renouveler leur invitation à Kellynch Hall, expliqua-t-il.

— Comment vous y prenez-vous pour récolter de telles informations ? demandai-je avec surprise.

— Je rentre tout juste d'une visite à la vieille Mrs Winters, qui est grabataire, et qui apprécie toujours ma compagnie. Sa fille travaille à Kellynch Hall, et c'était hier après-midi sa demi-journée de congé, elle l'a raconté à sa mère.

— Les serviteurs sont-ils toujours au courant de tout ?

— Si vous ne connaissez pas la réponse à cette question, c'est que vous êtes resté en mer trop longtemps !

— Ce sera intéressant de voir ce monsieur, et d'observer son comportement, dis-je d'un air pensif. À votre avis, sera-t-il heureux ou agacé de cette rencontre ?

— Dans tous les cas, ce sera une surprise pour lui, et les surprises sont toujours embarrassantes, répondit Edward. J'aurais préféré qu'ils s'en tiennent à leur décision de ne pas venir.

Je ne pouvais partager son opinion, je choisis donc de me taire.

Nous nous mîmes en route. Je montai mon alezan, et mon frère un cheval loué pour l'occasion. Je proposai de lui acheter une meilleure monture avec ce qui restait de ma prise de guerre, mais il ne voulut pas en entendre parler, m'assurant qu'il ne montait que rarement et n'avait pas les moyens d'entretenir un cheval, quand bien même je lui en offrirais un.

Nous rejoignîmes le reste du groupe au centre d'Uppercross, et formâmes une file qui ne tarda pas à s'ébranler. Je résistai à la tentation de chevaucher près de la voiture de Miss Anne, bien que le désir en soit d'autant plus fort qu'elle portait une délicieuse robe de mousseline blanche. Je remarquai tout particulièrement ses mains, vêtues de gants immaculés, et songeai que je pourrais facilement les prendre toutes les deux dans une seule des miennes. Je contemplai son visage, encadré par les rebords de sa capeline ; jamais je ne l'avais vu plus enchanteur.

Lorsque nous arrivâmes au but de notre excursion, je n'y tins plus et, après avoir confié mon cheval à l'un des palefreniers, je m'approchai d'elle et lui demandai ce qu'elle avait pensé du voyage.

— Votre voiture était-elle confortable ? m'enquis-je.

— Oui, merci, répondit-elle avec un sourire.

— Vous n'avez pas été brinquebalée par un excès de nids-de-poule ? C'est le pire désagrément de l'été, les routes sont défoncées et pleines d'ornières.

Elle m'assura que cela n'avait pas été le cas.

— Aimeriez-vous marcher un peu ? proposai-je. C'est rafraîchissant, après une heure en voiture.

— Oui, je crois que cela me plairait.

Je lui offris mon bras. Elle le prit, et alors que ses doigts se posaient sur moi, je me surpris à me réjouir de cette belle journée ; à tel point que le regard désapprobateur de lady Russell ne parvint pas à ternir le bonheur qui m'enveloppait.

Nous commençâmes notre promenade tandis que les serviteurs sortaient les tapis des voitures et que les palefreniers détachaient les chevaux des brancards.

— Êtes-vous déjà venue ici ? lui demandai-je.

— Oui, plusieurs fois. La vue depuis le sommet de la colline est renommée pour sa beauté. Les gens viennent de plusieurs miles à la ronde pour l'admirer, surtout l'été, quand les champs d'alentour resplendissent.

— Dans ce cas, nous devrions y monter.

J'espérais que les autres se décourageraient devant l'escalade de la dernière partie de la colline, mais les Poole et les Layne déclarèrent que la vue méritait l'ascension, et se joignirent à nous. Nous partîmes ensemble tandis que le reste du groupe se contentait d'une petite promenade autour de l'emplacement du pique-nique.

Mrs Layne se fatigua avant d'arriver au sommet. Elle et sa fille décidèrent de nous attendre pour redescendre en notre compagnie. Miss Anne et moi, suivis de Mr et Mrs Poole, continuâmes notre montée. Le panorama, dévoilant le paysage sur de nombreux miles, était, en effet, magnifique. Dans le lointain, on devinait le scintillement de la mer.

— Vous devez trouver étrange d'être de nouveau sur la terre ferme après être resté si longtemps en mer, me dit Miss Anne. Cela vous manque-t-il ?

— Oui, reconnus-je.

Mais, en me tournant vers elle, j'ajoutai :

— Pas en cet instant, cependant.

Elle rougit et baissa les yeux. Je ne l'avais jamais vue aussi jolie.

Mrs Poole cita quelques vers d'un poème.

— Tout à fait, tout à fait, commenta Mr Poole.

Après avoir contemplé le paysage tout notre soûl, nous commençâmes la descente.

Mrs Layne et sa fille ne tardèrent pas à nous rejoindre. Elles s'étaient bien reposées, mais comme Mrs Poole à son tour se sentait fatiguée, elles marchaient lentement afin de pouvoir converser avec elle. Miss Anne et moi les laissâmes en arrière. Comme nous avions déjà parlé de la campagne environnante et du temps, nous pûmes nous tourner vers des sujets plus intéressants, et nous évoquâmes d'autres sorties et visites que nous avions pu faire. De fil en aiguille, nous en vînmes à discuter de Londres, où j'avais séjourné à de nombreuses reprises.

— J'aimerais voir la capitale, soupira-t-elle.

— Mais vous y êtes déjà allée, certainement ! m'exclamai-je.

— Non, jamais.

J'étais stupéfait.

— Je croyais que vous vous y rendiez chaque printemps…

— Non. Mon père et ma sœur y vont, mais pas moi.

— C'est monstrueux ! Pourquoi n'auriez-vous pas droit à votre part de plaisir ? Lors de leur prochain voyage, vous devez absolument les accompagner.

— Mais ce n'est pas leur souhait.

— Ne doit-on tenir compte que de leurs souhaits ? Il faut les prier de vous emmener.

— C'est impossible.

— Balivernes ! Rien n'est plus facile, au contraire.

— Pour vous, peut-être, mais pas pour moi. Je ne suis pas un officier de marine. Je n'ai pas l'habitude de donner des ordres, ni d'être obéie.

— Alors il est temps de vous y accoutumer. Commencez avec moi : donnez-moi un ordre, et j'obéirai. Vous y serez vite accoutumée.

Elle sourit, mais se contenta de secouer la tête en silence.

— J'attends, repris-je d'un air taquin.

— Je ne sais pas quoi dire…

Nous nous approchions de l'emplacement du pique-nique, où le repas était déjà servi. Nos compagnons étaient rassemblés, assis sur des tapis à l'ombre d'un arbre, n'attendant que notre retour pour commencer à manger. Sir Walter et Miss Elliot partageaient une place avec lady Russell ainsi que Mr et Miss Shepherd. Miss Scott était assise sur un deuxième tapis avec Mr et Mrs Oldham, dont les trois jeunes enfants jouaient tout près. Il restait deux tapis inoccupés.

Je conduisis Miss Anne vers l'un d'eux, et nous fûmes rejoints par Mrs et Miss Layne tandis que les Poole allaient s'installer avec les Oldham. Après l'habituel échange de politesses où l'on nous demanda ce que nous avions pensé de notre promenade et si nous avions aimé la vue, les gentlemen se mirent en devoir de servir les dames, ce qui me fournit l'occasion idéale de poursuivre mon idée.

— Miss Anne, que m'ordonnez-vous de vous apporter ?

Elle sourit et répondit :

— Un peu de poulet, s'il vous plaît.

— Êtes-vous certaine de ne pas préférer la tourte aux artichauts ? Elle a l'air très bonne.

Elle hésita, puis croisa mon regard et dit :

— Non, merci. Un peu de poulet.

— Ou peut-être du homard ? Il n'y a rien de meilleur que du homard par une chaude journée ; c'est très rafraîchissant. Laissez-vous donc tenter, Miss Anne.

— Merci, mais je vais m'en tenir au poulet.

— Le rôti de bœuf froid a l'air délicieux…

— Commandant Wentworth, apportez-moi du poulet, assena-t-elle d'un ton sévère.

— Eh bien voilà, répliquai-je en riant, ce n'était pas si difficile, n'est-ce pas ?

— Avec vous, peut-être pas.

— Vous avez seulement besoin d'un peu de pratique, et cela ne vous paraîtra difficile avec personne. Il vous suffit de vous exprimer avec assurance, et de ne pas vous arrêter avant d'avoir obtenu ce que vous vouliez. Si vous vous pliez à mon enseignement, vous visiterez Londres, avec toutes ses attractions, la prochaine fois que votre père et votre sœur s'y rendront !

J'aperçus le visage de lady Russell alors qu'elle se tournait dans notre direction, et je devinai qu'elle était mécontente que je passe autant de temps avec Miss Anne, et que cette dernière s'épanouisse ainsi en ma compagnie, mais je n'y accordai pas d'importance, car je trouvais bien plus d'intérêt à regarder la couleur monter aux joues de Miss Anne, et ses yeux briller.

Cependant, comme notre entretien attirait le regard d'autres convives que lady Russell, je me joignis à la conversation générale, faisant l'éloge de la nourriture, de ce soleil radieux, et du plaisir de manger au grand air avec des amis.

Lorsque chacun fut rassasié, nous nous séparâmes en petits groupes. Miss Scott s'enfonça dans un bosquet non loin pour cueillir des fleurs sauvages, les Shepherd partirent se promener sur les pentes de la colline, et les autres restèrent sous l'arbre à jouer paresseusement aux devinettes, dans la torpeur d'un après-midi d'été.

Mr Layne venait de poser une nouvelle énigme lorsque Mr Poole, qui regardait par hasard vers le taillis, s'écria :

— Holà ! Qui est-ce ?

Me tournant dans cette direction, je vis Miss Scott courir vers nous, manifestement agitée.

— Les Français ! cria-t-elle avec de grands gestes. Oh, Dieu du ciel, venez-nous en aide ! Que quelqu'un fasse quelque chose ! Commandant Wentworth ! Les Français arrivent !

Je me levai d'un bond, aussitôt en alerte, et pris le contrôle de la situation.

— Les Français ? Où donc ? m'enquis-je, me demandant si un groupe d'espions avait réussi à forcer nos défenses et quadrillait en cet instant même la campagne.

— De l'autre côté du taillis ! répondit-elle d'une voix haletante.

— Combien sont-ils ?

— Toute une armée !

— Une armée ? répétai-je, incrédule. Allons, Miss Scott, combien en avez-vous vu exactement ?

— Eh bien, un seul, avoua-t-elle, mais quand on en voit un, les autres ne sont pas loin. Oh, commandant Wentworth, que devons-nous faire, grands Dieux ?

— Montrez-le-moi, proposai-je, mais soyons prudents.

Bouleversée, elle me guida. Je la suivis, et les autres pique-niqueurs nous emboîtèrent le pas un à un.

— J'ai compris dès que je l'ai aperçu, expliqua Miss Scott en nous faisant traverser le bosquet.

À la lisière, les arbres cédaient la place aux champs, et je parcourus le paysage des yeux, sans rien voir de particulier. Finalement, je distinguai une haute haie et un homme, penché au-dessus, en train de manger une pomme. Je m'apprêtais à y aller pour lui demander s'il avait vu passer quelqu'un lorsque Miss Scott chuchota :

— Le voilà, là-bas. Il fait plus de dix pieds de haut, exactement comme ils le disent dans les journaux, et c'est une bonne chose que je les lise, car autrement, je n'aurais jamais compris de qui il s'agissait.

— Oh, Miss Scott…, soupira Anne en faisant de son mieux pour garder son sérieux en arrivant à notre hauteur.

— Quel journal avez-vous lu ? m'enquis-je.

Le « Français » continuait de manger sa pomme sans se douter de l'émotion qu'il avait suscitée.

— Celui que ma sœur m'envoie, et je suis heureuse qu'elle se donne cette peine, car sans cela je me serais approchée de lui en toute confiance et je serais morte depuis dix minutes.

— Je crois qu'une telle crainte est prématurée, tempérai-je en menant le groupe vers l'extrémité de la haie.

Miss Scott constata avec surprise que, loin de mesurer dix pieds de haut, l'homme devait faire cinq pieds six pouces, et qu'il se tenait sur une échelle.

— Bonjour, lui dis-je.

—'Jour, répliqua-t-il.

—C'est une bien belle journée.

—Ah, pour ça, oui, convint-il.

J'engageai une longue conversation avec lui, et malgré son accent campagnard très prononcé, je parvins à comprendre qu'il achevait juste son déjeuner et allait bientôt se remettre à tailler la haie. Le reste du groupe rit et se dispersa peu à peu. Pour finir, toutes les craintes furent apaisées, même celles de Miss Scott.

—N'importe qui aurait pu faire cette erreur, j'en suis convaincue, dit-elle en revenant vers le lieu du pique-nique avec Miss Anne et moi-même. Car il semblait vraiment haut de dix pieds, et comme chacun le sait, les Français sont des géants.

—Je peux vous affirmer qu'ils ne sont pas plus grands que les Anglais, la rassura Miss Anne.

—Ah, ma chère amie, vous avez de bonnes intentions, j'en suis certaine, mais vous n'êtes jamais allée en France, alors comment pourriez-vous en être sûre ?

Miss Anne était ébranlée par ce raisonnement, aussi annonçai-je à Miss Scott :

—Je peux vous assurer, madame, que j'ai vu bien des Français, et que jamais encore je n'en ai rencontré qui fasse plus de six pieds.

Dubitative, elle hésita. Mais finalement, elle se contenta de murmurer son soulagement après avoir déclaré :

— Bien, si vous le dites, commandant, alors peut-être que c'est vrai.

De retour à l'emplacement du pique-nique, nous nous rassîmes sur nos tapis.

Miss Elliot ne s'intéressait pas aux devinettes, qui avaient repris, et décréta qu'elle s'ennuyait. Elle n'avait pas participé à l'équipée de ceux qui voulaient voir « les Français », non plus que son père et lady Russell, préférant se tenir à l'écart. Elle bâilla, se leva, et déclara qu'il était temps de rentrer.

Il n'était pas difficile de deviner pourquoi elle était mécontente, car on n'avait pas vu l'ombre de Mr Elliot, ni de personne d'extérieur à notre groupe.

La journée tirait à sa fin. Perturbé par les alarmes de Miss Scott et les remarques de Miss Elliot, le jeu perdit de sa vivacité, et les Poole ainsi que les Shepherd commencèrent également à parler de partir.

Enfin, tout fut rassemblé, et il ne subsista plus rien pour témoigner des délicieux moments que nous avions passés ici, à part l'herbe plus courte à l'endroit où les chevaux avaient brouté.

J'aidai Miss Anne à monter en voiture. Sans tenir compte des regards réprobateurs de mon frère et de lady Russell, je chevauchai à son côté, prenant autant de plaisir qu'elle à notre conversation.

Nous dûmes nous séparer lorsque sa voiture tourna vers Kellynch Hall, et je restai à repenser à cette journée, l'une des plus agréables qu'il m'ait été donné de vivre depuis longtemps.

Samedi 9 août

— Je constate que vous n'avez tenu aucun compte de mes recommandations, et avez témoigné à Miss Anne des attentions particulières, me reprocha mon frère lorsqu'il eut achevé ses devoirs paroissiaux. C'est une bonne chose que vous partiez pour le mariage de Harville la semaine prochaine, car au moins cela vous empêchera de vous attirer des ennuis.

Je fus contrarié qu'il se mêle ainsi de mes affaires, mais, conscient d'avoir suscité hier quelques regards curieux en plus de ceux de lady Russell alors que je chevauchais au côté de Miss Anne, je me rappelai qu'il ne désirait que mon bien.

Et maintenant, alors que je suis assis à mon bureau à contempler les champs qui entourent la maison de mon frère, je me sens plus déchiré que jamais. D'un côté, je voudrais passer tout mon temps avec Miss Anne, et de l'autre, je pense que je devrais être plus prudent, car elle devra affronter ses voisins lorsque je serai de nouveau en sécurité sur la mer.

Pourtant, même si je ressens toujours le désir de recevoir les embruns sur mon visage, je suis de plus en plus réticent à l'idée de quitter la région, car Miss Anne prend chaque jour davantage d'importance à mes yeux.

Je ne me doutais pas que je rencontrerais une telle jeune fille lorsque je suis venu à Monkford, car qui s'attendrait à ce qu'un semblable joyau soit enterré à la campagne ? Ou à ce que ce soit moi qui sache l'illuminer de joie ?

Lundi 11 août

Ce matin, j'ai accompagné mon frère à Uppercross, et alors que nous passions devant Great House j'ai vu Miss Anne, lady Russell et Mr Charles Musgrove qui se dirigeaient vers nous.

Mr Musgrove avait une façon de se tenir près de Miss Anne qui me déplut.

— Voici venir trois de nos voisins. Je crois savoir que les Musgrove et les Elliot sont amis de longue date, dis-je.

— En effet, ils se fréquentent depuis longtemps, confirma Edward.

Sa réponse légèrement ambiguë n'était pas à mon goût, mais il me sembla préférable de ne pas m'étendre sur le sujet. Si j'insistais, Edward serait surpris. Mais je ne pus m'empêcher de constater que lady Russell ne regardait pas Musgrove avec l'air revêche qu'elle me réservait.

J'en fis la remarque à Edward.

— Elle a de la sympathie pour lui de façon générale, mais si vous sous-entendez qu'elle le considère comme un prétendant convenable pour Miss Anne, je pense que vous vous trompez. Lady Russell n'est pas aussi bouffie d'orgueil que sir Walter, mais elle connaît la valeur du rang, et je crois qu'elle recherche quelque chose de mieux pour sa filleule. Je serais étonné qu'elle approuve une telle union.

— Il semble pourtant posséder des qualités, dis-je, me sentant subitement d'humeur généreuse à l'égard de Musgrove maintenant que je savais qu'il ne courtisait pas Miss Anne. Il est assez beau garçon, et la propriété familiale à Uppercross n'est pas négligeable. Il fera probablement la cour à Miss Welling.

— Vous semblez bien impatient de lui trouver une femme, fit remarquer Edward avec amusement.

— C'est à cause des noces de Harville. Le mariage hante mes pensées.

Leur groupe s'approcha et nous échangeâmes des salutations. Nous repartîmes ensemble, car nous nous rendions tous dans la grande rue. Je voyais bien que lady Russell n'était pas enchantée par notre compagnie, et elle s'arrangea pour attirer mon attention, abandonnant Miss Anne et Charles Musgrove. Mais je n'allais pas la laisser me priver de la présence d'Anne. Je lui demandai son opinion à trois reprises, et restai suspendu à ses lèvres quand elle me répondit ; avant que l'on ait pu nous en empêcher, nous étions plongés dans une conversation qui ne prit fin que lorsque nos chemins se séparèrent.

Edward ne me fit pas de reproches alors que nous poursuivions notre route, mais il me regarda, et je devinai ce qu'il avait en tête. Encore une fois, j'avais témoigné à Miss Anne des égards particuliers, et avais montré pour elle un intérêt sincère.

— Combien de temps partez-vous, pour le mariage de Harville ?

— Je m'en vais demain, et rentrerai mercredi soir.

Il sembla satisfait, car il savait tout comme moi que je ne verrais donc pas Miss Anne avant jeudi.

Mardi 19 août

Je me mis en route de bonne heure, à une allure tranquille, bénissant mon cheval auquel les montées ne faisaient pas peur. En arrivant, je trouvai Harville en proie à l'agitation. Il m'accueillit avec chaleur, mais se montra tantôt expansif, tantôt taciturne.

— Vous ne regrettez pas votre décision ? lui demandai-je.

Il parut surpris, et cela me rassura, car il n'aurait pas pu se dédire, même s'il l'avait voulu.

— Pas du tout. Je suis impatient, au contraire. C'est juste que je suis conscient qu'après la journée de demain, ma vie ne sera plus jamais la même. Cette idée me perturbe. Je n'arrive pas à imaginer l'avenir... mais je pense que très vite, je m'y habituerai. Pourquoi ne pas suivre mon exemple et vous marier, Wentworth ? Une existence de célibataire est une vie stérile. Vous devriez vous trouver une demoiselle bien, que vous puissiez aimer et estimer, quelqu'un à qui penser quand vous êtes en mer, quelqu'un vers qui revenir lorsque vous avez une permission à terre.

—Non, pas moi ! répliquai-je, mais avec moins de ferveur que je ne l'aurais fait un mois plus tôt. Je suis trop jeune pour un tel engagement, et il me reste trop à voir dans le monde. Quant aux permissions, je peux séjourner chez mon frère.

—Ce n'est pas aussi confortable que de rentrer auprès de son épouse.

—C'est vrai, mais il est aussi moins difficile de quitter son frère quand la permission s'achève.

Sa famille était réunie autour de lui, attendant la cérémonie avec impatience. Benwick et Jenson étaient présents également. Comme le temps avait passé depuis que nous nous étions rencontrés tous quatre à l'Académie navale !

—Il était temps que vous fassiez de Harriet une honnête femme, déclara le frère de Harville en riant. Cela faisait trop longtemps que vous soupiriez en songeant à elle !

—C'est une responsabilité qui ne doit pas être endossée à la légère, objecta son cousin en secouant la tête.

—À vous entendre, on croirait que Harville prend le commandement de la Marine tout entière, et pas qu'il va embrasser les devoirs d'époux d'une jolie dame, fit remarquer Benwick.

—Heureusement que mes amis sont là pour me défendre ! commenta Harville.

Mais sa tranquillité ne dura pas longtemps. Le reste de la famille entra dans la partie et il reçut autant d'opinions sur le mariage qu'il y avait d'hommes dans la pièce.

À la fin, il cria grâce et nous supplia de changer de sujet de conversation.

Mais en me retirant dans ma chambre, je ne pus chasser ses mots de mon esprit. « Pourquoi ne pas suivre mon exemple et vous marier, Wentworth ? »

Finalement, me sentant trop agité pour dormir, je me glissai hors de la maison. La nuit était belle, avec une brise agréable, et je marchai sur la route au clair de lune. Je repensais à ce que j'avais éprouvé, quelques mois plus tôt, lorsque Harville m'avait annoncé ses noces prochaines. J'avais accueilli cette déclaration avec incrédulité, le jugeant idiot, car le monde était plein de jolies jeunes filles, et il était absurde de renoncer aux sourires de toutes ces demoiselles pour ne profiter que de ceux d'une seule.

Mais, debout à la croisée des chemins, je compris.

Mercredi 20 août

Harville s'est levé très tôt, les nerfs à vif. Il fut incapable de nouer sa cravate et je dus le faire pour lui. Ensuite, il ne parvint pas à enfiler son manteau, et il lui fallut mon aide et celle de Benwick. Il n'arrivait à se concentrer sur rien, et nos efforts pour lui parler de son prochain navire et de la certitude qu'il ferait d'autres prises de guerre dès qu'il retournerait en mer furent vains, car il n'écoutait que le dixième de nos paroles.

Il était beaucoup trop tôt pour se rendre à l'église, mais il insista pour que nous nous mettions en route, et nous dûmes attendre un quart d'heure devant l'autel. Je me dis qu'il allait s'user les mains à force de les frotter l'une contre l'autre !

Enfin, Harriet arriva, éblouissante dans sa robe de satin. L'office commença, et en regardant Harville prononcer ses vœux, je m'aperçus que loin d'avoir pitié de lui, je l'enviais.

Lorsque nous quittâmes l'église, la mère de Harriet pleurait, de même que la mère et la sœur de Harville, mais Harriet, pour sa part, rayonnait de joie.

Nous nous rendîmes chez elle pour le petit déjeuner de noces. Quand chacun fut rassasié, eut porté un toast et prononcé un discours, les jeunes époux partirent pour leur lune de miel.

Jenson, Benwick et moi en profitâmes encore un peu, bénéficiant de l'hospitalité de la famille de Harville. Benwick semblait très séduit par Fanny. Jenson conversait avec les parents de Harville, moi avec son frère. Nous revivions nos batailles passées et imaginions avec impatience nos combats futurs, formant le souhait que l'avenir nous permette de servir sur le même vaisseau.

Enfin, il fut l'heure pour moi de partir. Je fis mes adieux à chacun, et les remerciai tous pour leur gentillesse. Leurs vœux m'accompagnèrent alors que je me mettais en route, et je chevauchai à une allure régulière vers la maison. Le temps resta agréable, et j'eus la chance d'assister à un magnifique coucher de soleil en chemin. J'arrêtai mon cheval pour profiter du spectacle et voir le ciel tourner à l'écarlate avant que l'astre ne disparaisse derrière l'horizon. Puis je repartis et arrivai peu après la nuit. Edward lisait le journal, mais il le posa aussitôt pour me demander comment j'avais passé ces deux jours. Je lui racontai tout, puis il m'assaillit de questions sur l'office. Je lui répondis de mon mieux, et il finit par convenir que c'était une belle cérémonie.

Puis il me donna des nouvelles, qui étaient moins joyeuses, car la paroisse de Leigh Ings avait été attribuée à un autre.

— Ne vous en faites pas, il reste la charge de Trewithing, lui rappelai-je.

— C'est vrai, et je préférerais en effet la recevoir, plutôt que d'ajouter une paroisse à celle que j'ai déjà. Je dois garder espoir.

— Pensez-vous qu'elle vous échoira ?

— Rien n'est certain, mais j'ai des amis dans la région, et comme je ne crois pas que d'autres aient des vues dessus, je pense que c'est possible.

— Ce serait une très bonne chose.

— Sans aucun doute. J'aurais ma propre paroisse, une maison plus grande et un meilleur revenu, et je serais ainsi mieux placé pour entendre parler d'autres paroisses qui deviendraient vacantes.

— L'Église n'offre pas une carrière facile à ceux qui n'ont pas d'appui, contrairement à la Marine où un homme peut montrer sa valeur.

— Mais il est toujours possible de s'élever, répliqua-t-il.

— À présent que Sophia est bien mariée et que je suis commandant, j'aimerais vous voir évêque.

Il se contenta de rire et d'expliquer qu'il n'était pas aussi ambitieux que moi. Il promit tout de même de se rendre en ville le lendemain pour tenter d'en savoir davantage.

Sur ce, nous nous souhaitâmes une bonne nuit.

Alors que je gravissais l'escalier, mes pensées se portèrent de nouveau vers Harville, désormais marié, et je compris qu'une page venait de se tourner. Lui et moi avions été comme des frères, mais il était entré dans une nouvelle période de son existence, et je ressentais une certaine agitation, un besoin d'avancer moi aussi dans ma vie.

Jeudi 21 août

Cet après-midi, Edward s'est rendu en ville pour en découvrir autant que possible au sujet de la charge de Trewithing. Alors qu'il était sorti, on apporta un billet de Kellynch Hall, et je dus patienter jusqu'à son retour, car il lui était adressé.

— Sur mon âme ! s'écria-t-il en le décachetant. Nous sommes invités à dîner avec sir Walter Elliot à Kellynch Hall.

— Ce doit être une erreur, bredouillai-je.

— Voyez par vous-même.

Il me lança le papier. En effet, c'était une invitation.

— Je croyais que sir Walter ne m'aimait guère, dis-je avec étonnement.

— Mon cher frère, une invitation n'est pas nécessairement un compliment à votre égard. Il se peut qu'il souhaite me voir. S'il a entendu parler de mes espoirs… Mais non, sir Walter ne s'intéresse pas aux affaires de simples clergymen. Il se montre simplement bon voisin, c'est tout.

— Peut-être. Ou alors, il lui manquait des convives.

— Vous êtes bien méfiant, Frederick.

— Les batailles m'ont appris qu'il valait mieux pécher par excès de prudence…

— Sir Walter n'est sans doute pas apte à se mesurer à vous, me taquina-t-il.

Probablement pas, mais il n'en est pas de même de lady Russell, pensai-je.

Je ne pouvais m'empêcher de me demander si elle était à l'origine de cette invitation. Désirait-elle me voir, afin d'avoir l'occasion de mieux me connaître, et d'observer mon comportement à l'égard de Miss Anne de plus près ? Songeait-elle, qui sait, qu'un commandant n'était finalement pas un si mauvais parti pour sa protégée ? Ou cherchait-elle une occasion de me mettre en garde ?

Vendredi 29 août

— Vous avez apporté une attention inhabituelle à votre tenue, il me semble, commenta Edward lorsque je le rejoignis dans son salon, avant que nous nous mettions en route pour Kellynch Hall.

— Pas du tout. Je suis toujours soucieux de mon apparence, répliquai-je. Du moins tant que cela n'implique pas de porter un voile.

Le temps étant clément, nous décidâmes de nous rendre à Kellynch Hall à pied. En arrivant, je le vis en entier pour la première fois, car même si j'avais pu l'apercevoir depuis la rivière, je n'avais encore jamais contemplé la façade. La maison me sembla très belle, et je me confiai à mon frère.

— J'aimerais en avoir une semblable, lorsque j'aurai fait ma fortune.

— Je n'en doute pas, mais elle reste à faire…

Alors que nous nous rapprochions, je cessai d'admirer la bâtisse pour la considérer comme la demeure de Miss Anne. À ses yeux, chaque arbre, chaque brin d'herbe était familier, de même que chaque pierre ou chaque brique. En contemplant les fenêtres des combles, je l'imaginai petite fille, regardant entre les barreaux des fenêtres de la chambre d'enfant les pelouses verdoyantes. Je pensai à l'enfance qu'elle avait eue, avec une mère aimante, à son départ pour la pension, à ses retours vers sa campagne bien-aimée dont les tons verts et bruns sous le bleu du ciel étaient si apaisants. Je me la peignis, jouant du piano dans le salon et admirant par les croisées ces mêmes étendues de verdure, ou marchant ici d'une saison à l'autre alors que les feuilles passaient d'une teinte tendre à une autre plus soutenue avant de virer au roux et à l'or.

L'allée était longue, mais nous finîmes par atteindre le bâtiment. Un imposant valet à la livrée resplendissante nous fit entrer et nous escorta vers le salon. C'était une vaste pièce aux proportions agréables, joliment meublée, et dont les tentures et les tapis étaient neufs. Chaque objet était de première qualité et témoignait du bon goût de sir Walter et de Miss Elliot. Mais malgré la grandeur des lieux, quelque chose manquait : de la chaleur.

Sir Walter et sa fille aînée m'adressèrent un regard hautain, et lady Russell me contempla comme si j'étais un serpent. Rien de dangereux si l'on me tenait à distance, mais le venin était une menace si l'on me laissait approcher.

Mais un moment plus tard, j'oubliai sir Walter, Miss Elliot et lady Russell quand mes yeux se posèrent sur Miss Anne. Elle sourit en me voyant, ce qui éclaira son visage d'une joie si vive qu'elle sembla illuminer toute la pièce. Elle rayonnait de bonheur et de gentillesse. Elle s'avança pour me saluer, et nous nous plongeâmes aussitôt dans une conversation animée, ne nous rappelant la présence des autres que lorsque lady Russell s'approcha pour s'adresser à mon frère et à moi. Sir Walter et Miss Elliot firent également leur devoir en venant nous accueillir. Puis lady Russell se mit à me parler, sans nul doute dans le but de m'éloigner de Miss Anne.

— Nous avons de la chance de vous avoir depuis si longtemps dans le Somersetshire, déclara-t-elle d'une voix qui laissait entendre qu'elle pensait tout le contraire. Vous avez de nombreux liens avec cette région, je crois ? Votre frère y habite, et il me semble que votre beau-frère est également originaire des environs ?

— En effet.

— Vous n'avez qu'une sœur ? s'enquit sir Walter en me faisant la grâce de se mêler à la conversation.

— Oui.

— Est-elle mariée depuis longtemps ?

— Sept ans.

— C'est assez long... Et quelle est la profession de son époux ?

— Il est capitaine de frégate.

— Ah, c'est un marin, commenta sir Walter d'un air de dédain.

— Un officier de la Marine, excellent dans son travail. Il sert sa patrie depuis de longues années et contribue à la sécurité de nos rivages.

— Est-il en mer en ce moment ? demanda Miss Anne avec un intérêt sincère.

Je m'adoucis au son de sa voix.

— Oui, c'est le cas.

— Votre sœur doit s'ennuyer de lui. Il n'est jamais facile pour une femme d'être séparée de l'homme qu'elle aime.

— Non, c'est vrai, dis-je tendrement, car je sentais qu'elle pensait à moi en disant cela. Ni pour un homme d'être éloigné de l'objet de son cœur.

Mon frère se racla la gorge à grand bruit, puis déclara d'un ton joyeux :

— Par bonheur, ni l'un ni l'autre n'ont à subir les affres de la séparation, car ma sœur navigue avec son époux.

— Mais comment est-ce possible ? s'étonna Miss Anne en se tournant vers lui. Je n'imagine pas comment elle parvient à survivre en ne mangeant que des biscuits de guerre et en dormant dans un hamac. Elle doit être très courageuse.

Je ris en entendant cette description de la vie à bord.

— Rassurez-vous. Elle a une cabine pour se reposer, et tout le confort qu'une femme peut désirer. Elle a de la bonne nourriture, et une domestique qui s'occupe d'elle...

— Une domestique ? Ce n'est pas possible !

— Bien sûr que si. Les officiers de marine ont l'habitude d'un certain style de vie, car ce sont des gentlemen.

À ce moment, sir Walter et Miss Elliot échangèrent un regard incrédule, mais je n'en tins pas compte.

— Ils n'attendent rien de moins quand ils sont en mer, conclus-je.

— Je suis surprise qu'il y ait de la place pour une bonne, car on a besoin d'espace pour tant d'autres choses, mais on est sans doute moins à l'étroit à bord que ce que je croyais.

— Sur une frégate, il y a peu d'espace, je l'admets, mais mon beau-frère compte bien prendre un jour le commandement d'un navire plus grand, et il finira amiral, j'en suis certain. Sur les plus grands vaisseaux de la flotte, vous savez, l'espace ne manque pas et rien n'est plus confortable…

— … sauf une bonne maison sur la terre ferme, intervint lady Russell, entrant dans la conversation avec l'air de quelqu'un qui ne pourrait se taire un instant de plus. Voilà qui est bien plus confortable qu'un bateau, car il y a de grandes pièces, de vastes jardins, d'importants quartiers pour les domestiques, tout ce qui rend la vie simple et facile.

— Mais une maison n'offre pas la même vue, rétorquai-je.

— Celles que l'on a depuis Kellynch Hall sont très belles, décréta sir Walter qui n'aimait pas être surpassé.

— Elles ne sauraient être comparées à la mer si changeante, ni aux splendeurs de Lisbonne, de Gibraltar ou des Indes.

— Ces endroits exotiques sont surfaits. Ils ne valent pas Londres ni Bath, déclara sir Walter.

Je vis Anne changer d'expression et lui demandai :

— Vous n'aimez pas Bath ?

— Non, je l'avoue.

— Il faut être idiot pour ne pas aimer Bath, assena Miss Elliot.

Anne rougit, mais je l'encourageai à parler :

— Pourtant, c'est une ville intéressante, n'est-ce pas ?

— Peut-être. Mais je ne m'y suis jamais plu. Je l'ai trouvée dure et aveuglante, contrairement à la campagne, dont les couleurs sont douces.

De toute évidence, elle ne souhaitait pas en dire davantage, aussi me remis-je à évoquer la vue que l'on a depuis un bateau, et Anne m'écouta, captivée. Je ne la quittais pas des yeux, remarquant à peine lady Russell, sir Walter et Miss Elliot qui nous observaient avec réprobation, jusqu'à ce que mon frère attire mon attention.

Je le laissai aborder la question des livres. Là encore, Anne partageait mes idées, et nous découvrîmes que nos goûts coïncidaient sur tous les sujets importants. Une fois de plus, nous ne pouvions nous arrêter de converser. Seul le dîner mit un terme à notre discussion.

Pendant le repas, Miss Anne et moi continuâmes à discuter de littérature, tandis que sir Walter présentait sa généalogie à mon frère, récitant le nom de chacun de ses ancêtres et dissertant sur le haut rang d'un baronnet, et que Miss Elliot parlait avec détermination de Mr William Walter Elliot et de leur espoir de le voir à Kellynch Hall avant la fin de l'été.

Lady Russell se montrait taciturne, mais chaque fois que je la regardai, je m'aperçus qu'elle avait les yeux tournés vers moi.

Enfin, le dîner s'acheva. J'avais envie de danser, et j'en fis la suggestion, mais l'idée fut rejetée et je dus me contenter d'admirer Miss Anne au lieu de pouvoir l'effleurer. Finalement, son attention fut requise par son père, et lady Russell m'attira à l'écart.

— Anne vous plaît beaucoup, déclara-t-elle.

— C'est exact, confirmai-je sans quitter l'intéressée des yeux.

— C'est une toute jeune fille. Elle n'a que dix-neuf ans, et ne connaît donc presque rien du monde...

— Ce qui est bien dommage, car le monde est merveilleux, répliquai-je, et elle mérite de le découvrir. Son père et sa sœur se rendent à Londres chaque printemps, me semble-t-il, mais ils n'estiment pas nécessaire de l'emmener. Elle devrait y aller, pour partager ces plaisirs. Les musées, les théâtres et les boutiques méritent tous d'être vus. Je lui ai dit qu'elle devait exiger d'être du voyage la prochaine fois.

— Je ne crois pas que ce soit une bonne idée qu'elle formule des exigences, et je vous demande de ne pas l'y encourager. Cela n'est pas dans son caractère, car Anne n'est pas vindicative, répliqua-t-elle d'un air mécontent.

Je n'avais pas l'intention de la laisser me rabrouer ainsi.

— Alors, si elle ne doit pas formuler d'exigences, quelqu'un doit le faire pour elle, poursuivis-je en posant un regard insistant sur lady Russell, ou elle ne connaîtra toujours rien du monde à l'âge de vingt-cinq ans.

Cette réflexion déplut à lady Russell, et je vis qu'elle m'appréciait moins que jamais.

Elle se reprit, cependant, et avec l'air de quelqu'un qui révèle sa pensée première, elle déclara :

— Vous êtes un homme du monde, commandant, et je vais vous parler clairement, afin de m'assurer qu'il n'y ait pas de malentendu. Anne est très jeune et inexpérimentée ; elle est très influençable. Je ne tolérerai pas de voir quiconque abuser de sa jeunesse ou de sa crédulité. Quand le moment sera venu, elle rencontrera un homme de son rang, capable de lui offrir tout ce à quoi elle est habituée, et même davantage. Je suis certaine que vous ne souhaitez pas lui infliger de tort par vos attentions…

— Rassurez-vous, lady Russell, je ne ferai jamais rien qui puisse lui causer du mal, déclarai-je, sincère.

— Ah, très bien, dit-elle en hochant la tête d'un air sagace. Vous me soulagez d'un grand poids. Je suis ravie que nous soyons d'accord sur ce point ; je m'y attendais. Un homme de votre expérience ne pouvait penser autrement. N'en parlons plus. Vous reprenez bientôt la mer, je crois ?

— Oui, dès qu'un vaisseau sera disponible.

— Vous êtes impatient, n'est-ce pas ?

— En effet, car alors je pourrai commencer à faire fortune. Je compte devenir riche avant de quitter la Marine.

— Je vous souhaite de réussir. Vous êtes jeune et plein de force, vous êtes ambitieux, et j'espère que vous pourrez accomplir les désirs de votre cœur. Nous avons de la chance d'avoir des hommes comme vous pour protéger nos côtes.

Elle m'adressa un signe de tête et s'éloigna. Pour commencer, je fus content de notre conversation, car elle me semblait s'être bien déroulée, mais en y repensant j'eus la désagréable impression que nos intérêts divergeaient peut-être. Ses paroles étaient un peu ambiguës, et, bien que j'aie pour ma part parlé sans détour, je craignais tout de même qu'elle n'ait mal interprété mes propos.

Mais alors Miss Anne s'approcha de moi, et lady Russell quitta aussitôt mes pensées. Nous n'avions certes pas l'intention de nous montrer indifférents aux autres, mais nos esprits s'accordaient si bien que nous ne leur prêtâmes pourtant aucune attention avant qu'il soit temps pour moi de partir.

À regret, je pris congé de Miss Anne, puis je saluai sir Walter, Miss Elliot et lady Russell. Edward et moi quittâmes Kellynch Hall.

Il resta silencieux pendant le trajet, mais aussitôt que nous fûmes arrivés, il me dit :

— Frederick, je dois une fois encore vous parler de votre attitude à l'égard de Miss Anne. C'est à peine si vous avez adressé un mot aux autres convives, de toute la soirée. Vos attentions sont beaucoup trop visibles. Ce serait mieux que vous quittiez Monkford pour rendre visite à quelques-uns de vos amis pendant les prochaines semaines.

— J'aimerais vous faire plaisir, Edward, mais cela m'est impossible, avouai-je. Je ne peux renoncer à elle.

— Que me chantez-vous là ? Un homme qui a capturé des vaisseaux français ne peut se passer de la compagnie d'une fille de dix-neuf ans ? Il suffit de vous éloigner, et l'affaire sera réglée !

— Vous ne comprenez pas. Non seulement je ne *peux* renoncer à elle, mais en outre je ne *veux* pas renoncer à elle, déclarai-je, prenant conscience des sentiments qui avaient grandi en moi depuis que j'avais fait sa connaissance. Je n'aurais jamais cru rencontrer une femme comme elle : un esprit tellement supérieur, un goût si raffiné, un cœur tellement ouvert ; des cheveux si soyeux, des yeux si vifs, une peau si douce, une contenance si charmante ; sa voix, son sourire… En un mot, Edward, je l'aime.

Il me regarda avec inquiétude.

— Vous avez montré des attentions à de nombreuses demoiselles autrefois, mais je ne vous avais jamais entendu déclarer que vous étiez amoureux. C'est sérieux, alors ?

— Oui. Je ne puis vivre sans elle, et j'ai l'intention de lui demander d'être ma femme.

Il secoua la tête.

— Je ne peux me résoudre à me réjouir. Vous n'avez rien à lui offrir.

— J'ai l'argent de mes prises de guerre.

— Vous l'avez dépensé.

— J'en gagnerai d'autre.

— Vous ne voyez donc aucune difficulté ?

— Aucune que je ne puisse surmonter.

Il se laissa tomber avec lassitude dans un fauteuil.

— Je ne peux vous encourager dans cette voie, Frederick. Vous n'aurez pas la bénédiction de sa famille, ni celle de lady Russell. Ils veulent la voir épouser un homme doté de fortune et d'un rang, et ils ont raison. Tout son futur dépend de ce choix.

— Vous ne me considérez pas comme un bon parti ? demandai-je, surpris et un peu blessé.

— Il vous reste beaucoup de chemin à parcourir avant de devenir un bon parti pour la fille d'un baronnet. Si vous vous en tenez à ce projet, vous rencontrerez beaucoup d'obstacles. Ils ne vous accorderont pas sa main de bon gré, et il se pourrait même qu'ils ne vous l'accordent pas du tout, répondit-il de façon pragmatique.

— Les obstacles sont faits pour être balayés.

— Nous ne parlons pas de la flotte française, Frederick. Vous n'approcherez pas Kellynch Hall à bord d'une frégate, et vous ne pourrez pas tirer le canon. Sir Walter n'aura pas peur de vous, et il ne se rendra pas. S'il est prévenu contre vous, il ne vous donnera pas son consentement.

— Alors j'épouserai Miss Anne sans le consentement de son père.

— Et Miss Anne, approuve-t-elle ce projet ?

J'hésitai.

— C'est que, vous savez, vous ne devez pas penser seulement à vous-même.

— Vous êtes trop négatif, lui dis-je en me reprenant. Sir Walter n'a pas encore refusé son consentement, et tant que ce ne sera pas le cas, je ne vois pas l'intérêt d'y songer.

— Et vous êtes certain que Miss Anne voudra vous épouser, même avec son consentement ?

— Je…

Je me tus. J'avais failli répondre : « J'en suis certain. Elle m'aime. » Mais si je me trompais ? Pour la première fois de ma vie, j'hésitai, et je trouvai cela désagréable. Mais je ne pus chasser cette pensée. Et si elle ne m'aimait pas ? Cette idée était insupportable.

— Je crois qu'elle m'aime, et demain je n'aurai plus de doute.

— Demain ? Croyez-vous vraiment avoir l'occasion de lui parler si rapidement ?

— Un homme d'action crée ses propres occasions, il n'attend pas qu'elles se présentent.

Je songeai à ses promenades matinales le long de la rivière, et décidai de la retrouver là, et de lui demander sa main.

Samedi 30 août

Je passai une nuit affreuse, pire même que les nuits qui précèdent les batailles, car l'impatience mêlée à l'excitation m'empêchait de dormir.

Ne supportant plus de me tourner et me retourner dans mon lit, je me levai à cinq heures et demie et m'habillai avec soin. Sautant le petit déjeuner, je déverrouillai la porte et sortis sans bruit. Je me dirigeai vers la rivière et commençai à me sentir mieux. L'air était doux, et un chaud soleil montait à l'horizon. La terre entière brillait de bleu et de vert, et étincelait de gouttes de rosée accrochées à chaque brin d'herbe. C'était le matin rêvé pour une demande en mariage… si Anne acceptait.

Peu habitué à l'incertitude, je la chassai rapidement. Je marchai le long de la rivière et m'attardai pour faire des ricochets, jusqu'à ce que j'aperçoive un martin-pêcheur. Je m'arrêtai pour suivre des yeux son plumage turquoise, iridescent dans la lumière oblique, et je le vis plonger dans l'eau. Je pris cela pour un bon présage : cet heureux oiseau annonçait mon bonheur à venir. J'imaginai l'été, chaud et calme, s'étirer devant moi, avec Anne à mes côtés, et cela m'emplit de joie.

Je continuai ma promenade, et fus enfin récompensé par sa vue. Il était encore tôt, pas plus tard que six heures et demie, et l'euphorie me gagna à l'idée qu'elle non plus n'avait pas pu dormir. Elle me vit, hésita, et enfin s'avança.

Je marchai vers elle, accélérant presque jusqu'à courir. Elle s'élança vers moi puis nous nous arrêtâmes, à quelques pouces l'un de l'autre, et nous nous dévorâmes des yeux comme si notre vie en dépendait.

Elle ouvrit la bouche.

Je l'interrompis :

— Je ne puis me taire plus longtemps, déclarai-je brusquement. Je vous ai contemplée pendant toutes ces semaines… j'ai parlé avec vous… dansé avec vous… été transporté par vous… je ne peux continuer sans savoir… Anne, ma bien-aimée… Je vous aime, soupirai-je en lui prenant les mains. Je vous en prie, dites-moi… mettez un terme à mes souffrances… m'aimez-vous aussi ?

Elle rougit, baissa la tête, murmura des paroles que je n'entendis pas, leva les yeux et posa sur moi un tel regard que mon cœur s'arrêta. Je reculai pour mieux la contempler, portai ses mains à mes lèvres, et songeai que j'étais le plus heureux des hommes.

— Anne, voulez-vous m'épouser ?

Elle sourit et rougit.

— Oui, Frederick.

« Oui, Frederick ! » Jamais deux mots n'avaient retenti si agréablement à mes oreilles.

— Lorsque j'irai en mer, viendrez-vous avec moi ? Aimeriez-vous cela, Anne ?

— Je crois que cela me plairait beaucoup. Vous m'avez tant parlé de votre vie que je brûle de la découvrir par moi-même.

— Je vous montrerai des merveilles ! m'écriai-je en imaginant les plaisirs qu'elle connaîtrait, l'aventure, l'excitation, et la nouveauté que cela représenterait pour elle, qui n'avait jamais quitté les rivages de l'Angleterre. Les humeurs toujours changeantes de la mer, ses montagnes et ses vallées, ses plaines semblables à de l'huile. Et les ports que vous visiterez. Les couleurs, Anne ! Les rouges, les bleus et les verts lumineux… Pas les teintes ternes de l'été anglais, sous le ciel anglais, mais la brillance de la Méditerranée et la lumière transparente des Indes…

— J'ai grand hâte de voir tout cela, répliqua-t-elle, enthousiaste. Je connaîtrai le monde aussi bien que votre sœur avant que beaucoup d'années se soient écoulées.

— C'est vrai. Vous aurez des histoires incroyables à raconter lors de vos retours !

Elle irradiait de plaisir à cette pensée, me demandant combien il faisait chaud aux Indes, et s'il y pleuvait jamais ; si elle parviendrait à comprendre les gens, et si eux la comprendraient.

Puis nous nous enlaçâmes et nous mîmes à marcher… c'est à peine si je sais ce que nous fîmes… où nous allâmes… ce que nous dîmes… J'étais étourdi.

Le soleil monta dans le ciel, mais nous marchions toujours, tantôt parlant, tantôt nous taisant, avec le monde à nos pieds, jusqu'à ce que nos pas finissent par nous ramener à Kellynch Hall. À cette vue, je me souvins de la formalité qui me restait à accomplir, du dédain de sir Walter, de sa façon de hausser les sourcils, de ses regards froids, mais ce n'était qu'un faible prix à payer pour la main d'Anne.

— Je dois parler à votre père. Je vais le faire à l'instant.

Elle secoua la tête.

— Vous arrivez trop tard. Il va passer une semaine chez un ami, et il doit déjà être parti, dit-elle en regardant le soleil, qui était à présent haut dans le ciel.

Je n'allais pas me décourager.

— Ce n'est pas grave, j'irai le trouver dès son retour.

— En attendant, nous devrons être discrets.

J'en convins. Je rêvais d'étaler mon amour heureux, mais nous ne pouvions en parler en société avant que sir Walter nous ait donné son consentement.

— Mais cela a-t-il la moindre importance ? m'écriai-je. Car nous pouvons nous retrouver chaque matin à la rivière, et nous savons, Anne chérie, que nous sommes fiancés.

Nous continuâmes notre promenade jusqu'à ce que le soleil soit au plus haut, qu'il se mette à faire chaud, à la façon joyeuse d'un été anglais, et qu'elle finisse par dire :

— Je dois rentrer.

— Restez encore…

— Il sera bientôt l'heure de déjeuner, et Elizabeth va se demander où je suis. Si je n'y vais pas maintenant, elle enverra une femme de chambre me chercher, puis elle m'interrogera.

J'acceptai à contrecœur.

Elle se détourna pour partir, mais je la ramenai vers moi. Nous nous étreignîmes et elle se détourna de nouveau. Je la laissai s'éloigner, mais il me tardait d'être au jour où nous ne devrions plus jamais être séparés.

Je la regardai marcher vers la demeure, sa robe de mousseline fraîche et jolie dans la lumière du matin, son châle glissant de son épaule pour se nicher dans le creux de son coude, ses cheveux bouclant sur sa nuque, puis elle disparut.

Je restai à contempler l'endroit où je l'avais aperçue en dernier, puis je me ressaisis et retournai chez mon frère, débordant de bonheur. Je ne pouvais encore rien dire de mon amour au monde entier, pas encore, mais je pouvais en parler à mon frère.

Il n'était pas chez lui, et ne rentra qu'à midi et demi. À ce moment-là, je ne pouvais plus contenir la nouvelle un instant de plus, et je la lui révélai presque à l'instant où il entrait dans la maison.

— J'ai demandé à Anne de m'épouser, elle a dit « oui » !

— Vous auriez pu me laisser déjeuner avant de m'assener une telle information, gémit-il en pénétrant dans le salon.

— Ne pensez-vous pas me féliciter ? insistai-je, même si j'étais tellement heureux que je ne m'en souciais guère.

— Son père a-t-il donné son approbation ?

— Pas encore.

— Alors je vais attendre pour vous féliciter. Avez-vous mangé ?

— Que m'importe la nourriture ?

— Si vous comptez aller voir sir Walter, il vaudrait mieux que cela vous importe. Vous ne pouvez lui rendre visite l'estomac vide.

— Comme il est absent jusqu'à vendredi, je crois que cela ne change rien. La nourriture que je prendrais maintenant ne me tiendrait pas jusque-là, alors je vais attendre encore avant de manger. De plus, je ne peux rien avaler. Je suis trop heureux pour avoir faim !

Il s'assit.

— Asseyez-vous, au moins. Vous me rendez nerveux.

Je m'assis. Je me levai. J'arpentai la pièce. Je ris. Je m'assis. Je me levai de nouveau.

— Ah, les amoureux ! soupira mon frère en prenant son journal.

— Edward, elle est merveilleuse ! C'est la plus belle femme qu'il m'ait jamais été donné de contempler...

— Sa sœur est bien plus jolie.

— Et ses manières...

— ... ne sont pas meilleures que celles de n'importe quelle autre dame bien éduquée.

— Son amour des livres, ses goûts musicaux, sa connaissance du monde qui l'entoure, et sa soif d'en découvrir davantage ! Son intelligence ferait rougir un maître d'école...

— Ce n'est guère difficile, car aucun d'entre eux n'a une once de bon sens.

— Et son goût... Nous sommes d'accord en tout, déclarai-je, peu décidé à le laisser tempérer mon enthousiasme.

— Dans ce cas, je vous plains, rétorqua-t-il sèchement, car vous n'aurez jamais rien à vous dire.

— Jamais rien à nous dire ? m'esclaffai-je d'un air moqueur. Nous ne pouvons nous arrêter de parler ! Ne vous ai-je pas donné la meilleure belle-sœur du monde ? La jeune fille la plus belle, la plus raffinée, la plus élégante, supérieure en tout ? Avec tant de goût et de discernement, tant de capacité et de raison ?

— Vous ne me l'avez pas encore donnée, cette belle-sœur, me rappela-t-il.

Mais je voyais bien qu'il était content, car il secoua trois fois son journal avant de tourner chaque page, ce qui est un signe de bonheur chez lui.

Gai comme un pinson toute la journée, je n'étais pas d'humeur à passer la soirée enfermé. Je sortis me promener à cheval, maudissant le fait de ne pas avoir été invité au dîner qui me ravissait Anne, mais me consolant à l'idée de la voir demain.

Dimanche 31 août

Ce matin, j'ai retrouvé Anne près de la rivière, et nous avons parlé tout notre soûl, la conversation passant des voisins aux livres puis à notre voyage de noces. J'aurais pu rester là toute la matinée, mais nous dûmes à regret nous séparer afin de nous préparer pour l'église.

Alors que j'étais assis sur mon banc, je ne pouvais m'empêcher d'imaginer le jour, assez proche, où elle se tiendrait avec moi devant l'autel pour devenir ma femme. C'était une agréable rêverie, qui m'aida à passer le temps pendant le service, long et rébarbatif.

Pourquoi mon frère choisit-il de donner à ses ouailles un interminable sermon par une si belle journée, je l'ignore, car je brûlais d'être au grand air. Je suis certain que le reste de la congrégation partageait mon sentiment, car jamais je n'avais entendu les gens tousser et remuer autant de toute ma vie !

Edward n'y accorda aucune attention et ne nous laissa pas partir avant d'avoir parlé une bonne heure. Il conclut en rappelant avec sévérité qu'il ne fallait pas sauter les clôtures pour voler des pommes, sans nul doute pour assurer la sécurité de son verger cette année.

Je pus deviser avec Anne devant l'église, et après avoir échangé des politesses nous nous lançâmes dans une conversation plus intéressante. Elle fut interrompue par l'arrivée de lady Russell, qui me salua avec froideur et m'enleva Anne, mais je savais qu'avant peu, notre amour serait reconnu et que nous pourrions parler autant que nous le voudrions.

Septembre

Mardi 2 septembre

J'espérais voir Anne au bord de la rivière ce matin, mais, tout comme hier, le temps était humide, et même si cela ne m'empêcha pas de m'y rendre, elle ne vint pas.

Je rentrai à la maison pour un bon petit déjeuner, pendant lequel mon frère m'annonça qu'il avait besoin d'une paire de gants de chez *Clark's*. Il se plaignit de ne pas avoir le temps d'effectuer cette course, et je lui proposai de la faire pour lui, car j'étais trop agité pour parvenir à m'occuper. En outre, si le temps s'éclaircissait, j'espérais qu'Anne s'aventurerait dehors et que nous nous croiserions chez *Clark's*.

Peu après, j'entrai dans la boutique. Miss Scott se trouvait devant le comptoir, plongée dans une conversation sur les traversins.

— Il en faut un grand, expliquait-elle à Mr Green, qui la servait. Vraiment très grand.

On lui en montra deux, mais elle n'arrivait pas à se décider, et, m'apercevant, s'avisa de me demander de l'aide.

— Ma sœur m'a envoyé un article tellement effrayant que je suis folle d'inquiétude. Le journaliste détient des informations de premier ordre. Il les reçoit de sources parfaitement sûres. Ce n'est plus qu'une affaire de jours avant que les Français ne débarquent sur nos rivages. Ils disposent d'une flotte secrète, et à peine auront-ils posé le pied sur nos côtes qu'ils ont l'intention de tous nous tuer dans nos lits. Il y a cependant une façon de déjouer leurs plans. Le journal recommande à ses lecteurs de placer un traversin dans leur lit, de le compléter par une perruque, et d'aller dormir ailleurs. Je dormirai sur le sofa, mais je ne sais quelle taille de traversin choisir. Que me conseillez-vous, commandant ?

Je ne pus réprimer un sourire. Ses craintes étant sincères, toutefois, je la pris à part pour la rassurer en lui chuchotant une réponse à l'oreille.

— C'est un fait que peu de gens connaissent, mais vous êtes de toute évidence capable de garder une confidence pour vous, alors je vais vous le dire. En ce moment même, la Marine travaille sur un plan pour déjouer les envahisseurs. Je suis en mission secrète dans la région, et dès que Napoléon débarquera, j'en serai informé. Je m'assurerai que la nouvelle vous parvienne aussitôt, et vous aurez le temps de fuir avant son arrivée. D'ici là, vous pouvez vous promener sans crainte dans les environs, et dormir dans votre lit en toute sécurité.

— Oh, commandant, vous m'ôtez un grand poids, mais en êtes-vous bien certain ? L'information vous parviendra-t-elle sans délai ? Vous n'oublierez pas de me tenir au courant ?

— N'ayez crainte. Vous pouvez compter sur la Marine et sur moi.

Elle retourna au comptoir et expliqua joyeusement au vendeur que, finalement, elle n'avait pas besoin de traversin. J'allais m'avancer vers le comptoir à mon tour lorsque la porte s'ouvrit, et à mon immense joie, Anne entra, accompagnée de Miss Shepherd.

Avant que j'aie eu le temps d'ouvrir la bouche, Miss Scott, qui s'apprêtait à sortir, l'accueillit :

— Miss Elliot, soyez tranquille, nous ne serons pas assassinées dans nos lits. Le commandant Wentworth est en mission secrète dans la région. Il n'a pas hésité à me faire des révélations, car il sait que je ne suis pas du genre à colporter des commérages, et que jamais je n'en soufflerai mot à quiconque, alors il m'a dit qu'il me tiendrait informée dès que Napoléon débarquera. Vous ne devez pas en parler, cependant, car c'est un fait que peu de gens connaissent, et s'il n'avait pas eu une confiance aveugle en mon silence, il n'aurait rien dit, même à moi. Je dois vous inciter à la plus grande discrétion ; j'espère que j'ai votre parole de n'en rien révéler à personne.

— Rassurez-vous, je n'en soufflerai mot à quiconque.

Miss Scott quitta la boutique, et comme Miss Shepherd s'approchait du comptoir à la recherche de fil à broder, je pus parler à Anne en tête à tête.

Nous fûmes aussitôt plongés dans une conversation, et je fus ravi d'apprendre qu'elle avait eu l'intention de me rejoindre hier malgré le mauvais temps, mais que sa sœur, souffrante, avait réclamé son attention, l'empêchant donc de sortir. C'était pour la même raison qu'elle n'avait pu venir au bord de la rivière ce matin, mais Miss Elliot s'étant un peu rétablie depuis, elle avait saisi avec plaisir l'occasion de se promener.

De peur d'être entendus, nous n'osâmes pas parler de nos fiançailles, mais nous parvînmes à nous entretenir de notre avenir de façon plus discrète. J'évoquai la fortune que j'allais gagner, et demandai à Anne son avis sur le type de domaine que je devrais acquérir, plutôt à la campagne ou en bord de mer. Elle me conseilla d'en choisir un avec une portion de littoral et une crique sablonneuse afin de pouvoir marcher au bord de la mer chaque matin.

— C'est une bonne idée, convins-je. J'aime l'eau. Ici, j'ai toujours grand plaisir à me promener au bord de la rivière.

Elle rougit et sembla plus jolie que jamais ; je me considérai comme le plus heureux homme que la Terre ait porté. Je nous imaginai marchant tous deux sur la plage de notre future maison, nos enfants jouant autour de nous. Je serais l'amiral Wentworth, et elle serait ma femme.

Miss Shepherd régla son achat, et Anne et moi dûmes nous séparer, mais je me consolai en songeant que sir Walter rentrerait dans quelques jours et que je pourrais alors lui demander la main de sa fille.

J'aurais rêvé d'aller à un bal ce soir, afin de pouvoir danser avec Anne, mais je m'étais engagé à jouer au whist avec mon frère. Je fus incapable de me concentrer, ce qui eut l'avantage de me rendre très populaire, puisque je perdis chaque manche.

Mercredi 3 septembre

Anne et moi avons eu le luxe de passer un moment ensemble chez Mrs Grayshott, où nous avons pu danser. Quel plaisir de pouvoir la toucher, et de passer l'essentiel de la soirée avec elle ! Je fus tenté de dépasser les limites des convenances en lui demandant de m'accorder une troisième danse, mais je parvins à me refréner, me rappelant que sir Walter serait bientôt de retour et qu'alors je pourrais demander toutes ses danses à Anne.

Vendredi 5 septembre

Ce matin, je me suis rendu au bord de la rivière comme toujours, et j'en ai été récompensé par la vue d'Anne qui venait à ma rencontre. Nous nous sommes promenés à travers champ, son bras passé sous le mien, et je lui ai demandé quand son père était supposé rentrer.

— Il arrivera à temps pour le dîner, me dit-elle.

— Dans ce cas, je me présenterai demain matin, bien que chaque minute qui me sépare de l'instant où je pourrai clamer que vous êtes ma future femme me coûte. Je ne m'attendais guère, en venant dans le Somerset, à trouver un tel bonheur.

— Moi non plus. On parlait de votre visite, et j'étais curieuse de vous rencontrer, mais je ne m'attendais pas à ce qu'une amitié se développe, et encore moins quelque chose de plus profond. Je vous imaginais avec des manières grossières, un tempérament irritable, un marin ne pensant qu'à la mer et aux batailles. Je n'aurais pas cru que vous étiez le genre d'homme dont je pourrais tomber amoureuse.

Nous continuâmes à marcher. Je lui dis que j'étais impatient que son père revienne, et lui demandai si elle avait parlé de nos fiançailles à lady Russell.

— Non, pas encore. Il me semblait que je devais le dire d'abord à mon père. Mais dès qu'il aura donné son consentement, elle sera dans la confidence.

Elle eut soudain l'air soucieuse.

— Doutez-vous qu'il nous donne son consentement ?

— Mon père peut se montrer…

Elle se tut un instant avant de reprendre.

— Il est très fier de son héritage… notre héritage. Vous ne le connaissez pas très bien – du moins pour le moment – mais son livre favori est *Généalogie de la noblesse anglaise.* Il le relit souvent. Il aime parcourir l'article sur le premier baronnet, et se rappeler qu'il descend d'une illustre lignée.

— Et vous ? Êtes-vous fière de votre héritage ?

— Fière, oui, mais pas au point de m'aveugler sur la valeur de toute autre chose. Il n'y a pas que le titre de baronnet dans la vie, et il existe des hommes de valeur qui n'en sont pas pourvus.

— Mais vous ne doutez pas de son consentement ?

Elle hésita avant de répondre.

— Non. Non, je suis sûre qu'il nous le donnera. Il se peut qu'il vous rende les choses inconfortables, cependant.

Cette idée m'amusa, car si je peux affronter la puissance de la Marine française, j'étais certain de pouvoir également supporter un regard froid de sir Walter. Mais je me gardai de rire à voix haute, de peur de blesser Anne.

Mon frère était moins optimiste lorsque je le rejoignis pour le déjeuner quelques heures plus tard.

— Et avez-vous songé que sir Walter pourrait dire non ?

— Pourquoi y songerais-je ?

— Parce que c'est probablement la réponse qu'il vous donnera.

— Il est heureux que je n'aie pas le cœur aussi faible que vous, car je suis bien certain qu'il dira oui.

— Vous n'avez ni titre, ni fortune, ni domaine ; en un mot, rien à offrir à sa fille en dehors de votre jeunesse et de votre personne.

— C'est ce que vous m'avez expliqué la semaine dernière.

— Et je vous le répète. Autant être préparé à tout ce qu'il pourrait vous opposer.

— Ce n'est pas faux. Mais non, je n'y songerai pas. Il donnera son consentement, et Anne et moi nous marierons. J'en suis certain.

Samedi 6 septembre

Ce matin, après avoir à peine mangé, je me mis en route pour Kellynch Hall. Il était bien trop tôt, mais j'étais incapable de différer davantage. J'arpentai l'allée jusqu'à ce que ma montre m'informe que je pouvais me présenter. Je m'approchai de la porte. Je demandai à voir sir Walter et l'on me pria de patienter. Je fis les cent pas dans le hall. J'eus enfin la permission d'entrer. Et je vis sir Walter, magnifiquement vêtu, coiffé à la dernière mode, plongé dans la lecture de *Généalogie de la noblesse anglaise.*

Il commença par ne donner aucun signe qu'il était conscient de ma présence, comme s'il ne pouvait détacher le regard de son livre.

— Sir Walter, saluai-je.

Il leva lentement les yeux, sans toutefois fermer le volume.

Ce n'était pas la meilleure des entrées en matière.

— Vous souhaitiez me voir ?

— Oui. Je souhaitais… je souhaite vous parler. D'un sujet important. Je veux épouser votre fille, Anne.

— Épouser Anne ? répéta-t-il d'un air incrédule. Vous ne m'avez pas encore demandé l'autorisation de la courtiser. C'est bien trop rapide pour penser à quoi que ce soit d'autre.

D'abord perplexe, je parvins à me reprendre.

— Mes sentiments se sont développés rapidement…

— En effet. Cela ne fait que quelques mois que vous êtes dans le Somerset.

— Mais cela m'a suffi pour savoir que j'aimais Anne. Bien qu'ils se soient développés rapidement…

— … et doivent s'éteindre aussi rapidement, je pense, m'interrompit-il.

— Non, ce ne sera pas le cas. Je me connais. J'aime Anne, et je souhaite l'épouser. Elle le désire aussi.

Il me considéra avec une lueur d'antipathie dédaigneuse dans le regard.

— Lui avez-vous déjà fait votre demande ?

— Oui.

— Sans me consulter ?

J'hésitai et confessai :

— Cela n'aurait pas eu de sens de vous ennuyer si Anne m'avait signifié qu'elle ne voulait pas de moi ; en outre, je n'ai pas pu m'en empêcher.

— Je vois. Agissez-vous toujours avec la même précipitation ?

— Lorsque ma décision est prise, je m'y tiens. Je suis un homme d'action.

— Est-ce ainsi que vous vous qualifiez ? Je dirais plutôt « irresponsable » et « sanguin ».

Ses mots me piquèrent, et je fus tenté de répliquer sur le même ton, mais je savais que cela n'arrangerait pas mes affaires. Je me forçai à répondre avec courtoisie :

— Monsieur, m'accordez-vous votre permission ?

— Vous dites que vous avez déjà fait votre demande à Anne ?

— Oui.

— Et elle souhaite accepter votre proposition ?

— Oui, confirmai-je, réconforté par ce souvenir.

— Comme c'est étrange. Je me demande bien pourquoi. On lui a appris à connaître sa place dans le monde et à la respecter. Son nom figure dans la *Généalogie de la noblesse anglaise*.

Il prit son livre et commença à me le lire d'une voix lente et mesurée.

— Elliot de Kellynch Hall.

Il fit une pause théâtrale.

— Walter Elliot, né le 1er mars 1760, marié le 15 juillet 1784 à Elizabeth, fille de James Stevenson, *Esquire* de South Park, dans le comté de Gloucester. De son épouse (décédée en 1800), il a eu Elizabeth, née le 1er juin 1785 ; Anne, née le 9 août 1787…

Il se tut et tourna le livre vers moi.

—Anne, répéta-t-il en montrant son nom du doigt. Fille d'un baronnet. La voici, ma fille, entourée de son illustre famille. Pouvez-vous lui offrir de semblables ancêtres ?

—Non, répondis-je d'un ton hardi, mais Anne fait plus de cas de l'amour que du rang, tout comme moi.

—Vraiment ?

—Eh bien, monsieur, ai-je votre permission ? demandai-je pour en finir.

Il sembla peser le pour et le contre.

—Anne n'est pas comme sa sœur. Elle n'a pas l'élégance ni les manières d'Elizabeth, non plus que sa beauté. Mais tout de même, elle reste Miss Anne Elliot, et peut espérer mieux qu'un marin en guise d'époux. Cette alliance serait dégradante…

J'eus du mal à contenir ma colère.

—… et si elle salit son nom en se mariant avec un homme en dessous de sa condition, je ne ferai rien pour elle, continua-t-il. Elle n'aura aucune fortune. Vous feriez mieux d'y renoncer, car vous ne gagnerez rien en l'épousant, pas un penny.

Je bouillais en mon for intérieur, mais je répliquai :

—Je ne veux rien, seulement Anne.

—Et pouvez-vous subvenir à ses besoins ? demanda-t-il avec dédain.

—Oui.

—Vous avez donc de la fortune ?

—Pas encore, mais j'ai eu de la chance dans ma profession, et je serai bientôt riche.

— Vraiment ? Vous êtes bien optimiste !

— Dois-je comprendre que vous me refusez votre permission ? insistai-je, incapable de supporter ses insultes plus longtemps.

Il se tut, puis soupira et dit :

— Ah, eh bien, si vous m'aviez demandé Elizabeth, je vous aurais congédié, mais comme il s'agit seulement d'Anne…

Je dus faire un nouvel effort pour me contrôler. « Seulement d'Anne », en vérité ! « *Seulement* d'Anne ».

— Oui, bon, très bien, vous avez ma permission, déclara-t-il avec lassitude avant de sonner. Le commandant Wentworth s'en va, annonça-t-il au domestique.

J'étais en colère ; mais ce sentiment déclina rapidement devant les heureuses perspectives qui s'offraient à moi, aussi je le remerciai, et me mis en quête d'Anne pour lui révéler que son père avait donné son consentement.

Je la trouvai dans le jardin. Elle se tourna vers moi d'un air anxieux, mais à la vue de mon sourire elle se détendit et courut vers moi. Je fis de même et l'enlaçai.

— Votre père nous donne sa permission ! Nous n'avons plus besoin de cacher nos sentiments. Je veux en parler au monde entier ! Je suis l'homme le plus heureux du monde.

Elle sourit et répliqua :

— Et moi, la femme la plus heureuse. Je suis aussi impatiente que vous de l'annoncer à mes amis, mais je ne vous demande qu'une chose : laissez-moi informer lady Russell d'abord. Elle a été comme une mère pour moi pendant de nombreuses années, et je tiens à ce qu'elle l'entende de ma propre bouche, avant que quelqu'un d'autre ne le lui révèle. Nous dînons chez elle mardi. Nous serons en petit comité, seulement lady Russell, mon père, ma sœur et moi, et je pourrai lui parler à ce moment-là. Ensuite nous pourrons nous confier à tous nos amis.

— Très bien. Mon frère est déjà au courant – pas du consentement de votre père, bien sûr, mais je lui ai raconté que j'avais l'intention de vous demander votre main, puis que vous aviez dit « oui ». J'ai hâte de lui annoncer que nous allons pouvoir nous marier. J'aimerais que ce soit lui qui officie. Vous n'y voyez pas d'inconvénient ?

— Aucun. Je pense que c'est une excellente idée, si Mr Gossington ne s'y oppose pas. Rien ne me plairait davantage.

— Si Gossington s'occupait toujours des mariages, il se pourrait qu'il tienne à le faire pour le nôtre, mais comme il laisse la plupart du temps ce genre de choses à mon frère, j'imagine qu'il sera d'accord. Je vais écrire à ma sœur dès demain. J'aimerais qu'elle assiste à la cérémonie, et, si elle est à terre à ce moment-là, je sais que Benjamin et elle voudront venir.

Nous parlâmes encore du mariage, des sœurs d'Anne qui seraient demoiselles d'honneur, et de mon projet de demander à Harville d'être mon témoin. Nous étions si absorbés par notre conversation que nous perdîmes la notion du temps, et la femme de chambre d'Anne dut venir la chercher pour lui rappeler qu'il était l'heure de se préparer.

Nous nous séparâmes à regret, et je retournai chez mon frère. Cependant, j'étais incapable de me détendre. J'avais hâte qu'Edward revienne, afin d'avoir quelqu'un à qui parler, mais il avait été appelé au chevet de l'un de ses paroissiens âgés, et il était probable qu'il ne rentrerait pas de la nuit. La soirée s'étira, interminable, mais demain, tout sera différent.

Mercredi 10 septembre

Je ne puis y croire. C'est avec un cœur lourd que j'écris ces mots. Il y a peu, Anne acceptait de m'épouser, son père nous donnait son consentement, et nous étions les deux personnes les plus heureuses au monde. Hier soir, Anne a fait part de la nouvelle à lady Russell, et ce matin, elle m'a annoncé que le mariage ne pouvait avoir lieu.

Comment la vie peut-elle changer si soudainement ? Cela me semble irréel. Tout me semble chimérique depuis que je l'ai rencontrée au bord de la rivière tout à l'heure. L'air était chaud, les oiseaux chantaient à pleine voix… c'était un matin parfait, qui ne laissait présager en rien la foudre qui allait me terrasser.

Puis Anne est apparue. Je remarquai aussitôt que son pas était lent, et je crus qu'elle était fatiguée, ou qu'elle ne m'avait pas vu. Alors qu'elle approchait, cependant, je constatai qu'elle avait les épaules voûtées.

Elle leva les yeux et m'aperçut. Elle sembla hésiter, et ralentit. Je la rejoignis en deux enjambées.

— Que se passe-t-il ? demandai-je. Qu'est-ce qui ne va pas ?

— Rien, seulement… je dois vous parler.

Puis elle me dit ce que je n'aurais jamais pensé entendre : qu'elle avait réfléchi ; que nous étions trop jeunes ; que les longues fiançailles n'étaient jamais une bonne chose ; que ce serait injuste de sa part de me faire porter le fardeau d'un engagement alors que je devais encore faire mon chemin dans le monde ; que nous devions nous réjouir de n'avoir parlé à personne de nos fiançailles car ainsi aucun embarras ne découlerait de leur rupture ; et qu'il serait mieux que nous oubliions qu'elles avaient jamais eu lieu.

J'étais abasourdi. Mais je me repris bien vite. Ses objections étaient faciles à balayer, et je lui assurai que nous n'étions pas trop jeunes, que nos fiançailles ne seraient pas interminables, car j'aurais rapidement suffisamment d'argent pour que nous puissions nous marier. Et qu'alors nos aventures pourraient commencer.

Elle secoua la tête tristement.

— Ah, je vois. Vous avez changé d'avis au sujet de votre vie en mer, dis-je en croyant que c'était là le problème.

Bien que j'en sois désolé, il en fallait plus pour me décourager.

— Vous n'avez jamais navigué, et maintenant que cela approche, vous avez peur, murmurai-je en lui prenant les mains. Cela vous semble insurmontable. Je comprends. N'ayez crainte. Si vous pensez ne pas pouvoir quitter votre foyer et votre famille, vos amis et vos voisins, et par-dessus tout, la terre ferme, je ne vous y obligerai pas. Mais ce n'est pas une raison pour rompre nos fiançailles.

Elle retira ses mains et lança :

— Non, Frederick, je ne peux pas.

— Vous ne pouvez pas ? Mais pourquoi ? demandai-je, cherchant à comprendre.

— Tout mon entourage me le déconseille…

— Alors c'est de cela qu'il s'agit. Ils vous ont forcée à vous soumettre.

— Non, ils ne m'ont pas forcée.

Mais, malgré sa loyauté envers sa famille, il était évident que c'était ce qui s'était produit.

— Je savais que cela arriverait. Votre père s'est montré condescendant lorsque je lui ai parlé hier, et il vous a affirmé que je n'étais pas assez bien pour vous, et vous, Anne, ma chère, ma gentille Anne, vous n'avez pas le courage de vous opposer à lui.

J'étais conscient de ma propre déception en disant cela, car je l'avais crue plus forte, mais je me repris rapidement.

— Prenez de ma force, ajoutai-je, car j'en ai pour deux.

— Ce n'est pas juste mon père, me confia-t-elle avec désespoir. Lady Russell aussi pense que ce serait une erreur. Les anxiétés que cause votre profession, les inévitables délais… Je n'ai que dix-neuf ans.

— Hier, cela ne vous dérangeait pas.

— Non. Mais j'ai vu si peu de la vie… Je dois être guidée par ceux qui en savent plus, et les écouter quand ils m'assurent que c'est impossible.

— Impossible ? D'acheter pour nous un petit cottage douillet dès que j'aurai pris un autre vaisseau français, puis, lorsque j'aurai davantage d'argent, d'acquérir quelque chose de mieux, le domaine dont nous avons parlé ?

— Lady Russell affirme que cela ne se produira jamais. Elle dit que vous aurez d'autres dépenses, à l'âge que vous avez.

— Je peux vous assurer que je connais mieux mes dépenses que lady Russell !

— Et vous vous inquiéterez pour moi lors de vos absences. Lady Russell dit que…

— Lady Russell ! m'écriai-je avec colère. Toujours elle ! N'avez-vous pas de cœur et d'esprit qui vous appartiennent ?

Elle fit deux pas en arrière pour s'écarter de moi.

— C'était la meilleure amie de ma mère, et j'ai l'habitude de me fier à son jugement, car elle m'a toujours très bien guidée.

Je tentai de la rassurer ; elle était déterminée. J'argumentai, mais elle se montra ferme. Nous discutâmes longtemps, aucun de nous ne cédant du terrain.

— Cela causerait votre ruine. Je ne peux vous épouser, conclut-elle. Je ne pourrais me pardonner de me mettre en travers de votre chemin et de vous empêcher d'avancer comme vous le méritez. Avec une fiancée, vous seriez prudent. Vous n'auriez plus cet esprit téméraire dont un homme a besoin pour progresser. Vous ne réaliseriez pas vos ambitions, car je vous retiendrais.

Je n'en croyais pas mes oreilles. Je refusais d'accepter ses dires, mais pour finir, je ne pus continuer cette discussion.

— Vous ne pouvez pas vouloir rompre votre serment ? demandai-je, mon courage vacillant. Dites-moi que ce n'est pas vrai…

— Frederick…

— Je croyais que vous m'aimiez.

Je me sentis déchiré par ces mots en les prononçant.

— C'est vrai, répliqua-t-elle avec passion. Je vous aime, mais…

— Mais pas assez ! rétorquai-je sans pouvoir dissimuler mon chagrin.

— Ce n'est pas cela.

— C'est au contraire exactement cela. Vous ne m'aimez pas assez pour vous opposer à votre famille et à vos amis, pour suivre votre cœur où qu'il vous conduise, même si c'est au bout du monde.

— Frederick…

— Assez, dis-je, blessé comme jamais je ne l'avais été, même lors des batailles. Vous vous êtes exprimée clairement. Vous ne pouvez m'épouser. Très bien. Je ne vous demanderai pas d'être fidèle à votre parole.

Je ne veux pas d'une épouse réticente. Nos fiançailles sont rompues.

Je lui fis une révérence et me hâtai de partir, car je ne pouvais supporter de voir mon bonheur à la fois si proche et si loin.

Je quittai le domaine des Elliot et rentrai au village.

Je tournais juste dans l'allée quand le destin jeta sur mon chemin la seule personne que je ne voulais pas rencontrer, la femme qui avait causé toute mon infortune : lady Russell.

Elle rougit en m'apercevant et hésita, à bon droit. Je n'étais pas d'humeur à mâcher mes mots.

— Oui, madame, vous avez bien raison de prendre cet air. Vous m'avez infligé un tort terrible. Vous m'avez arraché la femme que j'aimais, et avez causé un grand malheur, alors que j'étais si heureux. C'est une bien mauvaise action.

— Je n'ai rien fait d'autre que donner de bons conseils à Anne, rétorqua-t-elle en se ressaisissant. Elle n'a pas de mère, et c'est à moi que revient la tâche de la guider. Si j'avais eu le moindre scrupule quant au rôle que j'ai joué, je l'aurais perdu quand vous vous êtes adressé à moi. Je n'ai pas l'habitude que l'on me parle sur ce ton. Vous avez le sang chaud, commandant Wentworth, et vous ne pouvez rien offrir à Anne, si ce n'est de longues fiançailles suivies d'une vie d'angoisse et de solitude. Je veux mieux que cela pour elle. Je veux qu'elle ait le confort auquel elle est habituée, et la compagnie d'un époux qui ne passe pas la moitié de son existence en mer.

— Je lui aurais bientôt donné tout le confort dont elle a besoin. Nous sommes en guerre ! Les occasions de faire fortune ne manquent pas pour un homme déterminé, car les jeunes capitaines talentueux et sans le sou n'ont pas de meilleur ami que Napoléon Bonaparte. J'ai l'intention de m'élever dans le monde, et j'aurais entraîné Anne avec moi.

— La fille d'un baronnet n'a pas besoin d'un marin pour s'élever, déclara-t-elle avec hauteur.

— Avec l'argent de mes prises de guerre, j'aurais pu lui donner une meilleure maison que celle qu'elle a maintenant. Dans quelques années…

— … vous serez sans doute aussi pauvre qu'aujourd'hui, car vous dépensez votre argent aussi vite que vous le gagnez.

— Avec les besoins d'une épouse à combler, j'aurais changé mes habitudes. Je n'aurais pas voulu gaspiller mon argent, car j'aurais eu quelqu'un à qui le destiner. J'aurais eu une raison de l'investir, et de regarder mon capital s'arrondir.

— C'est ce que disent tous les jeunes gens, tant qu'ils ne sont pas mariés. Ensuite, c'est une autre histoire. Ils s'aperçoivent qu'il est difficile de renoncer aux plaisirs de la jeunesse, et l'appel de leurs amis est trop puissant. Leur femme se retrouve à devoir s'arranger avec ce que son époux juge bon de lui donner.

— Et ce que son mari aurait choisi de lui donner aurait été sa main et son cœur.

Elle m'adressa un sourire moqueur, mais je repris :

— Ainsi vous préféreriez voir Anne mariée à un homme qu'elle n'aime pas, plutôt que de la laisser suivre son cœur ?

— L'amour ! Les jouvenceaux n'ont que ce mot à la bouche, mais neuf fois sur dix ce n'est rien de plus qu'une tocade passagère. Anne est jeune. Elle trouvera bientôt quelqu'un d'autre. Quant à vous, vous tomberez de nouveau amoureux lors de votre prochaine permission.

— Vous présumez trop de choses. Vous ne connaissez pas mes sentiments. Vous n'avez aucun droit de prétendre qu'ils changeront, ou que je suis inconstant. Anne est toute ma vie.

— Êtes-vous donc le seul que le mariage concerne ? Suffit-il donc que vous l'aimiez ? Je vous prie de songer qu'il faut également qu'elle vous aime !

— Et c'est le cas.

— Mais pas assez pour vous épouser.

— Non, reconnus-je avec amertume. Vous parlez de l'inconstance des hommes, mais aujourd'hui, c'est celle des femmes qu'il faut blâmer : Anne parce qu'elle ne m'aime pas assez pour suivre son cœur, et vous parce que vous l'avez persuadée de m'abandonner dans l'espoir d'un meilleur mariage à l'avenir, avec un homme qui ne lui plaira pas. C'est la malédiction des Elliot, et de tous ceux qui les entourent, de se soucier davantage de l'argent et du rang que de l'affection et de la valeur des gens.

— Faites attention, commandant, car cette remarque paraît bien amère, me mit-elle en garde.

— Pardonnez-moi, lady Russell, mais je suis amer. Quand un homme a perdu ce qui lui était le plus cher, par la faute d'autres que lui, il en a le droit. Anne ne m'aurait jamais repoussé si vous ne vous en étiez pas mêlée.

Elle m'adressa un timide sourire.

— Allons, ce qui est fait est fait, dit-elle en me tendant la main. Quittons-nous bons amis.

Je refusai de prendre la main tendue.

— Vous n'êtes pas mon amie, ni celle d'Anne, lady Russell. Je vous souhaite une bonne journée.

Et sur ces mots, je partis précipitamment.

Par chance, mon frère était absent quand je rentrai, et je n'eus pas besoin de lui raconter tout de suite ce qui s'était passé. Je fis les cent pas dans la pièce, mais je ne supportais pas d'être enfermé, aussi ne tardai-je pas à ressortir, essayant d'apaiser mon désespoir par un galop à cheval.

Être aimé, accepté, puis rejeté ! C'était trop… Je ne pouvais l'endurer !

En vain tentai-je de me dire que c'était mieux ainsi, que si elle ne m'aimait pas il valait mieux le découvrir maintenant que plus tard, après avoir révélé nos fiançailles, ou pire encore, après le mariage.

Je pensai à Harville, à son amour récompensé. Sa femme n'avait pas peur d'un petit manque de confort. Elle croyait en lui, et savait qu'il ferait fortune. Quel bonheur pour lui ! Avec une telle épouse à mes côtés… Mais je n'avais que faire d'une autre. C'était Anne que je voulais. Malgré tous mes efforts, je ne pouvais me l'ôter de l'esprit. Ses regards, la façon dont nos goûts et nos émotions coïncidaient, ce que j'éprouvais à ses côtés…

Je ne pouvais arracher ces sentiments de mon cœur. J'avais été repoussé, et je voulais me départir de ce sentiment, mais mon cœur ne m'obéissait pas. Je l'aimais toujours.

Enfin, le corps épuisé aussi bien que l'esprit, je rentrai.

Je n'eus pas besoin d'affronter mon frère tout de suite, car il n'était pas là, mais il arriva pour le déjeuner.

— Eh bien, mon frère, ne me laissez pas sur des charbons ardents. Vous êtes allé voir sir Walter. Que vous a-t-il dit ? Vous a-t-il accueilli à bras ouverts, ou vous a-t-il conseillé de revenir une fois anobli ?

Je n'avais pas envie d'en parler, mais je n'avais pas le choix.

— Il a donné son consentement, mais Anne m'a retiré le sien, répondis-je, sans m'étendre.

— Ah.

Il se tut, s'assit à la table, puis reprit la parole.

— Je vous avais dit que la vie en mer ne la tenterait pas.

— Elle a été manipulée par lady Russell. Pour sa part, elle était heureuse de me donner sa main, et elle aurait affronté le manque d'enthousiasme de son père, mais lady Russell lui a affirmé que je n'étais pas assez bien pour elle… qu'elle m'empêcherait de faire carrière… et elle n'a pas eu le courage de s'opposer à elle.

— Cela ne m'étonne guère. Lady Russell a été comme une mère pour elle, ces cinq dernières années.

— C'est ce qu'elle m'a dit.

Je me tus pendant que l'on apportait le déjeuner, et quand nous fûmes de nouveau seuls, j'ajoutai :

— Mais il y a un temps où chaque jeune fille doit suivre sa propre inclination, et s'éloigner de sa mère.

— On dirait que pour Anne, ce temps n'est pas encore venu. Vous feriez mieux de manger, commenta-t-il en voyant que je ne touchais pas à mon assiette.

— Je n'ai pas faim.

— Allons, tout est pour le mieux. Une femme aurait été un fardeau. Vous auriez perdu votre témérité au combat, sachant qu'une femme vous aurait pleuré. Vous risquiez de laisser une veuve, et peut-être même des orphelins.

Je balayai cette idée.

— Ah ! Mais pourquoi serais-je tué ?

— Et si vous l'aviez été, continua-t-il comme si je n'avais rien dit, comment Anne aurait-elle vécu ?

Cette idée me mit mal à l'aise, et je priai mon frère de ne pas s'attarder sur de telles absurdités.

— Allez faire fortune, revenez à Monkford, et demandez-lui de nouveau sa main, me conseilla-t-il.

— Jamais je n'épouserai une femme qui n'a pas confiance en moi, et qui est inconstante. Une parole, une fois donnée, doit être tenue. La loyauté, le courage et la détermination, voilà les valeurs auxquelles je crois. Anne les partageait, du moins je le pensais.

Mais je me trompais, car ce n'est pas le cas, conclus-je avec désespoir.

— Dans ce cas, vous avez de la chance d'avoir échappé à une union qui n'aurait pas été à votre goût, car vous auriez bien fini par vous en rendre compte, rétorqua mon frère sans la moindre compassion.

— C'est bien vrai, reconnus-je.

Mais je n'en croyais rien.

Je ne pouvais considérer comme une bonne chose qu'Anne m'ait repoussé, et si elle était venue me dire qu'elle regrettait ses paroles, je l'aurais accueillie à bras ouverts. L'avoir de nouveau, la serrer contre moi… mais elle ne vint pas.

Je m'absentai du club de whist d'Edward ce soir-là.

— Quoi, vous allez rester ruminer à la maison ?

Je refusai de l'avouer, prétendant ne pas avoir envie de compagnie et préférer lire, mais je fus incapable de me concentrer. Je ne pouvais m'empêcher de songer à Anne. Elle ne m'aurait pas repoussé si elle m'avait vraiment aimé…

Mais penser à elle n'est que folie. Elle est superficielle. Son cœur n'est pas aussi profond que le mien ; sinon, jamais elle ne m'aurait enjoint de partir. Je ne vais pas la regretter. C'est une bonne leçon pour moi. À l'avenir, j'éviterai le sexe faible. Je vais conquérir de telles prises de guerre que je ne manquerai de rien pour le reste de ma vie, et je n'aurai que la mer pour maîtresse, car, malgré ses humeurs changeantes, elle n'est pas aussi capricieuse qu'une femme.

Je ne me marierai jamais.

1814

Juillet

Lundi 25 juillet

Ainsi, le *Laconia* a enfin accosté à Plymouth. La guerre est finie, ma fortune est faite, et ma vie en mer s'achève.

J'ai du mal à le croire. La Marine a occupé toute mon existence pendant de si longues années qu'elle fait partie de moi, et je n'arrive pas à imaginer ce que sera ma vie sans elle. Plus de vie à bord ; plus d'océans à parcourir ; plus d'arrivée dans des ports lointains, avec toute l'excitation que cela implique ; plus de cieux chauds et lumineux ; plus de langues nouvelles parlées autour de moi ; plus de marchés aux produits étranges et merveilleux, ni de palmiers courbés par le vent sur des plages de sable blanc.

Pourtant, même si je suis triste que tout cela touche à sa fin, je m'aperçois que je suis impatient de débuter ma nouvelle vie à terre. J'ai quitté l'Angleterre depuis si longtemps qu'elle me procure tous les attraits d'un pays inconnu. L'air doux et humide, les couleurs discrètes et la brise rafraîchissante ont aussi leur charme, et je suis content d'être chez moi.

Mardi 26 juillet

Je suis descendu à terre quelques heures cet après-midi, et j'ai été accueilli par des acclamations et des remerciements. Les hommes me serraient la main, les enfants me suivaient, et les femmes me bénissaient de les avoir sauvés du fléau napoléonien. Je tentai de leur dire que je n'avais pas gagné la guerre à moi tout seul, mais ils refusaient de m'écouter, car ils voulaient louer quelqu'un, et je me trouvais là. Et en vérité, que le conflit s'achève enfin, alors qu'il a fait rage si longtemps que les enfants qui grouillaient autour de moi n'avaient jamais connu la paix, est en effet un grand événement.

Des saynètes étaient improvisées, mettant en scène Napoléon – incarné par des hommes de toutes les tailles et de toutes les corpulences – rencontrant la défaite alors que les alliés prenaient Paris. J'entendis plus d'un commentaire grivois, mais tout cela restait sympathique et l'ambiance était festive.

Finalement, je revins au bateau.

— L'amiral Croft est venu vous voir, m'informa mon lieutenant quand je montai à bord.

En effet, Benjamin était bel et bien là. Nous échangeâmes des claques dans le dos et des félicitations sur nos faits d'armes, et après nous être entretenus de Sophia, d'Edward, et de toute la famille de Benjamin, nous nous mîmes à aborder d'autres sujets.

— Je suis en chemin pour rentrer à Taunton, me dit-il. Sophia et moi cherchons une propriété par là-bas. Nous souhaitons louer le plus vite possible, car maintenant que la guerre est finie, il nous faut un lieu où habiter. Il faudra venir nous voir dès que nous serons installés.

— Rien ne me plairait davantage.

Il me raconta qu'il arrivait tout juste de Londres, où il avait eu quelques affaires à régler.

— Je n'ai jamais rien vu de tel. Les rues débordent de monde matin, midi et soir. Les Russes ont été une véritable coqueluche. Le tsar ne pouvait aller nulle part sans provoquer des salves d'acclamations. La foule l'adorait, ainsi que sa sœur, la grande-duchesse. C'est la plus jolie jeune femme qui se puisse voir. C'est vraiment triste qu'elle soit veuve si tôt, la pauvre !

— La guerre a fait plus d'une veuve…

— Oui, répliqua-t-il tristement en songeant à certaines de ses connaissances.

Il haussa les épaules et ajouta :

— La rumeur affirme qu'on la mariera bientôt de nouveau, pour sceller l'alliance entre l'Angleterre et la Russie, mais j'ai entendu dire que les ducs royaux n'étaient pas à son goût. Et puis, bien sûr, il y a eu les disputes habituelles au sujet de la princesse de Galles : les whigs la soutiennent dans ses efforts pour être reçue par la famille royale, mais la vieille reine ne veut pas en entendre parler. L'opinion publique est du côté de la princesse Caroline : la foule a hué son époux, le Prince-Régent, quand il est passé dans son carrosse, au cri de : « Aimez donc votre épouse ! » mais on raconte qu'il n'y a, comme toujours, pas accordé d'importance.

— Et avez-vous vu certains des chefs militaires ?

— Oui, le contraire aurait été impossible. Blücher était là. Il ne pouvait faire un pas sans être félicité. À vrai dire, il était tellement assailli d'admirateurs à Hyde Park qu'il a dû s'adosser à un arbre ! Wellington était présent également, mais il refusait tout décorum, et ne se faisait accompagner que d'un domestique lorsqu'il sortait à cheval. Les fêtes étaient nombreuses, et le sont toujours. Le Prince-Régent donne des dîners à Carlton House – c'est un vrai paradis, à ce que l'on raconte – et fait des projets pour le jubilé.

— Londres semble déborder de nouvelles !

— C'est le cas. Si vous pouvez obtenir une permission, vous devriez assister aux célébrations du jubilé, la semaine prochaine. Elles s'annoncent spectaculaires. On a accroché des lanternes de couleur dans Saint James Park et édifié un pont chinois sur le canal. Il y aura aussi une montgolfière, et une reconstitution du siège de Badajoz. Et vous trouverez quelque chose qui vous intéressera, en tant que marin, car on donnera une représentation de la bataille du Nil sur le lac Serpentine.

— Mais comment vont-ils faire cela ? demandai-je, étonné à l'idée d'organiser une bataille à Londres.

— Avec des péniches armées de canons miniatures !

— Heureusement que nous ne voguions pas sur des péniches, sinon nous n'aurions jamais rien gagné ! Mais j'irai si je le peux.

Il prit congé, et je me surpris à attendre les prochaines semaines avec impatience : un voyage à Londres, un séjour avec Sophia, et, enfin, l'occasion de rendre visite à Edward et de rencontrer sa jeune épouse.

Vendredi 29 juillet

Cet après-midi, j'ai vu Jenson. Son vaisseau venait d'accoster, et nous échangeâmes des nouvelles. Il me dit que Lencet était mort au combat en janvier, et me demanda comment se portait Harville, qu'il n'avait pas vu depuis que nous avions servi ensemble en 1809. Je lui parlai de la blessure que Harville avait reçue deux ans auparavant, et lui assurai qu'en dehors de cela, Harville, Harriet et leurs enfants allaient bien. Je lui dis également que Fanny, la sœur de notre ami, était fiancée à Benwick. Il en fut ravi.

Nous discutâmes de nos projets, maintenant que la guerre est finie. Jenson m'apprit qu'il avait choisi d'entrer dans l'entreprise familiale de commerce en vins, qu'il avait l'intention d'étendre en achetant une flotte afin qu'ils puissent désormais se charger du transport en plus de l'achat et de la vente.

— Et j'imagine que vous prendrez le commandement du vaisseau amiral ?

— Bien sûr !

Je lui parlai des célébrations de Londres et nous décidâmes de nous y rendre. Il convint de me rejoindre pour le petit déjeuner, afin que nous nous mettions en route dès demain matin.

Samedi 30 juillet

Jenson et moi étions en train de prendre le petit déjeuner tout en réglant les derniers arrangements pour notre voyage à Londres lorsqu'un billet arriva pour moi.

— Je vais faire un tour sur le pont, déclara Jenson en se levant.

— Ce n'est pas la peine. C'est Harville qui m'écrit. Restez donc. Vous serez heureux d'entendre ce qu'il raconte.

Je dépliai la lettre et commençai à résumer à voix haute :

— Il m'informe qu'il n'est pas loin de Plymouth… Il est content que je sois à terre… Oh, non ! m'écriai-je en lisant l'horrible nouvelle. Oh, non !

— Que se passe-t-il ? demanda Jenson.

Je secouai la tête, incrédule. C'est à peine si je pouvais me résoudre à prononcer ces mots.

— C'est Fanny, la sœur de Harville. Elle est morte.

— « Morte » ? répéta-t-il, accablé.

Je ne pus répondre que par un hochement de tête.

— Tant de beauté… un esprit tellement supérieur… c'est une terrible nouvelle, dit-il. Elle avait toute la vie devant elle.

Je continuai à lire, parcourant la feuille rapidement, et laissai échapper un gémissement en découvrant quel service me demandait Harville.

— Non ! Oh, non, je ne peux pas ! m'écriai-je, horrifié.

Pourtant, je savais que cela devait être fait, et que nul n'était mieux placé que moi pour cela.

— Quoi ? Qu'y a-t-il ?

— Benwick. James. Il n'est pas au courant.

Jenson me regarda avec consternation.

— Il revient tout juste du Cap, et doit se rendre en mission à Portsmouth. Harville ne peut se résoudre à le lui apprendre. Il me supplie de le faire pour lui.

— Frederick…, soupira Jenson avec compassion, car c'était une tâche que personne ne souhaiterait accomplir.

Mais je ne pouvais m'y soustraire. Je repliai la lettre, déterminé.

— Il ne faut pas tarder. Je vais demander tout de suite une autorisation d'absence.

— J'apporterai moi-même votre demande.

— Merci, Jenson, du fond du cœur. J'espère que l'autorisation me sera accordée, car je ne peux attendre la réponse.

J'écrivis le billet et me levai.

— Je dois partir sur-le-champ. Pauvre Benwick ! Comment le prendra-t-il ? La perdre juste quand ses espoirs allaient se réaliser, quand ses longues fiançailles allaient enfin s'achever par leur mariage... Cela faisait des années qu'il désirait ce moment ! Quelle tristesse que son bonheur lui soit ravi maintenant, et de cette façon ! C'est trop cruel.

Jenson se contenta de hocher la tête, anéanti.

Je quittai le vaisseau et me mis en route vers mon affreuse mission.

Août

Lundi 1er août

Quelle terrible journée ! Quelle terrible, terrible journée…

J'arrivai à Portsmouth à l'aube, après avoir voyagé pendant un jour et une nuit depuis Plymouth, et gagnai le *Grappler* à la rame. Benwick était ravi de me voir. Tout sourires, il me félicita pour mes succès, me disant que personne plus que moi ne les méritait, puis me demanda de le féliciter pour son avancement et ses gains. Il était si joyeux qu'il ne remarqua pas mon abattement, et me brisa le cœur en déclarant :

— Enfin, je vais revoir Fanny. Je ne peux plus attendre ! C'est ce que j'ai trouvé le plus dur en mer, Wentworth, d'être éloigné d'elle. Je l'ai fait attendre deux ans, pendant que j'établissais ma fortune et réalisais mes ambitions, mais maintenant nos fiançailles vont pouvoir prendre fin, et nous nous marierons dès que les bans auront été publiés.

J'en aurais pleuré. Je ne savais comment le lui annoncer, je ne trouvais pas les mots. Mais il finit par remarquer mon humeur et me regarda d'un air anxieux. Je lui dis que j'avais de mauvaises nouvelles et lui demandai de me conduire en bas. Une fois dans sa cabine, je lui révélai tout, et il s'effondra. Jamais je n'avais vu un homme souffrir ainsi. Il s'écroula, ses jambes ne le portant plus, et resta hébété. Il ne parlait ni ne bougeait. Puis, enfin, il prit conscience de ce que je lui avais dit, et le désespoir s'abattit sur lui en vagues puissantes. Je crus qu'il allait devenir fou. Je ne le quittai pas un instant, restant à ses côtés jour et nuit. Durant tout ce temps, je priai de ne jamais avoir à revivre de tels instants.

Jeudi 11 août

Enfin, Benwick a passé le pire. Il ne délire plus, même si le voir si calme est presque insupportable. Il semble vidé de toute substance.

Je ne peux m'empêcher de repenser à lui âgé de douze ans, entrant d'un air hésitant dans l'Académie, jetant un regard nerveux autour de lui, petit pour son âge, mais ne tardant pas à nous impressionner par son intelligence et son courage. Je revois sa démarche confiante, lorsqu'il reçut son diplôme de la Marine, et son intérêt quand il remarqua Fanny pour la première fois lors du mariage de Harville. Je me souviens de son sourire lorsqu'il m'apprit qu'elle lui avait accordé sa main ; de ses regrets de ne pouvoir l'épouser avant d'avoir obtenu son avancement ; et de sa détermination à réussir, pour elle.

À présent, la vie semble l'avoir quitté, comme si son cœur était mort avec Fanny.

Vendredi 12 août

J'ai reçu une lettre de Sophia ce matin, mais j'ai tout juste eu le temps d'y jeter un coup d'œil avant l'arrivée de Harville. Je la mis aussitôt de côté, heureux de sa compagnie et enchanté de voir qu'il avait amené Harriet. Le chagrin de Benwick s'atténua un peu en les voyant, et il put apaiser son cœur en leur parlant. Ils s'entretinrent de Fanny pendant des heures, puis Harville déclara qu'il souhaitait que Benwick vienne s'installer chez eux. Benwick commença par protester au prétexte qu'ils n'avaient pas assez de place, mais Harriet se joignit à Harville pour le supplier, et il finit par accepter. Cela me soulagea, car je n'aurais pas aimé le savoir seul à un tel moment.

Je pus discuter en tête à tête avec Harville tandis que Harriet continuait à parler avec Benwick. Il m'annonça qu'il pensait rechercher une maison plus grande, et qu'il espérait trouver quelque chose près de la mer. Je lui souhaitai bonne chance, et il promit de m'écrire et de me donner son adresse dès qu'il serait installé.

Ils sont partis ensemble cet après-midi, tristement, et c'est le cœur lourd que je les ai regardés s'éloigner. Ils auraient dû préparer le mariage de Benwick, si le destin avait été plus tendre. Au lieu de cela, ils partageraient leur deuil.

Mon unique consolation est d'avoir la certitude que, ainsi entouré de gens aimants, il sera bien soigné, bien que je craigne que sa blessure ne soit trop profonde pour qu'il puisse guérir complètement. Fanny Harville était une demoiselle supérieure. Il est peu probable qu'il rencontre son égale, et sans un nouvel amour, qu'est-ce qui pourra le rendre à la vie ?

Lundi 15 août

Ainsi, me voici à Londres, presque trois semaines plus tard que ce que j'avais prévu. J'ai rencontré Jenson et lui ai raconté comment Benwick avait pris la nouvelle. Nous n'étions ni l'un ni l'autre d'humeur à rechercher la compagnie ou à faire la fête après cela, aussi nous dînâmes au calme chez *Fladong's* avant de nous fixer un rendez-vous pour demain.

Mardi 16 août

Ce soir, J'ai de nouveau dîné avec Jenson, et nous avons naturellement parlé de Benwick.

—Ce que nous pouvons souhaiter de mieux, c'est qu'il commence à se remettre d'ici un an ou deux, me dit Jenson. Si cela se produit, il sera encore assez jeune pour chercher une épouse.

—Cela serait difficile à supporter pour Harville.

— Mais plus encore pour Benwick, s'il ne le fait pas.

J'en convins, et nous décidâmes de parler de sujets plus gais, car rien ne servait de s'attarder sur un fait que l'on ne pouvait changer. Même ainsi, nous restâmes tristes toute la soirée, et nous nous séparâmes de bonne heure, non sans nous fixer cependant un nouveau rendez-vous pour demain.

Mercredi 17 août

En arrivant à Londres il y a quelques jours, je n'étais pas d'humeur à profiter des festivités qui vont bon train dans la ville, mais aujourd'hui j'ai commencé à m'y intéresser davantage. Ce matin, je me suis promené avec Jenson, et l'agitation nous a rendu le cœur plus léger. Partout autour de nous, ce n'était que visages souriants. L'ambiance était joyeuse, l'atmosphère bon enfant. Après tant d'années de guerre, Londres célébrait la paix en grande pompe.

Je détournai mes pensées du passé et me mis à songer à l'avenir.

Je dois acheter une propriété, et trouver une femme que je puisse respecter, afin de commencer ma vie.

Samedi 20 août

Ce matin, j'ai reçu une lettre de Sophia, et j'ai pu y accorder davantage d'attention qu'à la précédente, qui traîne toujours dans ma poche sans que j'aie pu avoir l'occasion de finir de la lire. Je fus heureux d'apprendre que Benjamin et elle avaient trouvé une maison à louer, et qu'ils en étaient enchantés. Je lus sa longue description des meubles raffinés, du joli parc et des magnifiques panoramas… jusqu'à la dernière ligne, qui m'abasourdit car elle m'y annonçait le nom de la propriété. Je découvris que Benjamin et elle s'étaient installés à Kellynch Hall.

Ce nom me ramena en arrière. Il me rappela l'été 1806, sir Walter, Miss Elliot, et Anne… Anne qui dansait avec moi ; Anne et moi, devisant de tout et de rien, absorbés par la compagnie l'un de l'autre… Anne que l'on avait persuadée de me quitter, et qui était sans aucun doute mariée à présent, à un baronnet ou même davantage, à quelqu'un doté d'un rang susceptible de satisfaire l'orgueil de son père et d'une fortune capable de plaire à l'avaricieuse lady Russell.

Je suis bien décidé à ne pas la regretter, car je suis certain que pour sa part, elle ne regrette rien. Je l'ai oubliée depuis bien longtemps, et son destin ne me concerne plus. Je n'éprouve aucun désir de la revoir, si ce n'est par curiosité naturelle. Comme les Elliot doivent se retirer à Bath, il est peu probable que je la croise, et si nous nous rencontrons par hasard, ce sera en tant que deux étrangers.

Elle n'a plus aucun pouvoir sur moi.

Septembre

Jeudi 29 septembre

C'est aujourd'hui que ma sœur doit s'installer à Kellynch Hall, et bien que toujours plongé dans les affaires qui m'occupent depuis quelques semaines, je songe à elle et à Benjamin.

Octobre

Lundi 3 octobre

Ce matin, j'ai reçu une missive de Sophia m'informant que Benjamin et elle étaient installés dans leur nouvelle maison. Sophia m'invite à venir y séjourner. J'ai accepté aussitôt et lui ai répondu que j'arriverais la semaine prochaine.

Samedi 8 octobre

Je fis bon voyage vers le Somersetshire, mais en approchant du voisinage d'Uppercross je ne pus empêcher les souvenirs de remonter. La dernière fois que je me suis rendu dans cette ville, c'était pour acheter des gants en vue d'un bal, me disais-je... La dernière fois que je suis passé près de cet arbre, j'étais en chemin pour un pique-nique... la dernière fois que j'ai vu cette route, j'étais empli d'amertume et de chagrin... Puis, je vis Kellynch Hall et je me souvins du soir où Edward et moi avions été invités à dîner, et où j'avais passé toute la soirée à m'entretenir avec Anne.

Ensuite la voiture s'arrêta devant la porte et l'on me fit entrer, ce qui ne me laissa plus le temps de me consacrer aux souvenirs. Sophia se leva pour m'accueillir. Elle avait le teint hâlé par tous ses voyages, et semblait en pleine forme. Elle était ravie de sa nouvelle demeure, car tout lui plaisait : la maison, le domaine et les jardins.

J'échangeai de cordiales salutations avec Benjamin, et l'on apporta le thé.

— Il faudrait vous trouver rapidement une résidence, Frederick, me dit-il. Et quand vous le ferez, assurez-vous d'avoir un bon homme de confiance qui s'occupe de tout. Nous avons eu de la chance avec Mr Shepherd, car il est compétent, et tous les détails ont été réglés sans retard. L'avez-vous rencontré, lors de votre précédent séjour ?

— Je crois, répondis-je, réticent à parler de cette époque.

— Il semble prendre soin de sir Walter, ajouta Benjamin avec un sourire compatissant. Cela vaut mieux, car il paraît avoir bien besoin que l'on s'occupe de lui.

— Chut, Benjamin ! chuchota ma sœur alors qu'un domestique entrait. Vous allez donner à Frederick une fausse impression. Sir Walter est un homme élégant et très raffiné.

— Mais qui manque cruellement de bon sens. Il voulait vivre comme le gentleman le plus important des environs mais il n'en avait pas les moyens. Par voie de conséquence, il a hypothéqué son domaine et contracté des dettes jusqu'à être contraint de louer sa demeure.

— C'est mieux que s'il avait continué à mener le même train de vie et s'était ruiné, ou que s'il avait refusé de payer ses dettes et ruiné ses créanciers, tempéra Sophia. Je suis sûre qu'il se remettra bientôt à flot. Il peut vivre de façon bien plus économe à Bath qu'ici, et le revenu que lui rapporte la location de la maison l'aidera à sortir de la gêne.

Je ressentis une joie mauvaise à l'idée que nos fortunes s'étaient inversées, et que l'homme qui m'avait regardé de haut en tant que soupirant pour sa fille était à présent pauvre, alors que j'étais riche.

— Miss Elliot est très belle, déclara Sophia. Je suis surprise qu'elle ne soit pas mariée.

Cela me causa un choc. Parlait-elle de Miss Elizabeth Elliot, ou Elizabeth s'était-elle mariée, auquel cas Anne serait désormais appelée Miss Elliot… Mais non, Anne se serait mariée, bien sûr. C'était peut-être Mary, la plus jeune des trois sœurs, qui était désormais Miss Elliot. Mais je voulais en être sûr.

— De laquelle des demoiselles Elliot parlez-vous ? demandai-je, l'air innocent.

— De l'aînée, Elizabeth.

Ainsi, elle ne s'était pas mariée. Mr William Elliot n'avait pas rempli les attentes que l'on avait formées à son sujet.

— Peut-être n'a-t-elle trouvé personne à son goût. Elle a hérité de tout l'orgueil de son père, et je suis certain qu'elle n'est pas facile à contenter, commenta Benjamin. Sa sœur s'est mariée, et avec un excellent parti, cependant.

Et voilà, c'était la nouvelle que j'attendais, mais qui m'abasourdit néanmoins, car même si je savais bien qu'Anne avait dû se marier depuis tout ce temps, c'était tout de même un choc de l'apprendre.

— Elle a épousé Mr Charles Musgrove, l'un de nos voisins, ajouta Sophia. Ils résident à Uppercross Cottage et ont deux petits garçons. Mr Charles Musgrove est le fils de Mr et Mrs Musgrove, qui habitent Great House.

Ainsi elle avait épousé Charles Musgrove, finalement.

— J'espère qu'elle est très heureuse, commentai-je avec froideur.

— Les Musgrove se sont avérés de très bons voisins, me dit Benjamin. Mr Musgrove père nous a rendu visite presque dès notre arrivée, pour nous souhaiter la bienvenue dans le voisinage. C'était très gentil de nous accueillir aussi promptement, et son fils, Mr Charles Musgrove, a montré presque autant d'attention, car il est venu nous voir avec son épouse peu après. Nous leur avons rendu leur visite, et même si Mr Charles Musgrove était absent, sa femme se trouvait là, ainsi que la sœur de cette dernière.

Sa sœur. Miss Mary Elliot, qui était en pension lors de mon premier séjour.

— Avez-vous rencontré Mrs Charles Musgrove lors de votre précédent passage dans la région ? demanda Sophia.

— Je crois, répondis-je d'un ton laconique, ne souhaitant pas m'étendre sur le passé.

La brièveté de ma réponse passa inaperçue au milieu de la conversation.

— Elle n'est pas aussi orgueilleuse que sa sœur, mais elle n'a pas non plus sa beauté, estima Sophia.

— J'ai toujours pensé qu'elle était…

Bien plus belle, allais-je ajouter, mais je me repris juste à temps et conclus :

— … une jolie fille.

— « Jolie » ? Je ne suis pas de votre avis, mais peut-être a-t-elle perdu de la fraîcheur que vous lui avez connue. Les deux petits garçons l'épuisent, je pense, et elle a tendance à être facilement malade, dit Sophia.

— Ou du moins à le croire, la corrigea Benjamin.

Elle avait bien changé, en ce cas, pensai-je, si elle était épuisée et se croyait de santé fragile. Mais il s'était écoulé huit années depuis que je l'avais fréquentée, et en quelques années il peut se passer bien des choses.

— Les demoiselles Musgrove, cependant, les sœurs de Mr Charles Musgrove, voilà deux jolies jeunes personnes, si vous me permettez, intervint Benjamin. Elles ont des manières vives, toujours joyeuses. Vous pourriez tomber plus mal que d'épouser l'une d'elles.

— Benjamin, l'admonesta Sophia.

— Quoi ? Il est temps que Frederick se marie, et une fille en vaut bien une autre, au final.

— Frederick vient juste d'arriver. Ne le harcelez pas. Si vous avez fini votre thé, peut-être aimeriez-vous voir le parc ? demanda-t-elle en se tournant vers moi.

Je n'avais aucun désir de m'y promener, et de sentir remonter les souvenirs des temps anciens, mais je ne pouvais refuser. Il ne fallut pas longtemps pour que je me trouve de nouveau en train de marcher à travers champs et le long de la rivière qui m'était si familière. C'était une bonne chose que ma sœur ait beaucoup à me raconter, car je crois que les réminiscences qui m'assaillaient auraient fait de moi un compagnon bien taciturne si elle s'était tue.

Nous dînâmes en famille, juste tous les trois, et après une soirée au calme, à jouer aux cartes, je me retirai pour la nuit.

Ma chambre est grande et lumineuse, et ses fenêtres donnent sur l'allée. Je me demande qui l'occupait lorsque les Elliot vivaient ici.

Était-ce Miss Elliot ? Ou Anne ?

Lundi 10 octobre

Ce matin, alors que nous nous promenions dans le parc, Benjamin, Sophia et moi nous racontâmes les histoires que nous avions vécues dans la Marine. Après un certain temps, Benjamin voulut avoir des nouvelles de Harville, et je lui appris la mort de Fanny ainsi que l'invitation de Harville à Benwick à venir vivre avec eux. Benjamin me demanda où ils habitaient, et je lui expliquai que Harville n'était pas encore installé, car il cherchait une demeure plus grande, mais qu'il avait promis de m'écrire dès que ce serait chose faite, afin que je puisse lui rendre visite.

— J'espère que vous irez également voir Edward. Il meurt d'envie de vous présenter son épouse, me rappela Sophia.

— Dès que j'aurai le temps de me rendre dans le Shropshire, je serai ravi de la rencontrer. Est-elle aussi charmante que le prétend Edward ?

— Oui, et très jolie.

— C'est une beauté, confirma Benjamin.

Je suis impatient de la découvrir, et de retrouver mon cher frère.

Mardi 11 octobre

Ce matin, en traversant le village, je fus salué par de nombreuses personnes qui se souvenaient de moi, et qui m'apprirent toutes les nouvelles du voisinage. Miss Shepherd avait épousé Mr Clay, eu deux enfants de lui, puis était devenue veuve. Elle était revenue vivre chez son père, mais aussitôt après, Miss Elliot l'avait invitée à Bath.

— Quelle chance pour elle, me dit Mrs Layne. Songez donc, elle vit chez les Elliot et les accompagne partout. C'est l'occasion pour elle de se divertir, car je ne crois pas qu'elle ait été heureuse dans son ménage, et qui sait ? peut-être qu'elle pourrait rencontrer un gentleman comme il faut et contracter un meilleur mariage.

— Kitty, reprocha son mari. Le capitaine Wentworth n'a pas envie d'entendre tous ces ragots.

— Pourquoi les hommes qualifient-ils ce qui touche leurs voisins – des gens qu'ils connaissent, et auxquels ils ont donc toutes les raisons de s'intéresser – de ragots ? Alors qu'ils qualifient ce qui arrive à de parfaits inconnus, qu'ils n'ont jamais rencontrés et ne rencontreront jamais, d'informations, et les impriment dans les journaux pour que chacun les lise !

— Il y a quelqu'un dont j'aimerais entendre parler, dis-je, c'est Miss Scott. Est-elle heureuse, maintenant que la paix a été signée ?

— Oui, très. Elle est partie vivre chez sa sœur, vous savez. Dès que la guerre a été finie, elle a décidé de déménager. Je me demande bien pourquoi. Quand elle habitait ici, elle avait constamment peur d'une invasion, mais aussitôt que cette menace s'est écartée, elle s'est installée à l'intérieur des terres !

— Je suis déçu de ne pas la voir.

— Je le lui transmettrai la prochaine fois que je lui écrirai.

Lorsque je rentrai pour le déjeuner, j'avais été informé de la destinée de la plupart des paroissiens de mon frère, et j'avais également fait connaissance avec son remplaçant, un jeune homme studieux qui semble très apprécié de ses ouailles, et qui m'a invité à dîner avec lui.

Mercredi 12 octobre

Ce matin, Mr Musgrove père est venu me présenter ses respects et nous inviter, Sophia, Benjamin et moi, à dîner avec sa famille à la fin de la semaine prochaine. Il tenta d'obtenir une date plus proche, mais Benjamin ayant des affaires pressantes à régler, nous ne pûmes accepter de venir plus tôt.

Jeudi 13 octobre

Aujourd'hui, j'ai rendu la politesse à Mr Musgrove en allant le saluer chez lui, et je l'ai trouvé à la maison avec sa femme et ses deux filles.

Miss Musgrove, une jeune dame d'une vingtaine de printemps, se leva littéralement d'un bond lorsque je fus annoncé. Elle me fit la révérence sans cesser de me détailler des pieds à la tête avec des yeux admiratifs. Sa sœur, Miss Louisa, n'était pas moins jolie ni moins admirative. Elles me firent penser à des chiots joueurs, pleins de vie et cherchant à plaire. J'eus aussitôt le cœur plus léger et je me dis que c'était exactement la compagnie joyeuse dont j'avais besoin pour me débarrasser du souvenir des peines de cet été-là.

On m'invita à m'asseoir et m'accueillit avec tant de cordialité que je ne tardai pas à me sentir comme chez moi.

— Et que pensez-vous d'Uppercross, monsieur ? demanda Mr Musgrove quand tout le monde eut pris place.

— C'est un endroit très agréable. L'air y est pur, les paysages variés, et les gens fort plaisants, répondis-je en lui adressant une révérence.

Ma réponse lui fit plaisir, et il rit en se frottant les mains. Il me confia qu'il était ravi que les locataires de sir Walter se montrent si bons voisins. Il ne semblait pas se souvenir de m'avoir rencontré huit ans auparavant, et je ne jugeai pas utile de le lui rappeler.

— Oh, oui, Uppercross est un endroit charmant, renchérit Mrs Musgrove. Ma famille vit dans les environs depuis toujours. Ma sœur est mariée à un gentleman, Mr Hayter, qui n'habite pas loin d'ici, à Winthrop. Vous avez peut-être déjà vu cette propriété ? Elle se trouve de l'autre côté de la colline.

Je lui répondis que je n'avais pas encore eu ce plaisir.

— Uppercross est certes très plaisant, mais je préférerais aller à Londres ou à Bath, objecta Miss Musgrove.

— Comment ? Aller à Londres ou à Bath, et manquer toutes les activités d'ici ? s'écria sa mère. Je vous le rappellerai, la prochaine fois que nous organiserons un bal. Nous aimons beaucoup danser, à Great House, capitaine.

— Vous devez absolument venir pour notre prochain bal, capitaine Wentworth, m'enjoignit Miss Musgrove.

L'idée m'enchantait, car son sourire et ses yeux pétillants me plaisaient beaucoup.

— Promis ? s'exclama-t-elle. Et vous devrez danser avec nous, n'est-ce pas, maman ?

— S'il vous plaît, dites oui, plaida Miss Louisa. Nous aimerions tellement que vous soyez là.

— Oh oui, s'il vous plaît, insista Miss Musgrove.

— Comment pourrais-je refuser ? répondis-je en riant, plus heureux que je ne l'avais été depuis longtemps.

— Maintenant, laissez le capitaine tranquille avant de le faire mourir d'ennui, les réprimanda Mr Musgrove. Je peux vous dire, capitaine, que c'est une chose bien fatigante que d'être le père de deux filles aussi énergiques, déclara-t-il avec affection, la tendresse qu'il avait pour elles visible dans chacun de ses traits. Vous resterez dîner ?

Ce fut avec beaucoup de regret que je déclinai sa charmante invitation, car l'atmosphère de la maison débordait de bonheur et de joie, mais j'avais promis à Sophia de lui tenir compagnie.

— Dans ce cas, vous viendrez demain ? proposa-t-il.

— Oh oui, capitaine, me pressa Mrs Musgrove.

Je ne pus résister à cette insistance chaleureuse, et acceptai de bon cœur.

Le reste de la visite se déroula de manière très agréable, les deux demoiselles me posant mille et une questions sur mes batailles, me racontant les bals des environs, et me flattant de tant d'attentions que je fus triste de devoir partir.

Le moment de prendre congé arriva cependant, et je retournai à Kellynch Hall le cœur léger.

Je dînai en tête à tête avec Sophia, car les affaires de Benjamin le retenaient au loin. Nous avions tant à nous dire après des années de séparation qu'il était très tard lorsque nous montâmes nous coucher.

Vendredi 14 octobre

Aujourd'hui, le temps a été très agréable. L'air automnal était vif et rendait l'exercice particulièrement revigorant. Je sortis de bonne heure pour une promenade à cheval, et la brume se leva pour révéler un ciel clair. En rentrant pour le petit déjeuner, j'avais l'appétit aiguisé.

Je passai la journée à écrire des lettres et à m'occuper d'affaires en ville, puis, le soir, me mis en route pour Great Hall. C'est avec un mélange de curiosité et d'appréhension que je remontai l'allée à pied, car je savais que Mr et Mrs Charles Musgrove étaient également invités. Quelle allure Anne aurait-elle ? Se souviendrait-elle de moi ? Ou m'aurait-elle au contraire oublié ? Oui, sans doute, me dis-je, la gorge serrée de fierté blessée. En ce cas, grand bien lui fasse. Pour ma part, je l'avais oubliée, avais poursuivi ma vie, fait carrière et amassé une fortune. Je n'allais pas dépérir pour une femme sans force de caractère, qui avait épousé un autre homme seulement quelques années après m'avoir accordé sa main.

J'entrai, et respirai plus librement en apprenant que Mr et Mrs Charles Musgrove n'étaient pas là. Les deux demoiselles Musgrove firent grand cas de moi, et leurs parents m'accueillirent avec à peine moins d'enthousiasme. Un accueil si chaleureux me fit de nouveau me sentir parfaitement à l'aise.

À peine m'étais-je assis, cependant, que l'atmosphère changea.

—C'est heureux que vous ne soyez pas resté dîner hier, finalement, capitaine, me dit Mr Musgrove, l'air grave. Nous ne vous aurions pas offert une compagnie très joyeuse. Une catastrophe s'est produite.

—Oui, c'était affreux ! renchérit Mrs Musgrove en s'éventant avec vigueur, car la chaleur du feu était intense. Nous étions dans tous nos états. J'étais complètement affolée en apprenant la nouvelle, car bien sûr, on craint toujours le pire. Je ne pouvais m'empêcher d'avoir des idées noires, chacune plus horrible que la précédente. Je ne sais pas comment nous avons survécu.

— Ne faisons pas languir le capitaine, dit Mr Musgrove. Nous avons eu de grandes craintes car notre petit-fils a fait une mauvaise chute.

— Une très, très mauvaise chute, vraiment, ajouta son épouse.

— Je suis désolé de l'apprendre. Ce n'était rien de grave, j'espère ? demandai-je, inquiet pour le petit garçon.

— Nous avons eu peur sur le moment, et avons aussitôt appelé Mr Robinson, l'apothicaire.

— C'est Anne qui l'a envoyé chercher, expliqua Mrs Musgrove. Anne a toujours eu beaucoup de bon sens, si bien que le petit Charles a tout de suite reçu les meilleurs soins. Elle avait prévenu l'apothicaire avant même de nous informer.

— Le bon sens en personne, commenta Mr Musgrove.

— Bref, Robinson l'a examiné et lui a trouvé une clavicule déplacée. Il la lui a remise en place.

— C'était affreux, très douloureux pour le petit. Pauvre bonhomme ! ajouta Mrs Musgrove.

— Comme vous pouvez l'imaginer, nous avons été très soulagés après cela. Robinson a déclaré que tout rentrerait dans l'ordre avec beaucoup de repos. Cela nous a donné bon espoir, et nous avons pu revenir à la maison.

— Mais je n'ai rien pu avaler au dîner, tant j'étais inquiète, confia Mrs Musgrove.

— Quoi qu'il en soit, il a passé une bonne nuit et semble bien se porter aujourd'hui, ajouta vivement Miss Musgrove, qui paraissait en avoir assez de cette conversation sur le petit Charles et sa chute.

— Oui, Mr Robinson ne craint pas de séquelles, et nous en sommes vraiment reconnaissants, expliqua Mrs Musgrove. Nous pensions que notre fils et sa femme devraient annuler leur venue, mais ils sont suffisamment rassurés au sujet du jeune Charles pour le quitter quelques heures. S'il en avait été autrement, ils auraient dû rester chez eux, et cela les aurait beaucoup déçus, car ils sont très désireux de vous rencontrer, me dit-elle poliment.

À cet instant, Mr et Mrs Charles Musgrove furent annoncés. À ce nom, je me sentis soudain tendu, malgré ma certitude d'avoir oublié le passé. Je ne me retournai pas tout de suite. Mr Charles Musgrove entra dans la pièce d'un pas vif et je le reconnus. C'était l'homme que j'avais vu en 1806 et qu'Anne m'avait décrit comme un ami de la famille. En le détaillant, je fus surpris qu'elle l'ait épousé, car il était vraiment commun, et même moins avantagé que dans mon souvenir. Ce n'était certainement pas le beau parti que lady Russell avait souhaité pour Anne, et cela me guérit un peu de ma blessure d'amour-propre de découvrir que ses manigances n'avaient eu aucun résultat.

— Vous voici, juste à temps pour rencontrer le capitaine Wentworth, déclara Mrs Musgrove. Capitaine Wentworth, puis-je vous présenter mon fils, Mr Charles Musgrove…

Je le saluai, et fus ensuite bien obligé de tourner la tête pour voir son épouse. À ma grande surprise, ce n'était pas Anne mais une femme que je ne connaissais pas.

— … et ma belle-fille, Mrs Charles Musgrove, Miss Mary Elliot de son nom de jeune fille.

Ainsi, c'était la sœur d'Anne qui avait épousé Charles Musgrove ! Je me sentis euphorique, bien que je ne sache pas pourquoi, puis amusé, et enfin idiot et un peu fâché contre moi-même quand je pris conscience du temps gâché à songer à cette rencontre.

Mr et Mrs Charles Musgrove me saluèrent avec chaleur. De toute évidence, ils portaient un intérêt sincère à leur nouveau voisin.

— Êtes-vous certains qu'il n'y a pas de danger à quitter le petit Charles ? demanda Mrs Musgrove une fois les salutations terminées. Je ne suis pas rassurée. Je sais que Mr Robinson est optimiste, mais j'ai peur qu'il ne fasse une rechute.

— Vous auriez tort de vous inquiéter, maman, tempéra Charles.

— D'autant plus que nous ne l'avons pas laissé seul. Anne est avec lui, ajouta son épouse. Anne est ma sœur, m'expliqua-t-elle.

— Eh bien, si Anne est avec lui, je suis certaine que tout ira bien, approuva Mrs Musgrove.

— Assurément. Anne est la personne idéale pour s'occuper de lui. Elle n'a pas l'excès de sensibilité d'une mère, et de plus, elle sait se faire obéir. Il écoute davantage sa tante que moi. Je n'ai pas la moindre crainte, car il s'est si bien remis que je suis parfaitement rassurée. Anne peut toujours nous envoyer un billet s'il arrive quelque chose, car nous ne sommes qu'à un demi-mile.

Nous prîmes place, et je remarquai avec un sourire que Miss Musgrove et Miss Louisa s'étaient arrangées pour s'asseoir de part et d'autre de mon siège et se disputaient mon attention.

— Je crois que vous avez rencontré Anne lors de votre précédent séjour, avança Charles en s'installant sur le sofa près de sa mère.

— Oui, nous nous connaissions.

— Vraiment ? s'étonna Mary.

— Vous étiez en pension à l'époque, mais Anne était à la maison, expliqua Charles. Cela devait être vers 1805, si je ne me trompe ?

— 1806, le corrigeai-je.

— Ah, oui, vous avez sans doute raison. Votre frère était le vicaire de Monkford, n'est-ce pas ?

— En effet.

— J'espère qu'il va bien.

— Oui, merci, très bien. Il est marié, à présent.

— Ah, le mariage… c'est une bonne chose, déclara Mrs Musgrove d'un air serein. Tous les messieurs devraient se marier.

— Et toutes les demoiselles, ajouta Mr Musgrove en regardant ses filles avec bienveillance.

Je brûlais d'envie de demander si Anne était mariée, mais ma fierté me l'interdisait.

— Vous ne tarderez pas à voir Anne, je pense, car elle séjourne chez nous, dit Charles. Sa famille est partie à Bath, mais ma femme était souffrante et elle avait besoin de sa sœur auprès d'elle.

— C'est vrai, je ne m'en serais pas sortie sans Anne, renchérit Mary.

Le dîner fut servi. Mr Musgrove donna le bras à Mary, Charles à sa mère, et on me laissa le soin d'escorter les demoiselles Musgrove, une à chaque bras.

Elles me plaisaient énormément. Elles me posaient mille questions sur ma vie en mer et rivalisaient de remarques espiègles qui nous faisaient rire à gorge déployée et égayaient toute la tablée. Après dîner, elles nous divertirent en jouant du pianoforte et de la harpe.

— Elles aiment tellement la musique, soupira Mrs Musgrove avec bonheur. Elles sont si intelligentes, je ne sais pas laquelle joue le mieux. Qu'en pensez-vous, capitaine Wentworth ?

— Elles sont toutes deux très accomplies, déclarai-je avec autant d'admiration que leur mère pouvait en souhaiter.

Elles avaient toutes deux un visage rayonnant de joie et des attitudes charmantes, même si je dois convenir qu'elles ne jouaient en réalité pas très bien ! Ce n'était d'ailleurs guère surprenant. Elles étaient toutes deux bien trop turbulentes pour consacrer de longues heures à leurs instruments, et j'étais persuadé qu'elles abandonnaient l'étude de la musique pour aller se promener, faire des achats ou échanger des commérages aussi souvent qu'elles le pouvaient.

— C'est vrai, de bien bonnes filles, toutes les deux. J'aime les écouter autant l'une que l'autre, et je ne sais jamais ce que je préfère entre le piano et la harpe. Mr Musgrove et moi avons l'embarras du choix. Et si vous chantiez, maintenant, mes chéries ?

Elles ne demandaient pas mieux. Je m'approchai du pianoforte pour me joindre à leur chant. Elles m'adressèrent les plus charmants sourires, et j'aurais eu du mal à déterminer laquelle me plaisait le plus entre Miss Musgrove avec ses boucles brillantes, ou Miss Louisa avec ses manières effrontées et ses fossettes.

Les chants prirent fin, et nous retournâmes à nos conversations. Charles Musgrove ne tarda pas à m'inviter à venir chasser le lendemain.

— Nous nous retrouverons au Cottage pour le petit déjeuner et sortirons nos fusils, dit-il.

— Je ne voudrais pas risquer de déranger Mrs Musgrove alors qu'elle a un enfant malade, répliquai-je.

La vraie raison de mon objection était l'étrange réticence que je ressentais à l'idée de voir Anne.

On me sut gré de ma délicatesse, et à la suite d'une courte discussion, il fut décidé que nous prendrions le petit déjeuner à Great House avant de partir chasser.

L'heure de prendre congé arriva trop tôt. Exalté par une soirée passée en compagnie de deux jolies filles toutes simples et pleines de joie de vivre, entouré de leur famille si accueillante, je rentrai à Kellynch Hall.

Alors que je remontais l'allée, je me surpris à songer à Anne une fois de plus, et à m'étonner de la coïncidence qui avait conduit mon beau-frère à louer Kellynch Hall. De toutes les maisons du Somersetshire, pourquoi fallait-il qu'il ait choisi celle-ci ? Un endroit chargé pour moi de tant de souvenirs... et dans lequel j'allais rencontrer Anne... Seul le hasard expliquait que je ne l'aie pas encore croisée, car, sans l'accident du petit Charles, elle serait venue à Great House ce soir et j'aurais passé la soirée en sa compagnie.

Alors que je repensais au passé, je ressentis une bouffée de colère envers son caractère malléable, et un pincement de fierté blessée devant la façon dont elle m'avait traité. Puis je me calmai. Je savais qu'il faudrait que je m'habitue à la voir, car j'en aurais souvent l'occasion, et que je ne devrais pas montrer de ressentiment. Je décidai de ne pas mentionner notre histoire et de l'aborder avec une bonne humeur irréprochable, telle une ancienne connaissance.

Mais même ainsi, je ne pus empêcher mes pensées de s'attarder sur elle alors que je franchissais les portes de Kellynch Hall. *Anne Elliot. Après toutes ces années…*

Anne Elliot.

Samedi 15 octobre

Ce matin, j'ai rejoint les Musgrove de bonne heure pour le petit déjeuner. Les demoiselles Musgrove étaient ravissantes et tout aussi animées qu'hier. Pendant tout le repas, elles ne cessèrent de parler et de tenter de nous retarder, Charles et moi, jusqu'à ce que finalement Charles, ne supportant pas d'attendre davantage, se lève et déclare qu'il était temps que nous partions. Les jeunes filles étaient inconsolables en nous laissant partir – ou plus exactement, en me laissant partir, je l'avoue ! Car quel intérêt des sœurs peuvent-elles porter à leur frère ? – et annoncèrent leur intention de nous accompagner jusqu'au Cottage. Elles prirent la santé de leur neveu comme prétexte, bien qu'elles ne l'aient pas mentionné une seule fois de la matinée.

J'étais ravi d'avoir leur compagnie ; quel homme pourrait résister aux attentions de deux si jolies demoiselles ? Mais je me sentis encore une fois réticent à l'idée de voir Anne. Toutefois, je ne pouvais l'éviter, et il me sembla préférable de l'avertir. Pourquoi voulais-je lui épargner un choc, je l'ignore, mais c'était ainsi.

Nous atteignîmes Uppercross Cottage et je ne pus me retenir de sourire devant le choix de ce nom, car c'était en réalité un corps de ferme que l'on avait agrandi : très spacieux, avec des portes-fenêtres qui s'ouvraient sur des jardins bien entretenus ou sur une galerie.

Nous entrâmes, les demoiselles Musgrove gloussant et pépiant autour de moi. Je vis aussitôt Mrs Musgrove et cherchai Anne des yeux, mais je ne vis qu'une femme terne et fanée, aux manières hésitantes, penchée sur un petit garçon. Je la pris pour une gouvernante jusqu'à ce qu'elle se tourne vers moi. À ce moment, je m'aperçus avec stupeur que c'était Anne.

— Vous devez vous souvenir de ma sœur, Miss Anne Elliot, me dit Mary.

Donc, elle ne s'était pas mariée, et cela n'avait rien d'étonnant, car sa beauté s'était envolée. L'éclat de ses joues ; la lumière de ses yeux ; tout cela avait disparu. Elle se tenait voûtée, et elle était, en réalité, si usée que je n'aurais jamais cru possible qu'elle change autant en huit ans.

— Miss Elliot, dis-je.

— Capitaine Wentworth.

Nos regards se croisèrent. Je m'inclinai, et elle fit une révérence. Et pendant tout ce temps, une voix me murmurait : « À une autre époque, nous n'aurions eu d'yeux que l'un pour l'autre. »

Je continuai à me comporter normalement, même si je n'avais pas la moindre idée de ce que je racontais.

Puis, par bonheur, Charles apparut à la fenêtre avec les chiens qu'il était allé chercher. C'était le signal du départ.

Il avait suffi de quelques brefs instants pour démolir tous mes souvenirs de la beauté et de la grâce d'Anne. Il ne me restait plus que la colère et l'amertume, car si elle avait montré un tant soit plus de détermination, tout aurait pu être différent.

— Comment trouvez-vous Anne ? me demanda Miss Musgrove alors que nous arrivions à la sortie du village.

— Elle est si changée que je ne l'aurais pas reconnue.

En prononçant ces mots, je me souvins d'elle en ce premier matin, marchant le long de la rivière, le soleil jouant sur ses cheveux. Je repensai à la lumière qui faisait étinceler chaque mouvement de l'eau ; et de ses yeux plus brillants encore alors qu'elle riait de moi.

Mais cette Anne-là avait disparu à jamais. Elle m'avait trahi, m'avait abandonné et m'avait déçu. Elle avait fait preuve d'une faiblesse de caractère que je ne pouvais ni comprendre ni pardonner. Elle avait renoncé à moi pour satisfaire d'autres personnes, et j'en ressentais encore la blessure, mais de façon sourde et atténuée. Le destin nous réunissait de nouveau, mais elle avait perdu son pouvoir sur moi.

Les demoiselles Musgrove nous avaient accompagnés jusqu'à la sortie du village. Leur humeur joyeuse formait un contraste frappant avec la scène que nous venions de quitter, mais même leur esprit léger papillonnant ne put me distraire de mes sombres pensées. Ce n'est qu'après une matinée d'exercice soutenu que je redevins moi-même.

Je finis par prendre congé de Charles en le remerciant pour ces moments d'activité, puis rentrai à la maison retrouver Sophia. Elle me raconta sa matinée et me parla de son projet d'acheter un cabriolet pour se promener dans la campagne avec Benjamin. Puis, après m'avoir écouté narrer ma sortie, elle me demanda :

— Et que pensez-vous des demoiselles Musgrove ?

— Ce sont deux petites créatures pleines de gaieté, et très jolies.

— Croyez-vous pouvoir épouser l'une d'entre elles ? Vous devriez songer à vous installer, vous savez.

— Je dois dire que je pourrais me laisser tenter par n'importe laquelle des deux, si elles savent me convaincre, répondis-je avec désinvolture. Je serais prêt à épouser toute jeune fille agréable qui croiserait mon chemin.

Sauf Anne Elliot, ajoutai-je en mon for intérieur.

— Je crois que chacune d'elle ferait une épouse agréable, répliqua-t-elle en souriant de ma légèreté. N'avez-vous pas de préférence ?

— Aucune. Je suis prêt à me marier sur un coup de tête. Un peu de beauté, quelques sourires, une ou deux flatteries sur la Marine, et je suis perdu. Un marin, qui a perdu ses bonnes manières par manque de compagnie féminine, ne devrait-il pas se satisfaire de cela ?

Elle éclata de rire, sachant bien que je plaisantais, et rétorqua que j'étais au contraire l'homme le plus difficile à contenter qu'elle ait pu rencontrer.

— N'y a-t-il aucune vertu qui vous tienne à cœur ? Des goûts ou des désirs qui vous pousseraient à choisir l'une des demoiselles Musgrove plutôt que l'autre ?

— De la détermination, sous des manières douces. C'est tout ce que je demande. J'accepterais de revoir mes exigences à la baisse, mais pas trop. Si mes critères sont trop élevés, qu'il en soit ainsi, car j'ai beaucoup réfléchi à la question, bien plus que la plupart des hommes.

— Dans ce cas, vous avez assez réfléchi, et il est temps d'agir. J'aimerais vous voir marié, Frederick, et je suis certaine que vous trouverez bientôt votre demoiselle, douce et déterminée à la fois. Qui sait ? elle réside peut-être à Great House en ce moment même !

Nous déjeunâmes ensemble, puis je sortis me promener à cheval.

De la détermination, pensais-je, c'est mon exigence principale. Je n'accepterai pas une femme faible, qui change d'avis pour satisfaire les autres. Je ne me marierai pas tant que je n'aurai pas rencontré une demoiselle avec un fort caractère, qui sait ce qu'elle veut.

Jeudi 20 octobre

Aujourd'hui, Benjamin est rentré à la maison, et la joie avec laquelle ma sœur l'a accueilli était touchante. Ils forment vraiment un ménage heureux.

Vendredi 21 octobre

Ce soir, Sophia, Benjamin et moi avons dîné chez les Musgrove, et nous formions un groupe imposant. Mr et Mrs Charles Musgrove étaient là, ainsi que des cousins à eux, les Hayter, qui habitent dans les environs. Et comme le petit Charles était presque guéri, Anne était présente également.

En entrant dans la pièce, je me souvins qu'il y avait eu une époque, lointaine aujourd'hui, où nous ouvrions nos cœurs l'un à l'autre. Mais ce soir, nous ne nous sommes adressé la parole qu'une ou deux fois, sans dire autre chose que des banalités. En réalité, elle parla très peu. Je ne savais que penser de son humeur taciturne : lui était-elle habituelle ? Était-elle embarrassée par des souvenirs du passé ? Ou bien était-elle devenue aussi orgueilleuse que le reste de sa famille, et se considérait-elle trop au-dessus de moi pour m'accorder de l'attention ?

Ce fut donc un soulagement de découvrir que les demoiselles Hayter étaient aussi extraverties que les demoiselles Musgrove, car leur verbiage incessant masqua les silences gênés. Elles nous amusèrent tous par leurs sottises.

Elles étaient fascinées par ma vie en mer, et petit à petit, réussirent grâce à leurs questions à me faire sortir de mon humeur morose et oublier le passé pour m'intéresser au présent. Leur ignorance en matière de choses navales était profonde, et Miss Musgrove s'étonna d'apprendre qu'il y avait de la nourriture à bord des navires.

— Mais comment pensiez-vous que nous pouvions vivre, sans nourriture ? Nous mourrions de faim !

— Je crois que je pensais que vous mangiez lorsque vous accostiez.

— Et à quelle fréquence cela se produit-il, à votre avis ?

— Je n'en sais rien. Une fois par semaine, peut-être ?

Cette idée me fit rire, mais elle ajouta :

— Mais alors, si vous mangez régulièrement, vous devez avoir des boutiques, à bord ? Quelle merveille ! J'adorerais les voir !

— Quelle idée ! Des boutiques, vraiment ! Où donc pourrions-nous les mettre ? s'esclaffa Benjamin.

— Sur le pont, répondit-elle.

— Sur le pont ? Croyez-vous qu'il y ait la place, entre les canons ? Nos vaisseaux sont spacieux, je vous l'accorde, mais ils n'ont pas la superficie de Londres !

— Eh bien, dans ce cas, à l'intérieur, rétorqua-t-elle en riant. Vous devez bien avoir de la place, car je ne vois pas ce que vous pouvez y mettre. D'ailleurs, je suis certaine que vous avez des boutiques, sinon où achèteriez-vous votre nourriture ? Vous ne pouvez sans doute pas vous la faire livrer ?

Sophia et Benjamin échangèrent un sourire. Je pris pitié d'elle et lui répondis :

— Nous l'embarquons avec nous.

— Et comment prenez-vous vos repas ? demanda Miss Musgrove. Vous ne pouvez pas avoir de tables et de chaises, aussi j'imagine que vous vous asseyez sur le pont et posez votre assiette sur vos genoux ?

— Je suppose que vous vous figurez que nous mangeons avec nos doigts ? s'écria Benjamin en riant à gorge déployée.

— Vous voulez dire que vous avez des couverts ?

— Exactement !

— Je détesterais tout de même manger en mer, déclara Miss Louisa. La viande crue me répugnerait.

— Quelle viande crue ? s'étonna Benjamin.

— Je dois dire que je n'aimerais pas la viande crue, moi non plus, commenta Sophia. Mais nous avons un cuisinier et un domestique.

Je vis Anne sourire, et cela me ramena à l'époque où elle était aussi ignorante des habitudes des marins que les demoiselles Musgrove à l'heure actuelle. Je me souvins du bonheur que j'avais à l'éclairer, car je percevais l'éclat de son intelligence, et j'étais enhardi par le plaisir qu'elle prenait à apprendre tout ce qui se rapportait à moi.

Je me retournai avec détermination vers les demoiselles Musgrove. Elles voulaient tout connaître de la vie en mer : la nourriture, le travail, les horaires, la routine.

Miss Musgrove apporta le registre de la Marine, qui dressait la liste de tous les navires de la flotte. Les deux sœurs s'y penchèrent, tentant de trouver tous les bateaux que j'avais eus sous mes ordres.

— Votre premier vaisseau était l'*Asp*, je m'en souviens. Cherchons donc l'*Asp*.

J'avais conservé une tendresse particulière pour l'*Asp*, comme tout officier en garde pour le premier vaisseau qu'il a eu sous ses ordres. Je repensai aux temps heureux que j'avais passés à son bord, mais je ne voulus pas le reconnaître. Je préférai taquiner les demoiselles en prétendant que l'*Asp* n'était qu'un vieux bateau décrépit.

— Pour s'amuser, l'Amirauté envoie de temps en temps quelques centaines d'hommes voguer sur des navires qui ne sont plus en état de prendre la mer, déclarai-je. Mais ils ont tellement de marins qu'ils ont du mal à savoir lesquels méritent le plus de mourir noyés. Ce n'est pas facile de déterminer lesquels manqueront le moins.

Les deux demoiselles ne savaient pas quoi penser de ce discours, mais Benjamin décréta en riant qu'il n'y avait pas meilleur sloop que l'*Asp* en son temps.

— Vous avez eu de la chance de pouvoir le commander, me dit-il avant d'ajouter à l'intention des demoiselles : Il sait très bien qu'il pouvait y avoir une vingtaine d'hommes meilleurs que lui qui en réclamaient le commandement à la même époque. Il a eu de la chance d'être promu si vite, sans aucun appui.

— J'en fus très reconnaissant, amiral, je puis vous l'assurer, répliquai-je. Cela me tenait à cœur, en ce temps-là, d'être en mer. Cela me tenait vraiment à cœur. J'avais envie de me rendre utile.

Mon humeur s'assombrit de nouveau alors que je repensais aux causes de mon empressement d'alors. J'étais avide de m'échapper car je venais d'être rejeté, et je voulais une occupation afin d'oublier mon chagrin, car je ne voulais pas passer le reste de ma vie à me désoler de la trahison d'Anne.

Par chance, Benjamin ignorait tout de cela.

— Bien sûr, dit-il. Pourquoi un jeune homme comme vous voudrait-il rester six mois à terre ? Tant qu'ils ne sont pas mariés, les jeunes gens sont impatients de reprendre la mer.

— Quoi que vous en disiez, je suis certaine que l'on aurait dû vous donner un meilleur bateau, décréta Miss Louisa, car je suis sûre que vous le méritiez.

— Avez-vous vécu de grandes aventures, sur l'*Asp* ? s'enquit Miss Musgrove.

— Oui, beaucoup.

Je les délectai du récit de mes exploits sur l'*Asp*, des corsaires que j'avais faits prisonniers et de la frégate française que j'avais capturée.

— Je l'ai amené à Plymouth, racontai-je aux jeunes filles suspendues à mes lèvres. Cela ne faisait pas six heures que nous étions dans la baie quand vint une tempête qui dura quatre jours et quatre nuits, et qui aurait eu raison de ce pauvre vieil *Asp* en deux fois moins de temps, car notre rencontre avec la Marine française l'avait un peu abîmé. À vingt-quatre heures près, mon nom aurait figuré dans la nécrologie des journaux. J'aurais péri à bord de mon sloop, et cela n'aurait pas été un événement.

Il me sembla voir Anne frissonner, et j'eus l'impression que les années s'étaient envolées, et que nous étions de nouveau proches. Mais à ce moment-là, je la vis remonter son châle et je compris que seul le froid avait provoqué sa réaction.

Les demoiselles Musgrove réclamèrent bien vite de nouveau mon attention en poussant des exclamations de terreur et de pitié. Puis, en ayant fini avec l'*Asp*, elles se mirent à chercher le *Laconia*. Je leur pris le registre des mains afin de les aider et leur lus toutes les informations qui le concernaient.

— Celui-là aussi, c'était un navire fidèle, le meilleur ami qu'un homme puisse avoir ! m'exclamai-je. J'ai gagné de l'argent à une vitesse folle, à bord du *Laconia* ! J'ai fait une course merveilleuse avec un ami au départ des Hébrides. Ce pauvre Harville, Sophia ! Vous savez à quel point il souhaitait faire fortune, plus encore que moi-même. Il était marié, dis-je en repensant à Harriet et au jour de leur mariage. Quel brave garçon ! Je n'oublierai jamais combien il était heureux à bord de ce navire. Il se réjouissait doublement de chaque succès, pour lui et pour son épouse. L'été suivant, je regrettai de ne pas l'avoir à mes côtés lorsque la chance me sourit de nouveau, dans la Méditerranée.

Mrs Musgrove prit la parole d'une voix basse. À ma grande surprise, elle déclara que le jour de ma nomination en tant que capitaine du *Laconia* avait été un jour de chance pour leur famille. Perplexe, je ne sus que répondre.

— Mon frère, murmura Miss Musgrove. Maman pense à ce pauvre Richard, qui est mort.

Ne comprenant toujours pas de quoi il retournait, j'attendis qu'elle en dise davantage. Il apparut que

Richard Musgrove avait servi quelque temps sous mes ordres. Je fouillai ma mémoire et finis par me le rappeler, un jeune homme qui m'avait causé bien des ennuis, et qui n'avait que peu de talent pour la marine.

— Pauvre cher enfant ! soupira Mrs Musgrove, il était devenu si stable, et il nous écrivait très souvent, quand il était sous vos ordres ! Ah, cela aurait été une heureuse chose qu'il ne vous quitte jamais ! Je vous assure, capitaine Wentworth, que nous avons beaucoup regretté qu'il vous ait quitté.

Je me souvins des difficultés que j'avais eues à lui faire rédiger ne serait-ce qu'une lettre à sa famille. Ou plus exactement, une lettre en dehors de celles où il réclamait de l'argent. Il m'était donc difficile de partager son avis, mais je me gardai bien de le dire, car je voyais qu'elle souffrait. Je la rejoignis sur le sofa afin de poursuivre cet entretien à propos de son fils. Je fis tout ce qui était en mon pouvoir pour adoucir sa peine en lui prêtant une oreille compatissante.

Petit à petit, elle parvint à se calmer et put se mêler de nouveau à la conversation générale.

— Quelle grande voyageuse vous avez dû être, madame ! dit-elle à ma sœur.

Sophia lui raconta ses périples et conclut :

— Mais je ne suis jamais allée plus loin que les tropiques et n'ai jamais foulé le sol des Indes Occidentales. Car nous ne considérons pas les Bahamas ni les Bermudes comme faisant partie des Indes Occidentales, vous savez.

Mrs Musgrove se garda de la contredire. En réalité, j'aurais été surpris qu'elle ait jamais considéré l'un de ces endroits comme faisant partie de quoi que ce soit !

Tandis que Sophia évoquait sa vie en mer, je fus heureux de voir que Mrs Musgrove avait séché ses larmes, et qu'elle était absorbée par la conversation.

— Mais n'aviez-vous pas peur, en mer ? demanda-t-elle à ma sœur.

— Pas le moins du monde. Lorsque j'étais séparée de Benjamin, je vivais dans une terreur constante, sans savoir quand j'aurais de ses nouvelles ; mais à partir du moment où je l'ai rejoint sur le bateau, rien ne pouvait m'atteindre, car nous étions ensemble.

Mrs Musgrove acquiesça de tout cœur :

— Oh, oui, en vérité, je suis bien d'accord avec vous, Mrs Croft, rien n'est pire que la séparation, car Mr Musgrove se rend toujours aux assises, et je suis tellement heureuse quand elles s'achèvent et qu'il rentre sain et sauf à la maison.

Je surpris Anne à sourire de cette déclaration, et je me souvins que nos esprits concordaient toujours. Il semblait que ce soit encore le cas, de temps à autre, car nous étions tous deux amusés à l'idée que Mr Musgrove puisse traverser autant de danger en assistant aux assises que l'amiral Croft lorsqu'il parcourait la mer du Nord !

— Maman, si nous dansions ? proposa Miss Musgrove.

Elle commençait à se lasser d'une conversation à laquelle elle ne pouvait prendre part, et comme elle débordait toujours d'énergie, elle avait envie d'exercice.

— Oh oui, absolument ! s'écria Miss Hayter.

— J'allais justement le suggérer, renchérit Miss Louisa.

— Quelle excellente idée, convint Mrs Musgrove. D'ailleurs, nous avons Anne avec nous, et personne ne joue mieux qu'elle. Ses doigts volent littéralement sur les touches.

Je fus abasourdi, car Anne avait été reléguée au pianoforte sans même qu'on lui demande son avis.

— Miss Elliot ne danse-t-elle jamais ? m'enquis-je, troublé, auprès de Miss Louisa qui m'avait choisi pour cavalier.

— Oh, non ! Jamais ; elle a totalement renoncé à la danse. Elle préfère jouer. Elle ne s'en lasse pas, ajouta-t-elle aussitôt.

Je n'en croyais pas un mot, car Anne avait toujours adoré danser, et j'étais partagé entre le désir de me porter à son secours en affirmant qu'elle devait profiter de l'amusement général, et l'exaspération de voir que durant tout ce temps, elle n'avait toujours pas appris à se défendre. Négligée quand son père et sa sœur partaient à Londres sans elle. Oubliée à présent, lorsque ses amies dansaient. Mais si elle avait eu un peu plus de vivacité, de force de caractère, elle aussi aurait pu prendre part aux divertissements.

Je dansai deux fois avec chacune des demoiselles Musgrove et Hayter. Il était impossible de résister à leur contagieuse gaieté, mais je m'amusai tout de même un peu moins que je ne l'aurais dû, car j'étais conscient de la présence d'Anne au pianoforte.

Les danses s'achevèrent. Anne quitta son tabouret pour aller rejoindre Mrs Musgrove sur le sofa, et je m'approchai de l'instrument afin de choisir un morceau pour Miss Musgrove. Je n'avais pas dépassé la première ligne de la partition, cependant, qu'Anne revint.

— Je vous prie de m'excuser, madame, déclarai-je, car j'ai pris votre siège.

J'espérais voir une étincelle de l'ancienne Anne, un éclat dans ses yeux, mais je ne perçus rien.

— Pas du tout, répliqua-t-elle en se retirant.

Ce fut notre dernier échange. Mais même si je continuai à parler aux demoiselles Musgrove et Hayter, adressant également un mot à Charles Musgrove ou à Charles Hayter de temps à autre, je n'étais conscient que de la présence d'Anne. Anne qui chuchotait avec Mr Musgrove, Anne qui s'installait près de la table, Anne qui venait s'asseoir près de Miss Hayter.

Anne, toujours Anne.

Mercredi 26 octobre

Je fus si rarement à la maison cette semaine que Benjamin feignit l'étonnement en me trouvant dans le salon juste avant le dîner.

— Comment, vous n'allez pas à Uppercross ?

— Je ne m'y rends pas tous les jours, vous savez !

— À de rares exceptions près ! Mais je ne vous blâme pas. Les demoiselles Musgrove sont très jolies, et les demoiselles Hayter presque autant. Et elles n'ont rien contre le fait d'être courtisées par un capitaine qui rentre de voyage. À moins que ce ne soit la compagnie de Mr et Mrs Musgrove qui vous attire ?

— Mais bien sûr ! Ce sont des gens très agréables.

— Et quand donc partez-vous pour le Shropshire ? demanda Sophia que cet échange faisait sourire. Les Musgrove ne sont pas les seules personnes agréables en Angleterre, vous savez. Votre frère aussi mérite une visite. Il brûle de vous présenter sa femme.

— Un pasteur de campagne ne peut espérer entrer en concurrence avec les joies d'une maison pleine de jeunes filles, même s'il a une épouse ! rétorqua Benjamin en riant. Frederick a été trop gâté par les flatteries de ces demoiselles.

Je protestai, mais il a raison, je raffole de leur compagnie. Elles ne se lassent jamais d'entendre le récit des batailles que j'ai traversées, de ma vie à bord, de ma carrière ou des ports que j'ai visités. Et en échange, elles ne sont jamais fatiguées de me parler de leurs amis, de leur famille, de leurs voisins, de leurs robes et de leurs chapeaux. Et quand tout a été dit, il reste la danse et la musique pour nous occuper de la façon la plus agréable qui soit.

—Allons, Frederick, dites-nous, n'avez-vous pas encore choisi entre elles ? demanda Benjamin d'un air taquin.

—Je ne suis pas pressé.

—Miss Musgrove est la plus jolie, commenta Benjamin, et j'aime bien Miss Hayter, mais je crois que je préfère Miss Louisa. C'est la jeune fille la plus vive que j'aie jamais rencontrée.

—Quand vous aurez fini de sélectionner une épouse pour Frederick, peut-être pourriez-vous l'inciter à rendre visite à son frère. Vous ne devriez pas négliger Edward, dit-elle en se tournant vers moi. Il veut vous présenter sa femme, vous le savez, car c'est une personne vraiment charmante, et vous lui avez promis d'aller les voir.

—N'ayez crainte, je m'y rendrai avant longtemps, mais pour l'instant, je vais devoir croire toutes ses vertus sur parole.

—Il a également envie de vous montrer la maison, ajouta Benjamin. Vous n'êtes pas le seul à avoir eu de la chance dans votre carrière.

—C'est vrai, il a eu de la chance d'obtenir sa propre paroisse, d'autant que celle-ci est excellente, renchérit ma sœur.

—Oui, ce n'est pas facile de se frayer un chemin dans l'Église, confirmai-je, bien moins que dans la Marine, où le talent dans la bataille parle de lui-même. Même avec des appuis, c'est difficile. J'en discutais avec Charles Hayter encore hier. Le connaissez-vous ? C'est le frère des demoiselles Hayter, et le cousin des demoiselles

Musgrove. Il vit avec sa famille à Winthrop, juste de l'autre côté de la colline par rapport à Uppercross.

— Oui, je l'ai rencontré, répondit Sophia.

— Il est vicaire d'une paroisse, mais elle est éloignée de six miles. Par chance, on ne lui demande pas d'y résider, et il a choisi de rester chez son père à Winthrop. Hier on me disait qu'il pourrait peut-être obtenir la paroisse d'Uppercross, ce qui serait une excellente chose car ainsi il n'aurait plus que deux miles à parcourir pour vaquer à ses devoirs.

— Il faudra en parler à Edward lorsque vous lui rendrez visite, dit Sophia. Je vais lui écrire demain. Souhaitez-vous que je l'informe de votre venue ?

— Dites-lui que si cela lui convient, j'irai le voir dans deux semaines.

Sophia était contente. Nous nous attablâmes pour le dîner.

Jeudi 27 octobre

Ce matin, les demoiselles Musgrove étaient absentes. Mrs Musgrove m'apprit qu'elles s'étaient rendues au Cottage pour voir leur neveu et je décidai de les y rejoindre. Mais en entrant au salon, j'eus un choc en découvrant Anne. Elle était seule, à l'exception du petit Charles, blessé, qui était étendu sur le sofa.

— Je croyais trouver les demoiselles Musgrove ici, expliquai-je en m'approchant de la fenêtre dans l'espoir de parvenir à me calmer. Mrs Musgrove m'a dit qu'elles étaient au Cottage.

— Elles sont en haut avec ma sœur. Elles vont descendre dans quelques minutes, je pense.

Elle ne semblait pas à l'aise et je ne l'étais pas plus, mais par chance, l'enfant l'appela et nous offrit une échappatoire à notre gêne. Elle s'agenouilla pour s'occuper de son neveu, et je demeurai près de la fenêtre.

Je ne savais que dire. Devions-nous nous montrer froids l'un envers l'autre, à cause de ce que nous avions vécu ? Ne pouvions-nous pas passer outre et faire preuve de courtoisie ? Je faillis le suggérer, mais à l'idée de mentionner le passé, même de façon allusive, une telle vague de sentiments me submergea que je dus rester silencieux.

Quelqu'un arriva alors, mais il n'était pas apte à alléger l'atmosphère, car c'était Charles Hayter. Il ne sembla pas heureux de me voir, et je me demandai si Anne et lui étaient amis, ou même plus, car cela aurait expliqué son attitude envers moi. Je jetai un coup d'œil à Anne, mais ne la vis ni sourire soudainement, ni l'accueillir avec joie, et je rejetai cette idée. Anne l'invita à s'asseoir pour attendre les autres.

Je voulais me faire pardonner ma froideur lors de son arrivée, et je m'approchai de lui, dans l'idée de commenter le temps, mais il ne paraissait pas disposé à faire la conversation. Il saisit un journal et le déploya comme pour se cacher.

Nous restâmes donc ainsi, sans parler, jusqu'à ce qu'une distraction arrive en la personne d'un tout petit garçon qui entra en courant dans la pièce.

— Ah, Walter, salua Hayter en jetant un regard par-dessus son journal avant de disparaître de nouveau.

Walter, un robuste garçon d'environ deux ans, se précipita vers son frère. Il était, cependant, plutôt en âge de le taquiner que de le secourir, aussi Anne tenta-t-elle de le tenir à distance. Mais l'enfant avait envie que l'on s'occupe de lui, et à peine Anne s'était-elle détournée qu'il se rendit insupportable en sautant sur son dos. Comme elle était prise par Charles, elle ne pouvait se débarrasser de lui, mais pouvait seulement lui demander de descendre.

Ses ordres restèrent lettre morte.

Elle réussit à le repousser, mais le petit garçon ne fut que plus heureux de remonter sur son dos.

— Walter ! Laisse ta tante tranquille ! s'exclama Hayter en levant les yeux de son journal.

Mais Walter ne lui accorda aucune attention.

Voyant que l'action était nécessaire, je m'approchai d'Anne pour attraper l'enfant qui se trouvait sur son dos et l'emmener à l'autre bout de la pièce où je me mis à jouer avec lui afin de le distraire du désir de retourner ennuyer sa tante.

Elle ne m'adressa aucun remerciement. Je n'en attendais d'ailleurs pas, mais je ressentais des émotions mêlées à la pensée que je l'avais aidée. J'aurais dû lui en vouloir de m'avoir trahi. En vérité, je lui reprochais sa trahison. Et pourtant, j'éprouvais un plaisir doux-amer à l'idée d'être venu à son secours quand elle en avait besoin.

L'atmosphère était tendue, et le resta jusqu'à ce que Mary et les demoiselles Musgrove viennent nous rejoindre. Anne quitta aussitôt la pièce. Après les politesses d'usage, Hayter et moi raccompagnâmes les jeunes filles à Great House.

La promenade ne se fit pas dans la joie. Miss Musgrove semblait déprimée, et Hayter paraissait en colère, aussi je déclinai leur invitation à entrer.

De retour à Kellynch Hall, mes pas me portèrent vers la rivière et je la longeai, perdu dans mes pensées. Pourquoi Anne ne m'avait-elle pas adressé la parole ? Pourquoi s'était-elle enfuie dès qu'elle avait pu remettre le petit Charles entre les mains de sa mère ? Me détestait-elle à ce point ? Si c'était moi qui lui avais fait du mal, j'aurais pu le comprendre, mais c'était l'inverse. Se pouvait-il qu'elle m'en veuille d'avoir parlé avec rudesse à lady Russell ?

Je ressassai la question jusqu'au moment où j'aperçus le cabriolet de Sophia qui remontait l'allée, et je regagnai la maison, insatisfait. Je ne m'expliquais pas l'attitude d'Anne. Mais peut-être n'avait-elle aucun rapport avec moi. Peut-être était-elle en retard pour une visite, retenue par la nécessité de s'occuper de Charles, ce qui justifierait qu'elle ait quitté la pièce aussitôt que possible.

Cela semblait plus probable, car elle m'avait à peine adressé deux mots depuis mon retour, et elle ne pense sans doute jamais à moi.

Novembre

Mardi 1er novembre

Ce matin, Sophia a reçu une lettre d'Edward l'informant qu'il serait absent la semaine prochaine, et m'invitant à lui rendre visite le 19. J'écrivis pour confirmer l'arrangement.

Il me tarde de le revoir et de rencontrer son épouse.

Samedi 5 novembre

Charles Musgrove et moi avions convenu de passer la matinée ensemble, et je me rendis à Uppercross d'humeur joyeuse, car c'était une belle journée, les feuilles aux tons cuivrés luisant dans le soleil d'automne. Alors que je me rapprochais du Cottage, cependant, je ralentis peu à peu le pas, car je n'avais pas envie de me trouver de nouveau dans une situation embarrassante. J'avais tort de m'inquiéter, car je rencontrai Musgrove dehors, n'attendant que moi pour se mettre en route. La chasse fut bonne pendant la première demi-heure, mais à peine avions-nous commencé à nous amuser que nous dûmes rentrer, car le jeune chien que nous avions emmené n'avait pas fini son dressage et faisait fuir le gibier.

De retour au Cottage, nous vîmes que les demoiselles étaient sur le point de partir pour une longue promenade, accompagnées de Mary.

— Venez avec nous ! supplia Louisa.

— Nous ne voudrions pas gâcher votre exercice, déclarai-je.

Cette idée la fit rire. Elle nous cajola et nous pria si bien que Charles et moi finîmes par céder, et nous partîmes tous ensemble. J'allais en tête, Henrietta à un bras et Louisa à l'autre. Anne se laissa bientôt distancer, et continua à marcher avec Mary et Charles.

Nous arrivâmes rapidement à un échalier, et comme il était assez haut, Charles aida Anne et Mary à descendre. Il me revint d'assister Henrietta, puis Louisa. Étant la plus petite du groupe, elle dut sauter et je l'attrapai par la taille lorsqu'elle atterrit, afin de lui éviter de tomber. Cela lui plut tant qu'elle remonta pour recommencer, ce qui nous fit rire. Lorsque nous arrivâmes à l'échalier suivant, elle tint absolument à sauter de nouveau.

La conversation portait sur des généralités, puis j'indiquai que ma sœur et mon beau-frère étaient partis pour une longue promenade en voiture. Alors que nous continuions notre marche, je confiai à Louisa que leur voiture versait souvent, mais que ma sœur adorait tellement son mari que cela ne la dérangeait pas.

— Je pense exactement comme elle, répliqua Louisa gaiement. Si j'aimais un homme comme elle porte dans son cœur l'amiral Croft, je resterais toujours à ses côtés, rien ne pourrait nous séparer, et je préférerais être avec lui, qui ferait verser la voiture, qu'avec un conducteur plus sûr.

— Vraiment ? demandai-je en riant comme elle. Je vous honore !

Mais alors que le silence s'installait comme nous montions un coteau assez raide, je repensai à ce qu'elle avait dit : qu'elle ne laisserait rien la séparer de son mari. C'était une jeune fille déterminée, débordant de force de caractère, et plus j'y songeais, plus j'étais convaincu qu'elle ne laisserait personne lui dicter sa conduite. Je lançai un regard furtif à Anne, même si je me demande bien pourquoi j'éprouve encore des émotions si vives au sujet d'une histoire vieille de huit ans.

Nous atteignîmes le sommet de la colline et vîmes le domaine de Winthrop au-dessous de nous. Comme nous étions si près, Charles Musgrove déclara qu'il avait l'intention d'aller présenter ses hommages à sa tante. Mary répondit qu'elle ne pouvait marcher aussi loin, et après une longue discussion, il fut convenu que Miss Musgrove accompagnerait son frère tandis que le reste du groupe attendrait ici.

Nous nous assîmes. Mary était de mauvaise humeur, et Louisa ne tarda pas à me demander si je voulais l'aider à ramasser des noix. Notre cueillette commença bien, car les fruits étaient abondants. Nous explorâmes les haies de fond en comble, et ce faisant, j'appris qu'il existait une idylle entre Henrietta et Charles Hayter.

Je compris aussitôt pourquoi il avait été contrarié de me trouver à Uppercross Cottage et ne m'avait pas adressé la parole. Il m'avait considéré comme un rival dans le cœur de sa bien-aimée. Il semblait que ma présence ait été à l'origine d'une brouille entre eux, et que Henrietta ait eu l'intention de lui rendre visite afin d'arranger les choses, mais avait failli changer d'avis lorsque Mary s'était déclarée trop fatiguée pour poursuivre la promenade.

— Comment ! Ce n'est pas moi qui me laisserais dissuader de faire ce que j'ai décidé, et ce que je sais être le mieux, simplement parce que ma belle-sœur – ou n'importe qui – fait des simagrées ! Non, on ne me persuade pas si facilement. Quand je suis décidée, je suis décidée. Henrietta semblait parfaitement décidée à se rendre à Winthrop aujourd'hui ; pourtant, elle a failli y renoncer par une complaisance absurde !

— Sans vous, elle aurait donc fait demi-tour ?

— Absolument. J'ai presque honte de le dire.

— Heureusement qu'elle a quelqu'un comme vous ! Votre sœur est une personne adorable, mais je vois que vous êtes pour votre part dotée de détermination et de fermeté. Pour être heureux, il faut être ferme. Si Louisa Musgrove veut être heureuse à l'automne de sa vie, elle doit chérir la puissance de son esprit aujourd'hui.

Je m'aperçus après avoir parlé que mes propos devaient sembler fort étranges aux oreilles de Louisa, car ils étaient le reflet de ce que j'avais vécu par le passé. En effet, elle resta d'abord silencieuse, et quand elle reprit la parole, ce fut pour changer de conversation. Elle n'aurait pas pu choisir de sujet qui me touche davantage.

— Mary a bon caractère dans bien des domaines, mais elle m'agace parfois prodigieusement par ses absurdités et son orgueil – l'orgueil des Elliot. Elle en a bien trop à mon goût.

J'acquiesçai en mon for intérieur.

— Nous aurions tellement préféré que Charles épouse Anne…

J'étais stupéfait. Charles avait voulu épouser Anne ? Je ne m'en serais jamais douté.

— J'imagine que vous savez qu'il voulait épouser Anne ? demanda Louisa.

Je mis un moment avant de me reprendre.

— Vous voulez dire qu'il lui a demandé sa main et qu'elle a refusé ? finis-je par bredouiller afin d'être bien certain de ce que j'avais entendu.

— Oui, absolument.

— Quand cela s'est-il passé ?

— Je ne sais pas exactement, car Henrietta et moi étions en pension à l'époque, mais je crois que c'était un an avant son mariage avec Mary. Je regrette qu'elle n'ait pas accepté. Nous aurions tous été plus heureux. Papa et maman pensent que c'est la faute de sa grande amie lady Russell. Ils supputent que Charles n'est pas assez éduqué et érudit à son goût, et que c'est pour cela qu'elle a persuadé Anne de l'éconduire.

Se pouvait-il que cela soit vrai ? Lady Russell pouvait-elle avoir poussé à Anne à éconduire un second prétendant ?

— Quand Charles et Mary se sont-ils mariés ? demandai-je de mon ton le plus neutre.

— Il y a quatre ans, en 1810.

Cela me donnait ample matière à réflexion. Lady Russell avait-elle joué un rôle dans cette histoire… ou Anne avait-elle eu une autre raison de refuser cette proposition ? J'étais tenté de le croire, car je ne pensais pas que lady Russell ait vu Charles Musgrove d'un mauvais œil. Il possédait une demeure respectable, de bonnes perspectives, et elle m'avait semblé bien disposée à son égard lorsque je les avais vus ensemble en 1806.

Anne l'avait-elle rejeté de son propre chef ?

Encore une fois, je lui coulai un regard furtif, essayant de deviner la réponse sur son visage, et j'étais encore penché sur cette énigme lorsque la vue de Sophia et de Benjamin dans leur cabriolet me fit sursauter. Ils s'arrêtèrent à côté de nous et demandèrent si l'une des dames souhaitait rentrer en voiture.

— Nous avons de la place pour une personne de plus, et comme nous passons par Uppercross, cela vous évitera un mile.

Les dames refusèrent, mais en traversant le chemin je remarquai qu'Anne semblait fatiguée. Je parlai en aparté à ma sœur.

— Miss Elliot, dit-elle, je suis certaine que vous, du moins, êtes fatiguée. Accordez-nous le plaisir de vous raccompagner. Il y a largement de la place pour trois, je vous assure. Si nous étions tous bâtis comme vous, je crois que nous tiendrions à quatre. Acceptez, je vous en prie.

Benjamin joignit sa voix à celle de son épouse et j'aidai Anne à monter en voiture. En touchant sa main, je sentis tout le pouvoir de mes anciennes émotions. Je me souvins des autres fois où je l'avais tenue, alors que nous dansions, marchions, et nous enlacions. Je ne comprenais plus comment nous pouvions sembler aussi étrangers l'un à l'autre.

Avais-je eu tort de partir, en 1806 ? Avais-je eu tort de ne pas revenir ? Était-ce une erreur de ne pas lui avoir écrit, en 1808, lorsque j'avais acquis quelques milliers de livres ? J'avais été retenu par la fierté, et par la crainte d'être repoussé de nouveau. Si j'avais fait taire ma vanité et mon angoisse, les six années qui venaient de s'écouler auraient-elles été différentes ?

Je la suivis des yeux alors qu'elle s'éloignait, méditant toujours ce que je venais d'apprendre. Elle avait eu l'occasion de faire un mariage respectable, mais l'avait déclinée. Pourquoi ? Quelle en était la signification ? Cette proposition avait-elle échoué à lui faire oublier un autre amour ?

Mais de telles pensées n'étaient que folie. Elle n'avait montré ni intérêt ni plaisir à ma compagnie depuis mon retour dans la région ; en réalité, elle avait même fait tout son possible pour m'éviter et rendre toute conversation privée impossible. Elle m'avait bien fait comprendre ses sentiments.

Lundi 7 novembre

Je fus perturbé en apprenant qu'Anne et moi allions devoir nous fréquenter davantage. Au petit déjeuner, ma sœur m'informa qu'Anne allait bientôt quitter la maison de sa sœur pour séjourner à Kellynch Lodge avec lady Russell.

— Tout Uppercross ne parle que de cela. Lady Russell rentre bientôt d'une invitation qui l'a tenue éloignée pendant plusieurs semaines, m'expliqua Sophia. J'ai entendu beaucoup de bien d'elle. Elle est intelligente et raisonnable, à ce que l'on dit. L'avez-vous rencontrée lors de votre précédent séjour ?

— Je crois.

— Était-elle aussi aimable qu'on le prétend ?

— Je l'ai à peine croisée, me contentai-je de répondre.

— Cela nous fera du bien de rencontrer de nouveaux voisins, à l'église et ailleurs, commenta Benjamin. Lady Russell et Miss Elliot apporteront de la diversité à nos soirées. Comme elles habiteront si près de nous, nous les inviterons à dîner.

Je ne savais pas si l'idée me plaisait ou non. Revoir Anne, être en sa compagnie, me procurait d'étranges tourments. Pourquoi avait-elle éconduit Charles

Musgrove ? Était-ce pour moi ? Cette pensée me hantait. Oui, elle se montrait froide à mon endroit. Oui, elle m'évitait, mais cela ne pouvait-il pas être un signe d'embarras ? J'aurais aimé connaître la réponse.

On apporta une lettre et je m'en saisis, impatient de chasser de mon esprit les questions insolubles liées à Anne. C'était Harville qui m'écrivait.

— Excellent ! m'écriai-je en parcourant la page.

Sophia me regarda d'un air interrogateur.

— Enfin, Harville a trouvé une maison plus grande, à Lyme. Harriet et lui y passeront l'hiver. C'est un coup de chance, car c'est à moins de vingt miles d'ici ! Je vais m'y rendre dès aujourd'hui à cheval.

— Parfait, répliqua Benjamin. Vous pourrez voir ce malheureux garçon… comment s'appelle-t-il ?

— Benwick.

— C'est cela, Benwick, vous pourrez vous rendre compte de son état. Pauvre homme, rentrer au port et apprendre la mort de sa fiancée. Ce n'est pas comme cela que l'on envisage les choses. On sait que l'on ne reviendra peut-être pas, mais que celle qui nous attend à terre vienne à mourir, c'est un triste coup du sort.

— C'était une terrible affaire, soupira Sophia.

— Si je peux me rendre utile à Harville ou à Benwick, j'en serai très heureux, car vous savez que Harville est désormais infirme après sa blessure à la jambe d'il y a deux ans. Et dans tous les cas, cela me permettra de prendre de leurs nouvelles.

— Vous pourriez bien vous aussi en avoir à leur donner d'ici peu de temps, insinua Sophia.

— Oui, il serait temps, renchérit Benjamin. Vous êtes à la traîne. Harville a déployé ses voiles il y a des années, et a pris la tête de la course, Frederick. Il a trois enfants, à présent, n'est-ce pas ?

— Oui, et tous les trois sont adorables.

Mais tandis qu'il continuait à me taquiner, je refusai de me laisser emporter. Peu après, je me mis en route pour Lyme. En arrivant près de la mer, j'arrêtai mon cheval pour me régaler de son spectacle. Je caressai du regard l'agréable petite baie et la ligne de falaises qui s'étirait dans le lointain, puis le Cobb. Cette jetée est bien utile, car elle forme une excellente rade et permet d'amarrer les bateaux de pêche.

Je finis par descendre en ville. Je suivis la rue principale en direction de la mer, jusqu'à la maison de Harville. Elle était petite et décrépite, mais fort bien située, dans un endroit abrité au pied du Cobb, avec une magnifique vue sur les flots.

Harville et sa femme m'accueillirent à bras ouverts. Les enfants se jetèrent dans mes jambes. Ils avaient grandi depuis la dernière fois que je les avais vus, surtout le bébé, qui n'en était plus un. C'était devenu un beau garçonnet de trois ans, qui courait derrière les deux autres, impatient de participer à la joie générale.

— Eh bien, que pensez-vous de notre nouvelle maison ? me demanda Harville.

— C'est presque aussi bien que d'être sur un bateau !

— C'est pour cela que nous l'avons choisie.

Nous entrâmes et je trouvai Benwick assis auprès du feu. Malgré ses salutations chaleureuses, il me parut déprimé. Son visage s'éclaira tout de même un peu lorsque nous évoquâmes nos souvenirs du *Laconia*.

— C'était un beau vaisseau, soupira Benwick.

— Et qui avait à son bord trois des meilleurs officiers de la Marine ! plaisantai-je.

Mais tandis que Harville et moi narrions nos aventures, Benwick devint silencieux. Il monta se coucher tôt. Harville et moi restâmes à converser, et bientôt nous nous mîmes à parler du passé de Benwick.

— Je vous serai toujours reconnaissant de lui avoir annoncé la nouvelle, me confia Harville. Personne d'autre que vous n'aurait été capable de sauver notre pauvre James. Je suis vraiment heureux que vous ayez passé une semaine à bord avec lui alors qu'il était au plus mal.

— J'étais content de le faire, même si ce n'était pas grand-chose.

Je me tus, songeant à la sœur de Harville, cette demoiselle que j'avais rencontrée en 1806, et aux allusions de Harville qui aurait aimé me voir l'épouser. C'était une jolie jeune fille, dotée d'un esprit supérieur. On ne croise pas sa pareille tous les jours. Je pensai tristement à sa mort prématurée.

— Pensez-vous garder Benwick auprès de vous ? finis-je par demander.

— Oui. Il n'a pas de famille, et avec sa santé, il lui est difficile de s'installer tout seul. Et puis, nous sommes liés par les souvenirs de Fanny.

Mardi 8 novembre

Ce matin, les enfants nous ont réveillés de bonne heure, et nous n'avons pas tardé à sortir, car c'était une belle journée. Le soleil d'hiver nous incitait à la promenade. Nous prîmes le chemin de la jetée.

— C'est bien plus animé en été, m'expliqua Harville, alors que les mouettes criaient au-dessus de nos têtes. La ville déborde de visiteurs, et les pensions sont pleines. Les *Assembly Rooms* sont ouvertes et les activités sont nombreuses. C'est très calme en hiver, mais cela nous convient.

Je contemplai les cabines de bain, les imaginant prises d'assaut sous le soleil estival.

Nous atteignîmes le Cobb et les deux aînés nous supplièrent de les laisser y monter.

— S'il vous plaît, papa, il n'y a pas de vent aujourd'hui, nous ne risquons pas de tomber.

— Très bien. Mais vous devez me donner la main.

Harriet prit celle du petit Thomas, et nous montâmes tous ensemble. Il n'y avait pas de vent et le soleil nous réchauffait les joues. Benwick évoqua un poème, et je songeai à quel point Anne aurait aimé se promener sur la jetée et profiter de la vue tout en citant Byron. Je repensais à notre projet d'acheter une maison au bord de la mer, et je sentis une bouffée de colère à l'idée qu'elle m'ait repoussé. Nous aurions pu être heureux, comme Harville et Harriet.

Arrivés au bout de la jetée, nous fîmes demi-tour. La brise se leva et je compris pourquoi Harville ne laissait pas les enfants marcher sans donner la main, car une bourrasque soudaine aurait pu les renverser. Revenus au départ de la jetée, nous descendîmes les marches puis rentrâmes chez les Harville à temps pour déjeuner tôt.

Je ne tardai pas à me mettre en route, car la route était longue et je voulais rentrer avant la nuit. Ce fut presque le cas, et c'est avec un grand appétit que je descendis de cheval devant Kellynch Hall.

Sophia et Benjamin avaient hâte de m'entendre raconter ma journée, et moi d'écouter la leur. Ils étaient partis explorer la campagne vers le nord, et Sophia était enchantée que le cabriolet n'ait versé qu'une seule fois !

Mercredi 9 novembre

Ce matin, je me suis rendu à Uppercross et j'ai découvert que l'on s'était langui de moi. Les Musgrove se plaignirent de ne pas m'avoir vu pendant deux longs jours, et Louisa me taquina, prétendant que je ne me souciais plus d'eux. J'expliquai les raisons de mon absence, et on me loua pour mes attentions envers mon ami.

— Je ne suis jamais allée à Lyme. À quoi ressemble la ville ? demanda Louisa.

— Elle est entourée d'une campagne magnifique. On y accède en descendant une grande colline, et la rue principale est encore plus raide. La baie est petite mais très plaisante, et des falaises s'élèvent à l'est de la ville. En été, il y a beaucoup d'activités, des bains de mer et des réunions mondaines, même si tout cela est fermé en ce moment.

— J'aimerais le voir, dit-elle. Nous devrions y aller tous ensemble.

Sa suggestion suscita l'enthousiasme, et il ne fallut pas longtemps pour que la visite soit décidée. La première idée était de faire l'aller et retour dans la journée, mais l'on estima que ce serait trop fatigant pour les chevaux, et en y pensant bien on s'aperçut également que les journées plus courtes à cette période de l'année ne permettraient pas d'avoir le temps de voyager et de visiter le même jour. Pour finir, il fut convenu que nous nous rendrions là-bas demain, y passerions la nuit, et rentrerions vendredi.

Je repartis d'excellente humeur, car ils étaient tous impatients de faire cette sortie.

Jeudi 10 novembre

Ce matin, nous nous sommes retrouvés de bonne heure à Great House pour le petit déjeuner avant de nous mettre en route. Mary, Henrietta, Louisa et Anne montèrent dans la berline tandis que Charles et moi prenions place dans le cabriolet. Le trajet était long, et lorsque nous arrivâmes enfin, il était plus de midi. Nous nous rendîmes tout droit dans une auberge afin de réserver notre hébergement et de commander notre dîner, puis nous descendîmes vers la plage. Bien que les *Public Rooms* soient fermées, le paysage et la mer étaient suffisamment magnifiques pour intéresser les demoiselles. Pendant notre promenade, je leur décrivis des localités voisines : Charmouth, perché au-dessus d'une petite baie abritée par des falaises noires, le village d'Up Lyme, et Pinny, avec ses pentes vertes et ses rochers spectaculaires.

Nous nous attardâmes sur le rivage, contemplant l'océan, puis je passai saluer Harville pendant que les autres se promenaient sur le Cobb.

Harville était enchanté de me revoir si vite, et lorsque je lui parlai des amis qui m'accompagnaient, il tint absolument, avec l'accord enthousiaste de sa femme et de Benwick, à sortir pour les rencontrer.

Harville et Harriet insistèrent pour que nous venions manger chez eux. Seul le fait que nous ayons déjà réservé notre dîner à l'auberge parvint à leur faire abandonner, à regret, l'idée de dîner avec nous. Ils se consolèrent en nous invitant chez eux aussitôt, ce que nous acceptâmes avec plaisir.

Le temps passa agréablement, et, lorsque mes yeux se posaient sur Anne comme cela m'arrive si souvent, je retrouvais le signe de son ancienne vivacité, car elle était engagée dans une conversation animée avec Harville. Elle avait les yeux brillants, et je m'aperçus que son esprit était resté semblable, car chaque phrase qu'elle prononçait aurait pu être mienne.

Une fois encore, j'étais partagé entre le désarroi qu'elle m'ait rejeté, la colère contre moi-même pour ne pas lui avoir écrit en 1808, et l'espoir qu'elle pourrait encore m'aimer.

Lorsque nous repartîmes, Louisa était transportée d'enthousiasme.

— Ils sont adorables, et tellement doués ! Avez-vous vu tous les jouets que le capitaine Harville a confectionnés pour ses enfants ? Nous n'en avons jamais eu de plus beaux ! Il me semble que personne ne sait vivre comme les marins. Ils nous ont tant donné que chacun de nous devrait les respecter et les aimer.

Elle parlait du fond du cœur, mais comparée à Anne, elle semblait s'exprimer comme une petite fille.

J'adressai à peine la parole à Anne, car je ne savais que lui dire. Je ne pouvais l'entretenir de sujets privés alors que nous étions ainsi entourés, et pourtant j'avais du mal à supporter de ne pas m'adresser à elle.

Pendant tout le dîner, je pensai à elle, et lui jetai un regard furtif chaque fois que je le pouvais. À quoi songeait-elle ? Que ressentait-elle ? Je brûlais de lui parler après le repas, mais Harville et Benwick vinrent nous rendre une visite impromptue, et je n'en eus donc pas l'occasion.

Les demoiselles Musgrove nous supplièrent de leur raconter nos aventures à bord du *Laconia*, et Harville et moi nous y pliâmes de bon cœur. Pourtant, je ne pus m'empêcher de regarder Anne de temps en temps, car elle s'était assise à côté de Benwick qui s'était retiré dans un coin. Il était encore très affecté et ne pouvait supporter facilement tant de bruit.

Je reconnaissais bien là la gentillesse et la générosité d'Anne. Du peu que je surpris de leur conversation, je déduisis qu'ils discutaient de poésie. J'aurais aimé être à la place de Benwick, dans le coin, à bavarder avec elle en toute liberté, au lieu d'être contraint de divertir d'autres demoiselles.

Harville et Benwick finirent par partir, et une fois encore je conçus l'espoir d'avoir une chance de parler à Anne, mais les dames montèrent aussitôt se coucher.

En les imitant une demi-heure plus tard, je me sentais de plus en plus frustré par ces conversations insipides. J'avais besoin de plus… de ce plus que j'avais toujours trouvé avec Anne.

Vendredi 11 novembre

Ce matin, je me suis levé tôt, impatient de prendre l'air, car il faisait beau. La mer montait peu à peu, comme chassée par une brise de sud-est. J'espérais rencontrer Anne au salon, mais, en descendant, j'appris qu'elle était déjà sortie. Louisa était là, cependant, et comme le petit déjeuner n'était pas prêt, elle suggéra que nous allions marcher sur la jetée. Nous partîmes et nous dirigeâmes vers la mer. Elle était grise, mouchetée de blanc. Des mouettes décrivaient des cercles dans le ciel en criant.

Nous étions sortis depuis quelques minutes lorsque nous aperçûmes Anne et Henrietta. Anne resplendissait. Le vent frais avait ravivé la couleur de ses joues et l'éclat de ses yeux, et elle avait retrouvé l'apparence d'il y a huit ans, quand je l'avais rencontrée. Je perdis conscience de tout ce qui m'entourait et restai perdu et silencieux, sans rien voir ni entendre à l'exception d'Anne. Elle riait, car le vent rabattait ses cheveux sur son visage, et je la vis lever la main pour repousser une mèche folle qu'elle coinça derrière son oreille. Nos yeux se rencontrèrent. Combien de temps nous restâmes ainsi, je l'ignore, mais cela me sembla trop court. Je buvais du regard ses yeux sombres et doux, son visage rieur, ses doux cheveux bruns. J'étais comme hypnotisé.

À cet instant, une soudaine bourrasque s'abattit sur nous, et Louisa s'accrocha à mon bras, me rappelant à mon environnement. J'essayai de retrouver la magie de ce moment, mais Anne s'était détournée, et tout était fini.

— Vous êtes sortis de bonne heure, dit Henrietta.

Je ne trouvai rien à répliquer. La vue d'Anne, sa beauté revenue, m'avait privé de parole.

— Pas aussi tôt que vous, rétorqua Louisa. Je croyais que le capitaine Wentworth et moi étions les seuls à être déjà levés.

— Cela doit faire une demi-heure que nous nous promenons, n'est-ce pas, Anne ?

Anne semblait éprouver autant de difficulté que moi à répondre. Louisa mit fin au silence en déclarant qu'elle avait une course à faire à la boutique et en nous invitant à rentrer en ville avec elle. Nous fûmes tous d'accord pour l'accompagner, et traversâmes la plage en sens inverse.

Alors que nous arrivions aux marches, nous aperçûmes un gentleman qui s'apprêtait à descendre. Il recula pour permettre aux demoiselles de monter. Anne et Henrietta passèrent les premières, et lorsqu'elles furent en haut, je vis l'homme regarder Anne une première fois, puis la contempler de nouveau. Je sentis la morsure de la jalousie, car il n'avait aucun droit de la dévisager ainsi. Je me contins, et nous fîmes un trajet paisible jusqu'aux boutiques.

Lorsque Louisa eut terminé ses achats, nous rentrâmes à l'auberge où le petit déjeuner nous attendait. Mary et Charles étaient attablés, et nous les rejoignîmes à peine nos manteaux enlevés.

Nous avions presque fini lorsqu'on entendit un cabriolet sur les pavés. Charles se leva d'un bond pour voir s'il était aussi beau que le sien, et nous nous retrouvâmes tous devant la fenêtre pour en juger. Le propriétaire de la voiture sortit de l'auberge, et je reconnus le gentleman que nous avions croisé en quittant la plage.

Anne sourit, et je ressentis une nouvelle bouffée de jalousie, plus brûlante encore que la première. Pourquoi lui souriait-elle ainsi à lui, et pas à moi ?

Pris d'une impulsion subite, je demandai au serveur :

— Qui est le gentleman qui vient juste de sortir, je vous prie ?

— Un certain Mr Elliot, monsieur.

— Mr Elliot ?! répétai-je, stupéfait, alors que tous murmuraient autour de moi.

— C'est un monsieur très fortuné, qui est arrivé hier soir de Sidemouth. Vous avez dû entendre sa voiture, monsieur, pendant que vous dîniez. Il part à présent pour Crewkherne, avant de rejoindre Bath et Londres.

— Doux Jésus ! s'écria Mary. Ce doit être notre cousin !

Ainsi, c'était là le fameux Mr Elliot, l'homme que Miss Elliot avait poursuivi si assidûment en vain, il y a bien longtemps, l'homme qu'elle estimait digne de sa main – et qui était à présent de toute évidence en deuil, car il portait du crêpe à son chapeau. Je me demandai qui était mort. Après avoir posé discrètement la question à Charles, j'appris que Mr Elliot s'était marié quelques années auparavant, et qu'il était récemment devenu veuf. Il n'avait pas eu d'enfant, me dit-il, et sir Walter ne lui avait pas renouvelé ses invitations, à cause de quelques remarques méprisantes que ce monsieur avait faites à propos de certains membres de la famille, et qui lui étaient parvenues aux oreilles.

Mais fallait-il justement qu'Anne le rencontre maintenant ! J'étais consterné.

— Quel dommage que nous n'ayons pas été présentés, gémit Mary. Lui avez-vous trouvé le port de tête des Elliot ? Je l'ai à peine regardé, je contemplais les chevaux, mais il m'a semblé qu'il avait quelque chose des Elliot dans le port de tête. Je me demande pourquoi je n'ai pas reconnu les armoiries sur la voiture !

Charles lui fit remarquer qu'elles étaient masquées par un pardessus posé sur la portière, et Mary ajouta qu'elle aurait reconnu la livrée du domestique s'il n'avait pas été en deuil.

Pour ma part, j'étais au contraire fort soulagé qu'on ne l'ait pas reconnu plus tôt, car alors des présentations auraient été faites, et Anne aurait pu faire réellement connaissance avec lui.

— Si l'on tient compte de ces circonstances extraordinaires, dis-je en essayant de masquer mon agitation, il faut considérer que la Providence a cru meilleur d'éviter cette rencontre avec votre cousin.

Je regardai Anne, espérant qu'elle verrait les choses comme moi. À mon grand plaisir, elle ne semblait pas avoir particulièrement envie de nouer une relation avec ce monsieur. Elle expliqua en effet que son père et Mr Elliot ne s'étaient pas adressé la parole depuis plusieurs années, et qu'il n'était pas souhaitable qu'on le leur présente.

Je me sentis ragaillardi, mais j'ignorais les raisons pour lesquelles elle ne souhaitait pas aller plus loin. Était-ce à cause de son père, comme elle l'avait affirmé, ou… se pourrait-il… que ce soit parce que son cœur était déjà pris… par moi ?

J'essayai de déchiffrer l'expression de son visage, en vain. J'aurais aussi voulu savoir pourquoi elle avait éconduit Charles Musgrove… et surtout, si je lui étais indifférent, ou si elle se montrait simplement réservée… si je lui avais manqué… et si elle regrettait sa décision de rompre nos fiançailles.

Nous fûmes bientôt rejoints par les Harville et par Benwick, car nous avions prévu de faire une dernière promenade en leur compagnie avant de partir. Harriet nous avertit que son mari serait fatigué par la marche en arrivant chez lui, aussi nous décidâmes de les raccompagner à leur porte, avant de nous mettre en route nous-mêmes.

Nous prîmes congé des Harville comme prévu, et nous apprêtions à reprendre le chemin de l'auberge quand certains membres du groupe exprimèrent le souhait de faire une dernière promenade sur le Cobb. Louisa était tellement déterminée à profiter de ce dernier plaisir que nous cédâmes, et Benwick nous accompagna.

Il y avait trop de vent pour que la promenade sur la partie haute de la jetée puisse être agréable, aussi nous décidâmes de descendre les marches vers la partie basse. Louisa insista pour que je la fasse sauter, comme je l'avais fait à de nombreuses reprises lorsque nous franchissions un échalier.

Je tentai de l'en dissuader, répétant que le pavé était trop dur pour ses pieds, mais elle ne voulut pas m'écouter. Je finis par céder, mais en même temps, en mon for intérieur, je commençais à penser qu'un caractère décidé n'était pas une si bonne chose, après tout. Un tempérament ferme dans la poursuite de ce qui est juste est estimable, mais l'entêtement à accomplir ses propres désirs n'est rien d'autre que de l'obstination.

Mais le mal était fait, et je devais, pour le moment, en accepter les conséquences. Je la fis sauter sans encombre, et l'histoire aurait dû s'arrêter là, mais elle remonta les marches en courant pour recommencer.

De nouveau, j'essayai de la dissuader, mais elle était entêtée.

— Je suis décidée à le faire.

Et sans autre avertissement, elle sauta. Je tendis les bras, mais une demi-seconde trop tard ; elle tomba sur les pavés de la partie basse de la jetée…

Je la regardai, frappé d'horreur. Elle était morte.

Mille pensées tourbillonnèrent dans ma tête, me tourmentant pour ma folie. Je n'aurais pas dû lui accorder autant d'attention. Je n'aurais jamais dû la faire sauter d'un échalier ; je n'aurais pas dû l'encourager à penser que satisfaire ses envies était une vertu ; je n'aurais pas dû l'amener à Lyme. Toutes ces idées se bousculaient tandis que je la prenais dans mes bras, mon corps réagissant à la crise comme il l'avait fait d'innombrables fois en mer, s'occupant de tout, faisant le nécessaire, cherchant une plaie, du sang, une ecchymose… mais il n'y avait rien. Elle avait les yeux clos, elle ne respirait pas, et son visage était blanc comme la mort.

— Elle est morte ! Elle est morte ! hurla Mary en agrippant son époux.

Henrietta s'évanouit, et elle aurait dévalé les marches si Benwick et Anne ne l'avaient attrapée et soutenue.

— N'y a-t-il personne pour m'aider ? criai-je.

Je n'avais plus de force, écrasé par le poids du désespoir et de la culpabilité.

— Allez l'aider, allez l'aider, pour l'amour du ciel !

C'était la voix d'Anne. Anne, sur laquelle on pouvait compter dans un moment comme celui-là. Anne qui secouait Charles et Benwick, et qui était à mon côté, soutenant Louisa. Ils la prirent de mes bras et je me relevai, mais j'avais sous-estimé les effets du choc et je chancelai. Apercevant encore une fois son visage cireux, je gémis :

— Oh, mon Dieu ! Son père et sa mère !

Je ne pouvais supporter de les imaginer à Uppercross, nous croyant heureux, et comptant sur moi pour ramener leur fille saine et sauve.

— Un médecin ! réclama Anne.

Son bon sens me rendit mes esprits.

— Oui, oui, un médecin, vite ! répétai-je.

Je m'apprêtais à aller moi-même en chercher un lorsque Anne déclara que Benwick saurait mieux où le trouver.

Encore une fois, son calme et son bon sens s'imposaient. Benwick confia Louisa à Charles et partit en direction de la ville avec la plus grande célérité.

— Anne, que faire maintenant ? cria Charles.

Je m'aperçus que dans cette situation désespérée, tout le monde se tournait vers elle.

— Ne ferait-on pas mieux de la ramener à l'auberge ? Oui, c'est une bonne idée, transportez-la avec précaution vers l'auberge, répondit Anne.

Une fois encore, ses paroles me tirèrent de mon hébétude, et, impatient d'entrer en action, je soulevai Louisa. Elle battit des cils, et je ressentis une folle bouffée d'espoir en découvrant qu'elle était vivante ! Quelle joie ! Quel bonheur !

— Elle est vivante ! annonçai-je.

Tous, autour de moi, poussèrent un cri de soulagement. Mais alors elle ferma les yeux et ne donna plus aucun signe de conscience.

Nous n'avions pas encore quitté la jetée lorsque Harville vint à notre rencontre. Benwick l'avait prévenu tout en allant chercher le médecin. Il nous proposa de nous installer chez lui, et nous ne tardâmes pas à nous trouver tous sous son toit. Sous la direction de Harriet, on amena Louisa à l'étage, et chacun recouvra son souffle de nouveau.

Le médecin arriva plus vite qu'on ne l'aurait cru possible, et à notre immense soulagement, déclara que le cas n'était pas désespéré. Elle avait reçu une sévère contusion à la tête, mais il avait vu des gens se remettre d'accidents bien plus graves.

— Dieu merci ! soupirai-je deux fois de suite.

Cette exclamation fut reprise par ses sœurs et son frère, et je vis Anne murmurer des remerciements silencieux. Mais aucun d'entre eux n'était aussi reconnaissant que moi. Je ne l'avais pas tuée, malgré mes encouragements à la témérité et à l'obstination. Mais j'étais la cause de sa blessure. C'était un lourd fardeau. Je m'effondrai sur une chaise, croisai mes bras sur la table et y appuyai mon front, terrassé par la culpabilité.

Petit à petit, je me repris. Je ne pouvais laisser Anne s'occuper de tout. Elle en avait déjà tant fait, elle qui avait su garder la tête froide, et qui s'était montrée supérieure à nous tous de mille et une façons.

Il fut rapidement décidé que Benwick donnerait sa chambre à l'un des membres de notre groupe afin d'offrir à Louisa le réconfort d'un visage familier dans la maison. Harriet, qui ne manquait pas d'expérience en la matière, se chargea de veiller sur elle.

— Et Ellen, la bonne d'enfants, est aussi expérimentée que moi. À nous deux, nous pourrons nous occuper d'elle nuit et jour, promit-elle.

Je tentai de la remercier, mais elle ne voulut rien entendre et me répéta qu'elle était heureuse de me rendre la bonté que je lui avais témoignée en annonçant la mort de Fanny à Benwick. Puis elle remonta à l'étage, où Anne était restée en compagnie de Louisa.

J'étais heureux qu'Anne soit avec elle. Anne était un véritable pilier en temps de crise. C'était elle qui avait pris les choses en main lorsque son neveu s'était déplacé la clavicule. Elle qui avait dirigé les opérations lorsque Louisa était tombée. Anne, toujours Anne, qui, toujours discrète, faisait preuve de force lorsqu'il fallait prendre des décisions rapides et les appliquer avec calme. J'avais essayé de l'oublier, mais cela s'était avéré impossible, car elle était supérieure à toute autre femme que j'aie pu rencontrer.

— C'est une triste affaire, soupira Charles, que l'anxiété rendait blême.

— Mes pauvres parents... Comment allons-nous le leur annoncer ? demanda Henrietta.

Il y eut un silence, car personne ne supportait cette pensée. Pourtant, il allait bien falloir le faire.

— Musgrove, il faut que l'un de nous deux y aille, dis-je.

Charles en convint, mais il ne voulait pas s'éloigner de sa sœur tant qu'elle était dans cet état.

— Dans ce cas, je le ferai.

Il me remercia du fond du cœur, et me demanda de ramener Henrietta par la même occasion, car elle était en état de choc.

— Non, je ne veux pas quitter Louisa, protesta l'intéressée.

— Mais pensez à papa et à maman. Ils auront besoin de quelqu'un pour les réconforter quand ils apprendront la nouvelle, insista Charles.

Henrietta, très émue, accepta donc. C'était un soulagement pour nous tous, car une fois chez elle, elle serait entre de bonnes mains, et nous n'aurions pas à nous faire de souci pour elle en plus de sa sœur.

— Alors c'est décidé, Musgrove. Vous restez, et je ramène votre sœur à la maison. Votre femme voudra, je pense, retrouver ses enfants, mais il faudrait qu'Anne reste, car personne n'est aussi capable qu'elle de s'occuper de la situation.

Ce fut à cet instant qu'Anne entra dans la pièce. Anne, calme et sereine. Anne, dont la vue me remplit de force et de courage.

— Vous resterez, j'en suis sûr. Vous resterez pour vous occuper d'elle, dis-je doucement.

Je brûlais de prendre ses mains dans les miennes comme je l'avais fait autrefois, émerveillé de voir que je pouvais les nicher toutes deux dans une seule des miennes. De si petites mains, et pourtant si habiles.

Elle s'empourpra. J'aurais voulu lui parler, connaître ses sentiments et lui faire part des miens, mais ce n'était pas le moment. Avec une révérence, je m'éloignai.

Elle se tourna vers Charles et lui assura qu'elle serait heureuse de rester.

Tout était arrangé, et je me hâtai vers l'auberge pour louer un cabriolet afin que nous puissions voyager à une meilleure allure. On attela les chevaux, et je n'eus plus rien d'autre à faire que d'attendre Henrietta.

Enfin, elle arriva, mais à ma grande surprise, Anne l'accompagnait. Je ne tardai pas à en apprendre la raison. Jalouse d'Anne, Mary avait exigé de rester pour participer aux soins, et avait déclaré qu'Anne devait rentrer à Uppercross.

Cela me mit en colère, mais je ne pouvais rien y changer, aussi fis-je monter les demoiselles en voiture. Je regardai Anne, mais elle évita mon regard. Je pris place à mon tour, et ce fut le départ.

Nous ne parlâmes guère pendant le trajet, car nos humeurs étaient maussades, et j'eus tout le temps de songer à la manière dont j'apprendrais la nouvelle aux parents de Louisa.

Lorsque nous arrivâmes aux environs d'Uppercross, je me penchai vers Anne :

— Je crois qu'il serait préférable que vous restiez dans la voiture avec Henrietta pendant que j'annonce la nouvelle à ses parents. Cela vous semble-t-il une bonne idée ?

Elle en convint, ce qui me fit plaisir.

J'arrêtai le cabriolet devant la porte et entrai. On m'accueillit chaleureusement, mais avec un peu d'anxiété, car Mr et Mrs Musgrove avaient commencé à s'inquiéter en voyant l'heure tourner. L'angoisse m'étreignit en repensant au cauchemar que j'avais vécu lors de l'annonce à Benwick de la mort de Fanny, mais les nouvelles que j'apportais n'étaient pas aussi tragiques. Il y avait de l'espoir. Je puisai du courage dans cette idée, et pris la parole.

Ils furent alarmés. Comment aurait-il pu en être autrement ? Mais bien que je ne cherche pas à leur cacher le sérieux de la situation, je leur répétai de nombreuses fois que le médecin avait vu guérir des blessures plus graves. Le premier choc passé,

Mr Musgrove réconforta sa femme, et quand elle fut suffisamment calme, je fis entrer Henrietta et Anne.

Dès que la sérénité fut revenue autant qu'il était possible, je repartis pour Lyme afin de pouvoir me rendre utile si cela s'avérait nécessaire.

Et me voici donc de retour à l'auberge, dans ma chambre, mais incapable de dormir. Alors que je reste assis là, je ne puis songer à rien d'autre qu'à Anne : notre première rencontre, la cour qui s'en est suivie, notre séparation, et notre nouvelle rencontre.

J'ai enfin admis ce que, je crois, je savais depuis le début : je suis toujours amoureux d'elle. Je n'ai jamais cessé de l'aimer. En huit ans, je n'ai jamais vu son égale, parce qu'elle n'a pas d'égale.

Dès que Louisa sera hors de danger, je devrai confier à Anne ce que je ressens, et lui proposer, de nouveau, de devenir ma femme.

Samedi 12 novembre

La nuit de Louisa a été bonne, et à mon immense soulagement, son état ne s'est pas dégradé. Le médecin est revenu ce matin et s'est déclaré satisfait. Il a expliqué qu'il ne fallait pas s'attendre à une guérison rapide, mais que la situation avait bien progressé, et que si l'on ne déplaçait la malade ni ne lui causait de l'agitation, il espérait un rétablissement complet.

Je fus profondément soulagé. Si elle pouvait recouvrer pleinement la santé et la joie de vivre, je serais empli de gratitude.

Dès que le médecin fut parti, Charles se rendit à Uppercross pour informer ses parents des progrès de Louisa. Mais il promit de revenir, et lorsqu'il le fit, il amenait avec lui la bonne d'enfants des Musgrove. Depuis que la dernière des enfants dont elle avait la charge avait été envoyée en pension, elle passait ses journées dans la nurserie déserte à saisir la moindre occasion de panser un genou écorché, et elle fut ravie de venir à Lyme pour soigner sa bien-aimée Miss Louisa.

Ainsi, vingt-quatre heures après l'accident, je trouve que les choses s'arrangent pour le mieux. Louisa est entre les mains de sa chère Sarah. Mr et Mrs Musgrove ont été rassurés. Et si tout va bien, je serai bientôt avec Anne.

Lundi 14 novembre

Aujourd'hui, Louisa a repris conscience plusieurs fois, et elle a été capable de reconnaître ceux qui l'entouraient. Cela nous redonna du courage à tous, à tel point que cet après-midi, Harville et moi sommes sortis nous promener. Nous évitâmes le Cobb, car nous ne pouvions ni l'un ni l'autre supporter d'y poser les yeux, et nous nous dirigeâmes vers le centre-ville.

— Je ne saurais vous dire ce que j'ai ressenti pour vous pendant ces derniers jours, me confia Harville. J'étais tellement désolé, Frederick, en sachant quelles souffrances vous enduriez. Cela a été terrible de voir James perdre sa fiancée l'année dernière. Je n'aurais pas supporté que vous perdiez la vôtre aussi.

J'étais horrifié, car il était évident que Harville me croyait fiancé à Louisa. J'allais le corriger lorsque je me souvins de ma conduite envers elle, de la façon dont j'avais accepté, et même encouragé ses attentions. Je sentis mon sang se glacer. Je n'y avais rien vu de mal, car sa sœur et elle aimaient toutes deux badiner avec moi, mais dès l'instant où Henrietta avait manifesté sa préférence pour Charles Hayter, j'aurais dû m'éloigner de Louisa. J'aurais dû espacer mes visites à Uppercross et diminuer progressivement mes attentions afin de ne pas la vexer. Mais au lieu de cela, j'avais continué à me comporter comme avant, par… par quoi ? Par amour ? Non, car je ne l'avais jamais aimée. Je le voyais clairement à présent. Qu'est-ce qui m'avait poussé à agir ainsi, alors ? La fierté ? Oui, la fierté blessée. J'avais honte de le reconnaître, même en mon for intérieur, mais c'était la vérité. « Je ne vous regrette pas », avais-je voulu dire à Anne. « Votre abandon ne m'a pas atteint. Voyez, je suis heureux avec une autre. »

J'avais le sentiment d'avoir mal agi, et j'aurais voulu pouvoir effacer mes actes, mais c'était impossible. J'avais accordé trop d'attention à Louisa. Harville l'avait prise pour ma fiancée, et je ne pouvais pas, à présent, ruiner sa réputation en expliquant qu'il n'y avait jamais eu d'engagement entre nous. J'étais lié à elle, si elle voulait de moi, aussi sûrement que si je lui avais demandé sa main.

— Vous êtes abattu, me dit Harville en remarquant mon changement d'humeur et se trompant sur sa cause. Gardez espoir. Le médecin ne désespère pas de son cas. Il croit à une guérison complète. Elle peut rester chez nous aussi longtemps que nécessaire, et vous aussi. Cela vous ferait peut-être du bien de la voir ?

— Non !

Il fut surpris par la véhémence de ma réponse.

— C'est-à-dire que ma présence pourrait lui causer de l'agitation, et il faut qu'elle se repose, ajoutai-je. Il vaut mieux que je n'aille pas auprès d'elle, pour son bien. Je ne dois rien faire qui mette en péril sa guérison.

Il me respecta pour ma décision, et, à mon grand soulagement, resta silencieux.

Nous rentrâmes à la maison, mais, alors que je restais assis au salon, j'avais le cœur lourd. J'avais compris peu à peu, au cours des derniers mois, qu'Anne était la seule femme que je pouvais aimer, et à l'instant même où j'espérais me déclarer, la chance m'en était ravie. Si Louisa se remettait, je serais peut-être bientôt marié à une femme que je n'aimais pas. Et si elle ne guérissait pas… cette pensée était trop affreuse.

Je décidai de me distraire avec les enfants de Harville, et je m'aperçus que leur babil adoucissait mon humeur noire.

Quant à l'avenir, je ne pouvais rien y changer, aussi je me résolus à ne plus m'en préoccuper.

Mardi 15 novembre

Ce matin nous a apporté une heureuse surprise. Les Musgrove au complet se présentèrent à l'auberge, où ils prirent rapidement leurs quartiers avant de se rendre auprès de Louisa. Mr et Mrs Musgrove étaient impatients de voir leur fille, et furent grandement soulagés lorsqu'elle reprit brièvement connaissance et les reconnut. Ils ne purent s'empêcher de remercier les Harville cent fois. Ils étaient particulièrement rassurés que Harriet sache soigner les malades. Elle était, par voie de conséquence, la meilleure personne pour s'occuper de Louisa à leurs yeux. Ils mirent un point d'honneur à l'aider de toutes les manières possibles.

— Dès que Louisa sera suffisamment remise pour pouvoir être déplacée, nous la ramènerons à l'auberge, où nous pourrons nous charger entièrement d'elle, me confia Mrs Musgrove, mais en attendant, nous sommes reconnaissants à vos amis de la garder chez eux.

La journée se passa encore dans l'anxiété, mais il n'y eut pas de rechute, et comme Louisa continuait de reprendre des forces, la situation était aussi bonne que l'on pouvait l'espérer dans ces circonstances.

Mercredi 16 novembre

Ce matin, Mrs Musgrove m'a demandé si j'aimerais venir dans la chambre de Louisa afin de la voir, mais je lui ai répondu comme à Harville que je craignais que le choc de ma vue ne lui fasse du mal, et qu'il ne produise une rechute. Mrs Musgrove n'insista pas, et j'en fus soulagé, car j'ai décidé de faire tout ce que l'honneur me permettra pour m'éloigner de Louisa. Je ne l'abandonnerai pas si elle se sent liée à moi, mais je n'encouragerai aucun tendre sentiment non plus, s'il n'existe pas déjà.

Jeudi 17 novembre

Aujourd'hui, je suis revenu à Kellynch Hall, afin de donner à Sophia des nouvelles de Miss Louisa et de lui raconter tous les détails de l'accident qu'elle ne connaissait pas déjà. Elle était très affectée, tout comme Benjamin, qu'un tel accident soit arrivé à une jeune fille si aimée de tous.

Je ne pus m'arrêter longtemps, car j'avais promis de rentrer à Lyme, et je voulais voyager le plus longtemps possible de jour, mais c'est avec plaisir que je restai déjeuner. Affamé par la tension de mon corps et de mon esprit, je mangeai de bon appétit.

Un peu après, je m'enquis d'Anne.

— Si Miss Elliot n'avait pas été là, les choses auraient été beaucoup plus difficiles à supporter pour tout le monde, expliquai-je. Elle n'est pas trop éprouvée par tous ses efforts, j'espère ?

Sophia m'assura qu'elle était calme et sereine.

— Je suis heureux de l'apprendre, répliquai-je du fond du cœur, car elle s'est donné beaucoup de mal. C'est elle qui a gardé la tête froide et nous a aidés, quand toutes les autres dames en étaient incapables et quand, en vérité, j'étais moi-même submergé. Je ne pourrai jamais lui rendre suffisamment grâce.

Et ce n'était que trop vrai.

Après avoir envoyé une lettre à Edward pour l'informer que je ne pourrais pas lui rendre la visite promise, je pris congé de Sophia et me remis une fois de plus en route. En passant devant la maison de lady Russell, j'écrivis un billet à Anne, qui séjournait à présent chez sa marraine, pour lui dire que Louisa allait aussi bien que l'on pouvait l'espérer. Puis, après avoir déposé ce courrier, je repartis vers Lyme.

Vendredi 18 novembre

Louisa continue à se rétablir lentement mais sûrement. Ses moments de conscience sont plus nombreux et plus longs. Avec l'aide de Dieu, elle va progressivement se remettre.

Lundi 21 novembre

Les progrès de Louisa ont perduré pendant le week-end, et aujourd'hui, pour la première fois, elle a pu s'asseoir. Ce fut une grande joie pour nous tous.

Mardi 22 novembre

La vie semble reprendre son cours normal. Aujourd'hui, Mary a passé la matinée à la bibliothèque, et ce soir, elle s'est disputée avec Harriet pour des questions de préséance lors du dîner. Charles Musgrove suggéra une sortie à Charmouth et remporta l'adhésion de tous.

Je profitai de l'occasion pour annoncer que j'envisageais moi aussi de m'absenter quelques jours. Comme chacun avait accepté l'idée que je ne voulais pas voir Louisa de peur de lui causer du tort, personne ne s'étonna de ma décision et je déclarai donc que je partirais la semaine prochaine.

Jeudi 24 novembre

Aujourd'hui, Louisa s'est assise de nouveau et a eu une conversation avec sa mère. Sa lucidité les réjouit toutes deux. Mrs Musgrove était ravie en nous le racontant, et ses enfants en furent très soulagés, car cela leur permit de se rendre à Charmouth le cœur léger. Je ne les accompagnai pas, mais m'occupai de mon voyage à Plymouth et annonçai mon intention de partir mardi.

Vendredi 25 novembre

Aujourd'hui, les jeunes Mr et Mrs Musgrove sont repartis pour Uppercross, rassurés sur l'état de Louisa, mais leurs parents sont toujours ici, réticents à quitter leur fille. Ils sont impatients qu'elle puisse supporter le trajet jusqu'à Uppercross afin de l'avoir de nouveau à la maison, mais je doute que cela puisse se produire avant Noël. Cela pourrait prendre encore plusieurs semaines avant qu'un tel voyage soit envisageable.

Mardi 29 novembre

Ce matin, j'ai pris congé des Musgrove. J'ai commencé par dire au revoir à Mr et Mrs Musgrove, afin que, si mes actions leur déplaisaient et qu'ils souhaitaient clarifier mes intentions envers leur fille, je puisse les rassurer et, si nécessaire, rester. Cependant, ils ne montrèrent aucun mécontentement, et me remercièrent au contraire pour ce que j'avais fait. Ensuite, je pus faire mes adieux au reste de notre groupe. Ce fut un moment mélancolique, mais une fois qu'il fut passé, je me sentis plus serein. Je devrai me considérer comme lié à Louisa si elle s'est attachée à moi, mais si mon absence peut diminuer cet attachement, je serai heureux d'être libre.

Décembre

Lundi 5 décembre

Comme promis, j'écrivis à Harville pour lui donner mon adresse. Il me tiendra informé de l'évolution de la santé de Louisa.

Mardi 6 décembre

Ce matin, j'ai rencontré Jenson par hasard, et nous avons discuté quelques instants. Il m'invita à dîner et j'acceptai avec plaisir, car je redoutais les pensées qui m'assaillent lorsque je suis seul.

Il était de fort belle humeur en me racontant ses succès dans le commerce du vin. Ensuite la conversation roula tout naturellement sur les batailles auxquelles nous avions participé. Il mentionna nos triomphes de 1808, quand, pour la première fois, nous nous étions trouvés à la tête de plusieurs milliers de livres, et tandis que je l'écoutais, mon esprit vagabondait à cette époque. J'étais retourné à terre après ma première victoire, et j'avais été tenté d'écrire à Anne afin de lui annoncer ma bonne situation et de lui demander de nouveau sa main. J'étais allé jusqu'à saisir ma plume, mais le chagrin et le doute m'avaient assailli, et je leur avais cédé. La fierté, la dignité blessée, la peur qu'elle ne m'ait oublié, de me couvrir de ridicule, d'être une nouvelle fois rejeté… tout cela m'avait retenu. Mais si j'avais dominé mes craintes, si j'avais écrit comme je le désirais, alors qu'aurait-elle répondu ? Aurait-elle accepté ?

— … que vous veniez voir le bateau demain. Qu'en dites-vous ? me demanda Jenson.

Je repris conscience de l'instant présent.

— Le chantier naval n'est pas loin d'ici. Vous pourrez examiner la coque, et je vous montrerai les plans, reprit-il.

J'acceptai aussitôt d'aller admirer son futur navire, mais tandis qu'il me parlait de la conception du vaisseau, je me remis à songer à l'année 1808. Si j'avais demandé à Anne de m'épouser à ce moment-là, qu'aurait-elle répondu ?

Mercredi 7 décembre

La journée fut intéressante. Jenson me montra son bateau, une vraie beauté. Cela me fit du bien d'entendre ses propos joyeux, et sa bonne humeur me gagna, si bien que je fus capable, cette fois, de l'écouter. Ce soir, j'ai mangé avec sa famille, des gens agréables et raisonnables. Ils m'invitèrent à dîner une nouvelle fois la semaine prochaine, et je décidai de prolonger mon séjour afin de pouvoir accepter.

Vendredi 9 décembre

J'écrivis à Edward afin de m'excuser de ne pas avoir tenu mon précédent engagement. Je lui dis que j'aimerais le voir, car j'étais à présent libre de voyager. Je lui proposai de lui rendre visite pour Noël, si cela lui convenait, et lui donnai l'adresse de Jenson.

Samedi 10 décembre

Ce matin, j'ai reçu une lettre de Harville. Il m'annonçait que Louisa se remettait de mieux en mieux, et qu'ils formaient à présent un groupe heureux. Il me dit également que Benwick distrayait Louisa en lui lisant des poèmes lorsqu'elle était assez en forme pour cela, et je fus content de savoir qu'ils avaient plaisir à se fréquenter.

Mardi 13 décembre

J'ai reçu une lettre d'Edward, enchanté à l'idée que je passe Noël avec son épouse et lui. C'est donc arrangé, je vais leur rendre visite.

Mercredi 14 décembre

Ce soir, j'ai dîné de nouveau avec la famille Jenson, et après le repas, Jenson et son père m'ont proposé de devenir capitaine de l'un de leurs navires. Je les remerciai, mais leur expliquai qu'à moins que mon pays n'ait besoin de moi, mes jours en mer étaient derrière moi. Ils ne se vexèrent pas et me souhaitèrent bonne chance, mais, en retournant à l'auberge, je me dis que si Louisa ne s'imaginait pas liée à moi et si Anne ne m'aimait plus, alors je pourrais bien changer d'avis et accepter la proposition de Jenson.

Mais si elle ne m'aimait plus, pourquoi ne s'était-elle pas mariée ?

Jeudi 22 décembre

Enfin, me voici dans le Shropshire. Cela me fit le plus grand bien de retrouver Edward. Ce n'est que maintenant que je vois combien je me suis senti oppressé ces derniers temps. Je fus enchanté de faire la connaissance de l'épouse d'Edward, une jolie jeune femme, pleine de douceur et de bon sens, aux manières engageantes et à l'élégance naturelle. Elle a exactement le caractère qui convient à Edward : assez enjouée pour être d'une agréable compagnie, et suffisamment calme en même temps pour l'aider dans son travail. Je crois qu'ils sont très heureux. D'ailleurs, pourquoi ne le seraient-ils pas ? Ils sont ensemble, ils habitent une grande gentilhommière, et la charge d'Edward est lucrative.

Ils m'accueillirent à bras ouverts, et me servirent un excellent dîner. Nous parlâmes de leur mariage et de mes années en mer, de leur région, de leurs voisins, de Sophia et de Benjamin, puis de généralités.

Une fois le repas fini, Eleanor se retira, nous laissant savourer notre porto. Je félicitai Edward pour son heureux mariage, et il me répondit en souriant qu'il avait en effet de la chance.

— J'ai une belle épouse, et j'ai réussi dans l'Église, déclara-t-il avec enthousiasme. Pas autant que vous l'espériez, puisque je ne suis pas devenu évêque ! Mais j'aime la vie que je mène.

Il tourna un œil acéré vers moi et ajouta :

— Mais pour vous, tout ne va pas aussi bien, on dirait. Vous avez dû avoir un sacré choc en découvrant que Sophia avait loué Kellynch Hall.

Je ne trouvai rien à répliquer, car je craignais que sa compassion ne me fasse perdre mon calme apparent.

— Allons, vous n'avez pas de raison de vous cacher, avec moi. Il s'est écoulé huit ans depuis qu'Anne vous a éconduit, et pendant tout ce temps, jamais vous n'avez parlé d'une autre femme. Vous pensez toujours à elle.

— Oui, avouai-je. C'est vrai. Et vous avez bien deviné que j'ai été abasourdi quand Sophia et Benjamin se sont installés à Kellynch Hall. De toutes les demeures du Somerset, il fallait qu'ils choisissent celle-là…

— Et comment Anne se porte-t-elle ? Elle est restée dans la région lorsque sa famille est partie à Bath, si j'ai bien compris ?

— Oui.

Et avant d'avoir pu réfléchir, je me mis à tout lui raconter. Cela me fit un bien immense de pouvoir enfin m'épancher, car je n'avais révélé nos courtes fiançailles à personne d'autre, autant par souci de préserver la réputation d'Anne que par égard pour ma propre dignité. Edward était le seul être au monde à qui je puisse me confier, et maintenant que je me trouvais de nouveau en sa présence, tout se déversait : ma rencontre avec Anne, les Musgrove, notre voyage à Lyme, et Louisa.

— Eh bien, dit-il quand je me tus enfin. Vous avez toujours aimé l'action, Frederick, et il semblerait que vous en ayez rencontré à terre aussi bien que sur les flots.

Je secouai la tête.

— Pauvre jeune fille…, soupirai-je.

— Ne vous accusez pas. Elle voulait sauter, vous avez essayé de la dissuader, mais elle a refusé de vous écouter. Ce n'est pas votre faute. De plus, il y avait quatre-vingt-dix-neuf chances sur cent qu'il n'en résulte pas grand mal. Vous l'auriez rattrapée ou bien elle serait tombée et se serait foulé la cheville, rien de plus. C'était très malheureux qu'elle se blesse aussi grièvement, mais ce n'est pas quelque chose que vous auriez pu prévoir.

— Non, vous avez raison, dis-je.

Cela faisait longtemps que je ne m'étais pas senti aussi bien, car si Edward a toujours été prompt à me rappeler à la modestie quand c'était nécessaire, maintenant que j'avais besoin de réconfort il m'en donnait autant que possible.

— Pourtant, je ne me suis pas conduit en gentleman, et cela, je ne puis m'en absoudre.

— Vous avez eu tort d'encourager les attentions des jeunes filles, c'est certain, mais le pire est encore que vous l'ayez fait par orgueil. Cependant, vous n'avez pas agi ainsi sciemment, car vous n'étiez pas conscient de vos propres sentiments sur le moment. Vous devrez en assumer les conséquences, et peut-être payer pour votre folie, mais ne désespérez pas, car tout peut encore s'arranger. Louisa n'a que dix-neuf ans. Elle est à un âge où les sentiments changent vite. Elle ne se considère peut-être pas comme votre fiancée, et même si c'est le cas, elle peut encore rencontrer un homme qui lui plaise davantage. Vous semblez surpris ! s'écria-t-il d'un ton moqueur.

Mais vous n'êtes pas le seul homme au monde. Il y en a d'autres qui sont plus jeunes, plus riches, plus beaux, plus courtois et dont les manières sont plus semblables à celles d'un gentleman. Ce n'est pas la peine de me regarder ainsi ! Je vous aime beaucoup, et je pense que toute femme raisonnable devrait en faire autant, mais vous n'êtes pas la personnification de toutes les vertus.

Je fus contraint de sourire, et d'admettre qu'il avait raison.

— Maintenant, assez parlé de Louisa. Entretenez-moi plutôt d'Anne. A-t-elle beaucoup changé ?

— Elle est exactement comme autrefois, dis-je en repensant à l'éclat de ses yeux et à la fraîcheur de son teint sur la jetée.

Puis, très abattu, je lui décrivis sa froideur et sa façon de m'éviter. Mais je me sentis mieux en lui racontant qu'elle avait refusé Charles Musgrove.

— Tiens donc, commenta-t-il, songeur.

Enfin je lui confiai que je ne pourrais jamais épouser une autre femme qu'elle.

— Ressasser ces idées noires ne vous aidera pas. Vous devez vous occuper pendant que vous êtes ici, afin de ne pas avoir le temps de penser. Nous allons vous fournir des activités, des visites et des sorties. N'ayez crainte, cela s'estompera.

Cette occasion de livrer le fond de mon cœur m'avait apporté du réconfort, et son bon sens acheva de me ragaillardir. Aussi étais-je d'une humeur acceptable en sortant de table pour aller rejoindre Eleanor au salon.

Elle joua de la harpe et chanta pour nous, et je passai une meilleure soirée que je n'étais en droit de l'espérer.

Dimanche 25 décembre

La matinée était belle et ensoleillée, et chacun des paroissiens d'Edward vint assister à l'office. Le sermon était touchant et les chants me donnèrent de l'énergie. Ensuite, je pus discuter avec les voisins d'Edward, puis nous rentrâmes à la maison où un déjeuner reconstituant nous attendait.

Je me demandai comment Anne passait Noël, et si elle était heureuse.

Mercredi 28 décembre

Ce matin, Edward a reçu une lettre de Sophia. Il me la donna afin que je la lise. Elle décrivait leurs fêtes de Noël, et une douleur que Benjamin éprouvait dans un orteil, dont elle espérait qu'il guérirait bientôt, mais dont elle craignait que ce ne soit une attaque de goutte. Elle mentionnait la possibilité d'aller prendre les eaux à Bath, et nous annonçait qu'Anne et lady Russel s'y trouvaient déjà.

Je fronçai les sourcils.

— Vous êtes en train de lire le passage sur lady Russell, devina Edward en voyant ma mimique. Vous ne lui avez toujours pas pardonné le rôle qu'elle a joué dans votre séparation d'avec Anne ?

— Non, en effet. Elle a très mal agi. Je suis étonné que Sophia l'apprécie.

— Moi non. Ce sont toutes deux des femmes raisonnables.

— Ah ! m'écriai-je. Pauvre Anne ! Subir une fois de plus la compagnie de son père et de sa sœur, qui la mépriseront comme toujours, et cela à Bath, une ville qu'elle n'a jamais aimée… Si seulement j'étais libre, j'irais la rejoindre.

— Peut-être que son père et sa sœur la traitent mieux désormais, me dit Edward en reprenant la lettre que j'avais fini de lire.

— Peut-être. Mais je ne le crois pas. Je suis sûr qu'ils sont aussi odieux qu'ils l'ont toujours été.

Un courrier de Harville m'apprit que Louisa se portait à présent tellement mieux qu'elle pouvait se lever tous les jours, et bien qu'elle reste très calme, car ses nerfs étaient encore éprouvés, elle était presque entièrement guérie, et rentrerait bientôt à Uppercross.

Ainsi, le moment où mon sort sera fixé pour toujours approche.

1815

Janvier

Dimanche 1er janvier

Ainsi, la nouvelle année est là, mais sera-t-elle une année de joie ou de malheur, qui peut le dire ?

Mercredi 4 janvier

Aujourd'hui, j'ai fait le tour de la paroisse avec mon frère. C'est un endroit fort joli, et ses ouailles sont des gens bien. Ce n'est guère étonnant qu'il soit tellement heureux. Les Darney, un couple raffiné, nous ont annoncé qu'ils organisaient une sortie la semaine prochaine, et nous ont proposé de nous joindre à eux. Le temps est doux pour la saison, et c'est agréable de prendre l'air.

Mardi 10 janvier

— Vous semblez d'excellente humeur aujourd'hui, me dit Edward alors que nous chevauchions avec le groupe des Darney.

— Peut-être, répliquai-je, prudent.

Nous étions un peu à la traîne, et pouvions donc discuter en toute liberté, mais je ne savais pas si je devais m'en réjouir ou non.

— Alors… allez-vous m'en parler ?

— J'ai reçu une lettre de Harville. Il m'écrit, de temps à autre.

— Il va bien ?

— Oui, et tout son petit monde se porte à merveille.

— Et… ?

— Et, après avoir évoqué sa famille, il a mentionné que Louisa et Benwick semblent très bien s'entendre, et qu'ils passent toute la journée à lire de la poésie ensemble. Il a fait quelques allusions voilées au fait qu'un homme devrait veiller sur ses trésors pour s'assurer qu'on ne les lui dérobe pas, puis m'a demandé quand je reviendrais à Lyme.

— Ah, je vois. Il pense que vous pourriez être détrôné dans le cœur de Louisa.

— En effet.

— Je comprends que vous soyez si joyeux.

— Pourtant, je n'arrive pas à y croire, rétorquai-je en secouant la tête. Cela fait moins d'un an que

Benwick a perdu sa fiancée, et c'était une jeune fille très supérieure.

— Les hommes n'ont pas toujours envie d'une épouse très supérieure. Parfois, ils préfèrent de la douceur et un tempérament affectueux.

— C'est bien vrai.

— Comptez-vous vous rendre à Lyme ?

— Non. J'ai répondu à Harville que j'étais dans l'incapacité de revenir. Je lui ai dit que j'étais heureux que Louisa se remette si bien, et que j'étais enchanté que Benwick retrouve sa joie de vivre. Je me suis permis de faire remarquer qu'il semblait que leur compagnie mutuelle leur fasse le plus grand bien, et que tous leurs amis devraient s'en réjouir.

— Cela me paraît très explicite.

— Autant que je l'ai osé, en tout cas.

L'un des membres du groupe se retourna pour nous héler, aussi nous mîmes nos chevaux au trot pour rejoindre les autres.

La promenade fut très agréable. La maison où nous nous rendîmes était très belle, les jardins plus encore, et le temps était clément. Nous avons décidé de refaire une sortie dans deux semaines, et je m'aperçois que j'attends cela avec impatience. Il semble que je serai bientôt libéré des contraintes qui pèsent sur moi, et capable de respirer de nouveau.

Mardi 31 janvier

Sophia et Benjamin sont décidés à se rendre à Bath, car il est presque certain que c'est bien la goutte qui le fait souffrir.

— Je lui ai dit de boire moins de porto, mais il ne m'a pas écouté, me confia Edward.

— J'aimerais visiter Bath, déclara Eleanor. Je n'y suis jamais allée.

— Alors nous irons plus tard cette année, promit Edward.

Nous passâmes le reste de la soirée à deviser de toutes les distractions que l'on trouve à Bath, et de la société que l'on y rencontre. Edward et moi fouillâmes les souvenirs de nos rares séjours dans cette ville, et nous régalâmes Eleanor par la description des bains, des concerts et des *Assembly Rooms* jusqu'à ce qu'il soit l'heure de se retirer.

Février

Lundi 13 février

Comme je lisais mon courrier ce matin, je ne pus m'empêcher d'afficher un immense sourire.

— Quel bonheur ! m'écriai-je. Louisa va épouser le capitaine Benwick ! Ils sont tombés amoureux pendant sa convalescence. Tout est écrit ici, dans cette lettre de Harville. Quel merveilleux ami ! Il m'a écrit dès qu'il l'a su.

— Le capitaine Benwick est l'un de vos amis, si je comprends bien ? me demanda Eleanor.

— Oui, c'est bien cela.

— Et Louisa ? N'est-ce pas la jeune fille qui a eu cet accident, à Lyme ?

— Oui, c'est elle.

— Alors, on peut dire que ce triste événement a eu une conséquence heureuse, déclara Eleanor avec contentement.

— Exactement ! renchéris-je, transporté de joie.

Je fus heureux d'avoir commandé mon cheval avant d'avoir ouvert mes lettres, car cela me permit de quitter la maison dans la demi-heure suivante et d'aller chevaucher dans l'air glacial du matin, mon haleine formant des petits nuages de vapeur devant moi. Après avoir galopé suffisamment loin, lorsque je me trouvai hors de vue et d'ouïe de toute habitation, j'arrêtai ma monture et criai à pleins poumons :

— Libre ! Libre ! Je suis libre !

Je ris de bonheur. Après toutes ces semaines d'angoisse, j'étais enfin libre de me rendre à Bath ! Libre de retrouver Anne ! Libre de l'épouser, si elle voulait bien de moi.

Le doute m'étreignit. Je caressai l'encolure de mon cheval et le remis au pas, essayant de rester sourd à mes inquiétudes, en vain. Il se pouvait qu'elle ne veuille pas de moi. Il se pouvait qu'elle me repousse. Mais malgré mes craintes, l'espoir était permis. Elle avait éconduit au moins un prétendant qui avait de meilleures perspectives que moi en la personne de Charles Musgrove, et je n'avais cessé de me demander : « Est-ce pour moi ? ». Je savais qu'il n'y avait qu'un moyen d'en avoir la certitude. Je devais aller à Bath sur-le-champ et alors je saurais, une fois pour toutes.

Pendant le déjeuner, j'annonçai mon projet à Eleanor et à Edward. Eleanor ne fut pas surprise, car elle croyait que je voulais voir Sophia, mais Edward devina la vraie raison de mon voyage. Il m'en parla après le repas lorsque Eleanor se fut retirée.

— Vous allez voir Anne ?

— Oui.

— En ce cas, je vous souhaite bonne chance.

— Merci. J'en aurai besoin. J'ose à peine me présenter à elle, car dans ses regards et ses paroles se trouve la clef de mon bonheur futur.

— Frederick, vous n'avez jamais manqué de courage. Vous supporterez cette épreuve, quelle qu'en soit l'issue, mais j'espère pour vous qu'elle sera heureuse.

Je le remerciai pour ses bons vœux, et lui annonçai que je comptais me mettre en route le plus tôt possible demain matin.

Je passai le reste de la journée à penser à ce que j'allais lui dire quand je la reverrais.

Mercredi 15 février

Me voici donc à Bath, prêt à affronter l'avenir.

Jeudi 16 février

Ce matin, j'ai rendu visite à Sophia et à Benjamin. Ils furent surpris de me voir, mais m'accueillirent avec chaleur, et insistèrent pour que je quitte l'auberge où je m'étais installé afin de séjourner avec eux. Je ne pus résister à tant de gentillesse, et fis ce qu'ils me suggéraient. C'est avec plaisir que je vis que leur maison était confortable, et située dans un bon quartier de la ville.

Après leur avoir transmis les compliments d'Edward, je leur demandai, d'une manière qui se voulait détachée, s'ils avaient vu les Elliot.

— Non, nous ne savons pas encore où ils logent, mais dès que nous aurons leur adresse nous irons leur rendre visite, me dit Sophia.

Je fus incapable de me reposer, et, sous prétexte d'affaires à régler, je sortis peu après dans l'intention de découvrir par moi-même où habitait Anne. Je n'étais pas allé loin lorsque je rencontrai un groupe de mes connaissances juste devant Milsom Street. Ils me proposèrent de me joindre à leur promenade, ce que j'acceptai volontiers.

— Mon beau-frère loue la propriété de sir Walter Elliot, qui est à Bath en ce moment, dis-je. Le connaîtriez-vous, par hasard ?

— Oui, nous avons été présentés. Il est ici avec sa fille, Miss Elliot, répondit Mr Lytham.

— Son autre fille est ici également. Elle les a rejoints depuis peu. Une certaine Miss Anne Elliot, commenta Mrs Lytham.

Je leur demandai s'ils savaient où habitait sir Walter, et, alors que nous entrions dans Milsom Street, Mrs Lytham m'informa que les Elliot louaient une maison à Camden Place.

Il se mit à pleuvoir, et je fus content d'avoir acheté un parapluie. J'allais l'ouvrir pour abriter les dames lorsque Mrs Lytham déclara qu'elle aimerait se procurer des rubans. Nous convînmes de nous rendre à la boutique ensemble pour échapper à l'averse. Nous étions à peine entrés lorsque je vis… Anne, juste devant moi !

Je sursautai, et me sentis pâlir. Après avoir imaginé notre rencontre d'innombrables fois, je ne l'avais jamais envisagée comme ceci, car jamais je n'avais pensé la croiser par hasard. Tous les discours que j'avais répétés s'effacèrent de mon esprit et je restai planté là, à la dévisager, tandis qu'un flot d'émotions déferlait en moi : surprise de la voir ici, soulagement de l'avoir trouvée, plaisir à être avec elle et déception qu'elle ne soit pas seule.

Elle, au contraire, semblait parfaitement calme. N'étais-je donc rien pour elle, qu'elle puisse me rencontrer à l'improviste et garder ainsi son visage serein ? M'avait-elle oublié, et oublié ce que nous avions autrefois été l'un pour l'autre ? Ces sentiments s'étaient-ils éteints en elle ? En était-elle venue à ne me considérer que comme une ancienne connaissance ?

J'avais pensé… espéré… que le fait qu'elle refuse Charles Musgrove signifiait que j'avais une chance. Et si cela montrait seulement qu'elle ne l'appréciait pas, ou qu'elle ne le jugeait pas assez bien pour elle, ou, comme Miss Musgrove le subodorait, que lady Russell ne l'aimait pas ?

— Miss Anne, bredouillai-je, gêné et soudain incapable de trouver mes mots. C'est un honneur et un plaisir de vous revoir.

Elle sourit et me fit une révérence.

Ce sourire me fit présumer que ma présence ne lui était pas totalement importune, et je voulais en dire davantage, mais comme l'un des membres du groupe avec lequel j'étais entré m'adressa la parole à ce moment-là, je dus me rendre près du comptoir. Dès que je me fus libéré, cependant, je retournai près d'Anne et me remis à parler, ne sachant guère ce que je disais, mais bien décidé à ne pas me taire pour autant. Je pris des nouvelles de son père, je crois, et lui parlai du temps, mais je n'étais pas à l'aise, pas dans mon élément, je ne parvenais pas à retrouver cette façon que nous avions autrefois de nous comprendre parfaitement et que nous avions perdue.

J'aperçus sa sœur et allais la saluer, mais Miss Elliot se détourna. Elle est tellement différente d'Anne !

— Où est la voiture ? demanda Miss Elliot. La voiture de lady Dalrymple devrait être arrivée. Mrs Clay, allez donc regarder par la fenêtre si vous la voyez.

Je reconnus en Mrs Clay la fille de Mr Shepherd, à présent veuve comme je l'avais appris. Elle s'approcha de la vitre comme on le lui ordonnait, et je craignis qu'Anne ne s'en aille. Je me tournai vers elle pour lui parler, espérant tirer le maximum de cette occasion, mais trop tard ! La voiture de lady Dalrymple était annoncée. Miss Elliot et Mrs Clay se dirigèrent aussitôt vers la porte, et je saisis la seule chance qui s'offrait à moi en proposant mon bras à Anne. Ainsi nous pourrions poursuivre notre conversation tandis que je la conduirais vers la voiture.

— Je vous suis très reconnaissante, mais je ne les accompagne pas. La voiture ne peut contenir autant de monde. Je marcherai et c'est ce que je préfère.

— Mais il pleut, objectai-je.

— Oh, très peu. Cela ne m'effraie pas, répliqua-t-elle.

Pris d'une inspiration soudaine, je lui offris mon parapluie. Puis une meilleure idée me vint, et je la suppliai de me laisser appeler un cabriolet pour elle.

— Je vous suis très reconnaissante, mais la pluie va cesser dans un moment, j'en suis certaine.

J'allais lui proposer mon bras en plus de mon parapluie, et la raccompagner chez elle, bénissant la Providence pour l'occasion qu'elle me présentait, quand Anne réduisit mes espérances à néant en m'apprenant qu'elle attendait son cousin, Mr Elliot, qui venait de partir faire une course et allait revenir d'une minute à l'autre.

Ainsi, Elliot était à Bath, et elle préférait se promener avec lui qu'avec moi. J'étais très abattu. Que lui avait-il dit pendant qu'ils séjournaient tous deux à Bath ? L'avait-il courtisée ? Avait-il conquis son cœur ?

À cet instant, je le vis descendre la rue, et une vague de tristesse me submergea. Il n'aurait pas le moindre mal à gagner l'approbation de sa famille, s'il désirait l'épouser. Sa sœur serait peut-être jalouse, il est vrai, et cela peinerait Anne pendant quelque temps. Mais à cette exception près, il était un excellent parti aussi bien par son âge, son allure, sa naissance que par sa fortune.

Considérerait-elle les choses ainsi ? Je lui jetai un regard. Je ne pouvais le croire. Non, pas Anne, qui avait un cœur aussi profond que le mien, et qui ne se marierait pas sans amour, j'en étais certain.

Mais peut-être l'aimait-elle. Peut-être voyait-elle en lui tout ce qu'elle avait vu en moi il y a huit ans.

Elliot entra. Je le reconnus parfaitement. Il n'y avait pas le moindre changement depuis le jour où je l'avais aperçu sur les marches à Lyme, admirant Anne tandis qu'elle passait. La seule différence était l'expression de son visage, car, alors qu'il l'avait autrefois regardée comme on contemple une inconnue, il posait à présent sur elle les yeux d'un ami cher. Il sembla n'avoir d'yeux que pour elle et ne penser qu'à elle, et s'excusa de son retard. Il était pressé de l'emmener sans autre délai, et avant que la pluie ne gagne en intensité. L'instant suivant, ils partaient ensemble, le bras d'Anne passé sous le sien, tandis qu'elle me saluait seulement d'un : « Bonne journée à vous ! »

À peine s'étaient-ils éloignés que les dames de mon groupe se mirent à parler d'eux, affirmant que Mr Elliot paraissait beaucoup apprécier Miss Anne. Mrs Lytham ajouta que son amie, Mrs Veer, lui avait révélé que Mr Elliot accompagnait sa famille partout, et qu'il était aisé de voir où tout cela mènerait.

J'étais écrasé par le chagrin. Perdre Anne au profit d'un homme comme Elliot, quand j'avais été si près de me déclarer !

— Elle est jolie, je trouve, Anne Elliot. Très jolie, même, quand on la regarde bien. Ce n'est pas l'avis général, mais j'avoue que je la considère plus belle que sa sœur, confia Mrs Lytham.

— Oh ! Moi aussi, renchérit Miss Stanhope.

— Moi également, confirma une autre. Il n'y a pas de comparaison. Mais les hommes sont fous de Miss Elliot. Anne est trop délicate pour eux. Qu'en pensez-vous, capitaine Wentworth ? Ne trouvez-vous pas que c'est elle la plus jolie des deux ?

J'allais répondre avec sincérité que si, en vérité, quand je me rappelai mes bonnes manières et déclarai qu'elles étaient toutes deux extrêmement belles.

— Très diplomatique ! commenta Lytham en riant.

— En effet, ajouta Mr Runcorne. Il ne faut jamais se laisser entraîner à comparer la beauté des dames, car on peut être sûr que cela leur reviendra aux oreilles, et même si l'on y gagne les éternels sourires de l'une, on s'attire l'inimitié définitive de l'autre.

Les hommes rirent de bon cœur, et les dames continuèrent à parler d'Anne.

— Une bien jolie demoiselle, et qui n'a ni l'orgueil de son père ni celui de sa sœur, commenta Miss Stanhope. Elle a une ancienne camarade d'école, une certaine Mrs Smith, vous savez, qui vit dans le dénuement à Westgate Buildings. Bien des gens renonceraient à cette fréquentation, car ce n'est pas un bon quartier, mais Miss Anne lui rend visite régulièrement.

— En êtes-vous certaine ? s'étonna Mrs Lytham.

— Absolument, car je l'ai vue moi-même alors que je passais en voiture.

— Alors, c'est un point supplémentaire en sa faveur. Mr Elliot aura donc une épouse bonne, en plus d'être jolie, conclut Mr Lytham.

— Ils se marieront au printemps, je pense, hasarda Mrs Lytham.

Se marier au printemps ! Je ne pouvais souffrir cette idée ! Perdre Anne, si vite, à cause d'un autre ?

— C'est impossible ! m'écriai-je.

Tous les regards convergèrent vers moi avec surprise, et je me sentis rougir d'embarras. Je cherchai désespérément comment justifier mon éclat, et par chance, je trouvai une explication.

— Il porte du crêpe à son chapeau. Il est en deuil.

— Ah, oui, c'est exact. À l'été, dans ce cas, supposa Mrs Lytham.

— Il se peut qu'il n'ait pas envie de se remarier, dis-je, plus pour moi-même que pour Mrs Lytham.

— Il ne paraît pas inconsolable. Au contraire, répliqua-t-elle. Il semble s'intéresser beaucoup à Miss Anne. Quel genre de femme était son épouse ?

— Une personne sans naissance, mais intelligente, accomplie, et héritière d'une belle fortune, à ce que l'on raconte, expliqua Miss Stanhope.

— Ah.

— Elle est tombée amoureuse de lui…

— Cela ne m'étonne pas, car il est bel homme.

— … et était bien décidée à l'épouser.

— Vraiment ? J'avais entendu dire que c'était lui qui l'avait poursuivie de ses assiduités.

— Pas le moins du monde. Il devait se marier avec Miss Elliot, déclara Miss Stanhope.

— Dans ce cas, Miss Elliot aurait dû s'accrocher tant qu'elle le pouvait.

— Elle a essayé, à de nombreuses reprises. Elle et son père sont allés à sa rencontre à Londres il y a une dizaine d'années. Ils lui ont fait un accueil grandiose et l'ont invité à Kellynch Hall, mais il était jeune à l'époque, très jeune même devrais-je dire, et il n'aimait pas les cousins campagnards, aussi a-t-il cherché à s'échapper.

— Ma chère, où avez-vous appris tout cela ?

— Aux *Pump Rooms*. Où voulez-vous que ce soit ? rétorqua Miss Stanhope.

— Ah oui, bien sûr.

— Et maintenant qu'il est veuf, il semblerait qu'il préfère Miss Anne, conclut Miss Stanhope.

— Elle sera la future lady Elliot, alors, et maîtresse de Kellynch. Cela sera difficile à supporter pour sa sœur. Mais j'en suis heureux. Je l'apprécie. Elle remplira ce rôle à merveille. Votre beau-frère loue la résidence des Elliot, je crois, capitaine Wentworth ?

— En effet, depuis cet automne.

— C'est une bonne période pour déménager. A-t-il l'intention d'y rester ?

— Pour le moment, oui.

— Dans ce cas, il faut souhaiter que sir Walter ne vienne pas à mourir prématurément, car son héritier voudra récupérer le domaine !

— A-t-il une grande fortune ? demanda Lytham.

— Oui, très grande, répondit Mrs Runcorne. Il est riche désormais, et vit de façon prodigue. Mon cousin l'a fréquenté en ville.

Ils se mirent à me questionner sur Kellynch Hall. Je n'avais pas envie d'en parler, car cela remuait trop de souvenirs. Mais les dames exigeaient une description précise des pièces principales.

À mon grand soulagement, cela sembla leur suffire, car on ne s'attarda ensuite pas davantage sur Anne et l'on discuta de leurs autres connaissances.

Je craignais toutefois que ce sujet redouté ne revienne, et je n'étais pas certain de pouvoir tenir ma langue si l'on devait encore évoquer Mr Elliot, aussi pris-je congé.

Je m'étais engagé à dîner avec Sophia et Benjamin. Mais je trouvai difficile de me concentrer sur la conversation à table. Je me surpris à essayer de déterminer ce que je dirais à Anne en la revoyant, mais rien de ce qui me venait à l'esprit ne me satisfaisait. Je décidai de m'en remettre à l'inspiration du moment, et j'espère seulement ne pas perdre mes moyens.

Vendredi 17 février

Je me dirigeai vers Camden Place, et, comme hier, je rencontrai Anne par hasard, cette fois en descendant Pulteney Street. À ma grande consternation, elle était accompagnée de lady Russell. Pire encore, dès qu'elle m'aperçut, Anne se tourna vers cette dernière.

Est-elle donc toujours sous la coupe de lady Russell ? me demandai-je.

Je n'avais aucun moyen de le savoir, mais si c'était le cas, je craignais que mes espoirs ne soient réduits à néant, car je n'avais aucune raison de croire que lady Russell m'apprécierait davantage aujourd'hui qu'il y a huit ans. J'avais certes fait fortune, mais une fois que lady Russell s'était forgé une opinion, il était peu vraisemblable qu'elle en change.

Lady Russell regarda dans ma direction, mais nos yeux ne se rencontrèrent pas. J'essayai de croiser ceux d'Anne, mais elle contemplait le sol, préférant ne pas me voir. J'aurais voulu traverser la rue pour aller lui parler, mais la présence de lady Russell et l'attitude d'Anne m'en dissuadèrent. Je tentai de reprendre courage, mais j'avais raté le bon moment.

Me maudissant moi-même intérieurement, je me demandai où et quand j'étais devenu un tel poltron. Jamais je n'ai eu peur de mener un vaisseau au combat ; mais parler à Anne, découvrir si oui ou non elle m'aimait encore… cela me terrifiait.

Samedi 18 février

Ce soir, un groupe de mes amis est parvenu à me persuader de me rendre au théâtre. La pièce était bonne mais je n'y pris aucun plaisir car Anne n'était pas là, et sans elle, ma présence n'avait aucun sens.

On m'invita à un concert mardi soir, et, ne trouvant pas de prétexte pour refuser, je fus contraint d'accepter.

J'espère avoir une occasion de parler à Anne d'ici là. Peut-être la verrai-je à l'église demain, à moins que je ne la croise dans les *Pump Rooms*. Si ce n'est pas le cas, il faudra que je me rende à Camden Place, que j'y sois le bienvenu ou pas, afin de présenter mes respects à sir Walter.

Dimanche 19 février

J'espérais voir Anne à l'église ce matin, mais il faut croire que sa famille fréquente une autre paroisse, car elle n'était pas là.

Mardi 21 février

Aujourd'hui, j'ai passé en vain la journée à attendre de croiser Anne dans les bâtiments publics, et je suis rentré chez ma sœur à temps pour dîner de bonne heure.

— Êtes-vous déjà allée saluer sir Walter ? lui demandai-je.

— Non, pas encore.

— Je crois que je m'y rendrai demain. Il me semble que je dois lui présenter mes respects.

— Bonne idée. J'irai avec vous, me dit-elle, et je vais tenter de convaincre Benjamin de nous accompagner.

Les choses ayant été arrangées d'une façon qui me convenait, je fus enfin capable de me détendre, et après le dîner, je me dirigeai vers la salle de concert de meilleure humeur. J'arrivai en avance, et décidai d'attendre le reste du groupe à l'intérieur. J'entrai dans la salle… et à ma grande surprise, rencontrai Anne. Elle était avec son père, sa sœur, et Mrs Clay. Son père me toisa froidement, et je choisis alors de me contenter de lui adresser une révérence avant de continuer mon chemin, espérant pouvoir parler à Anne plus tard dans la soirée, sans la présence gênante de sa famille. Mais elle s'approcha de moi et me dit :

— Comment allez-vous ?

À ces simples mots, je sentis l'espoir m'animer, car elle avait fait l'effort de venir me trouver, et tout n'était peut-être pas perdu.

Je m'arrêtai à son côté, et lui demandai des nouvelles de sa santé, puis de celle de ses proches. J'entendis son père et sa sœur chuchoter entre eux, et je vis avec étonnement sir Walter me saluer. Miss

Elliot l'imita, avec plus de lenteur et de réticence. Je leur répondis par une petite révérence – à la mesure de la leur – et tournai de nouveau mon attention vers Anne.

—J'espère que vous ne vous êtes pas trop mouillée, l'autre jour, en rentrant à pied sous la pluie.

—Non, pas du tout.

Il y eut un silence, et je sentis que je devais avancer, mais j'étais incapable de le faire.

—Peut-être un tout petit peu, disons, ajouta-t-elle.

—Cela a dû être inconfortable.

—Oh non, pas vraiment.

Nous restâmes de nouveau silencieux, et je m'efforçai désespérément de trouver un sujet de conversation, car je ne voulais pas la quitter, et elle ne semblait pas plus le souhaiter.

—Votre séjour à Bath vous plaît-il ? demandai-je.

—Oui, c'est très agréable, merci.

J'avais tant à lui dire que je ne savais par où commencer, mais je ne pouvais rien lui confier d'important au milieu de cette pièce sous le nez de son père et de sa sœur, alors que d'autres gens pouvaient entrer d'un instant à l'autre. J'aurais aimé être à Kellynch Hall, en train de marcher au bord de la rivière, Anne à mon côté, afin de pouvoir lui ouvrir mon cœur. Mais au lieu de cela, je devais me contenter de banalités.

—Cet endroit est très beau, déclarai-je.

—En effet, acquiesça-t-elle avec plus de chaleur que cela n'en méritait.

Cela m'encouragea, car elle n'était pas lassée de mes platitudes. Pourtant, j'étais incapable de trouver autre chose à ajouter. Je me maudis intérieurement pour ma stupidité.

— Le feu est chaud, dit-elle pour mettre fin à ce silence embarrassant.

— Vous êtes trop près de la cheminée, déclarai-je avec une sollicitude immédiate. Déplaçons-nous, je vous en prie.

— Non, non, je n'ai pas trop chaud, c'est juste… c'est juste que le feu est un peu vif, bredouilla-t-elle.

Le silence s'installa une fois de plus. Elle évitait de me regarder dans les yeux et contemplait un point par-dessus mon épaule, mais je n'aurais pu m'en plaindre, car après avoir osé lui lancer un regard, je détaillais pour ma part le plafond.

Quel était le sens de tout ceci ? Elle était embarrassée, je le voyais bien, mais pourquoi ? Brûlait-elle de m'ouvrir son cœur et de me confier à quel point je lui avais manqué ? Il me semblait que c'était trop espérer. Peut-être avait-elle honte de la froideur avec laquelle m'avaient accueilli son père et sa sœur. Ou de celle de lady Russell, qui m'avait croisé dans la rue sans m'adresser la parole. Peut-être essayait-elle d'apaiser nos dissensions passées, afin qu'à l'avenir nous puissions nous rencontrer sans gêne. Ou peut-être… et je sentis mon cœur se déchirer à cette pensée… peut-être qu'elle cherchait les mots pour m'annoncer qu'elle était fiancée à Mr Elliot.

Il fallait que je lui fournisse une ouverture, et je pensai que le sujet de Lyme était une bonne manière d'y arriver, car c'était là qu'elle l'avait vu pour la première fois.

—Je vous ai à peine vue depuis notre excursion à Lyme. Je crains que vous n'ayez souffert du choc, d'autant plus que vous n'y avez pas cédé sur le moment.

—Non, je vous assure, je n'étais pas bouleversée. J'étais juste heureuse de pouvoir me rendre utile auprès de Louisa et d'Henrietta.

—C'était une heure terrible…

Elle me revint en détail : la chute de Louisa, ma culpabilité et mes remords, la peur qu'elle ne soit morte. Mais les choses avaient mieux tourné que je ne l'aurais cru possible, et, retrouvant le sourire, je conclus :

—Cet accident a eu des conséquences absolument opposées. Lorsque vous avez eu la présence d'esprit de suggérer que Benwick était le plus à même de trouver un médecin, vous ne pouviez guère vous douter qu'il serait un jour le plus attentif de nous tous à sa guérison.

Elle en convint, et ajouta qu'elle pensait que ce serait un mariage heureux, car les deux jeunes gens avaient de bons principes et un agréable caractère.

—De toute mon âme, je leur souhaite beaucoup de joie, et je me réjouis de toute circonstance qui a pu y contribuer, renchéris-je du fond du cœur.

Mais alors que je parlais des Musgrove, et de leur tendresse de parents qui se souciaient du confort de leur fille, je me surpris à perdre peu à peu de vue Louisa et James pour songer à Anne et moi, car Anne ne recevait pas un tel amour de la part de sa famille.

Je me tus en m'apercevant de la tournure qu'allait prendre mon discours. Un coup d'œil à Anne me montra que ses idées avaient suivi le même cours, car elle rougissait. Plus encore, elle contemplait ses pieds. Je me souvins de ce que nous avions traversé : bien des difficultés à contourner, des oppositions, de la mauvaise volonté... toutes choses que Benwick n'aurait pas à subir.

Je cherchai un autre sujet à aborder, je m'aperçus que je ne pouvais plus supporter de parler de la pluie et du beau temps, et qu'il fallait que je lui laisse entrevoir le fond de mes pensées. Il fallait qu'elle comprenne que mes sentiments n'avaient pas changé, car peut-être – peut-être, si elle n'était pas irrévocablement décidée à épouser Mr Elliot – qu'elle pourrait encore m'aimer. Je me raclai la gorge et repris, d'une voix hésitante, sans savoir vraiment quoi dire, craignant d'en dévoiler trop, ou trop peu :

— Je dois avouer que je trouve qu'il y a une disparité, une trop grande disparité, sur un point aussi essentiel que l'esprit. Je considère Louisa Musgrove comme une jeune fille aimable, au caractère agréable, et qui n'est pas idiote, mais Benwick est plus que cela. Si son amour n'avait été que l'effet de la reconnaissance, s'il en était venu à l'aimer parce qu'il pensait qu'elle le préférait à quelque autre, ce serait différent. Mais je n'ai aucune raison de le croire. Il semblerait, au contraire, que ce sentiment ait été absolument spontané du côté de Benwick, et c'est ce qui m'étonne. Un homme comme lui, dans sa situation ! Avec le cœur déchiré, blessé, presque brisé ! Fanny Harville était une personne très supérieure… (je regardai Anne, espérant lui faire comprendre que je la considérais comme très supérieure elle aussi) et il lui était profondément attaché, expliquai-je en tentant de nouveau de transmettre par mon regard l'idée que mon attachement était également très profond. Un homme ne se relève pas après avoir été aussi dévoué à une telle femme ! Il ne devrait pas… Il ne s'en remet pas.

Si un jour un homme dévoila son amour grâce à ses yeux, je crois bien que c'était moi à cet instant. J'attendis, haletant, la réponse d'Anne, mais elle resta muette. Je me demandai si j'étais allé trop loin, si j'en avais trop dit. J'ignorais si elle m'avait compris, ou si elle pensait que je parlais simplement de Benwick. Elle ne semblait pas savoir comment réagir.

Finalement, elle reprit la parole :

— J'aimerais beaucoup revoir Lyme.

J'en fus étonné.

— Vraiment ! Je n'aurais pas cru que vous ayez trouvé à Lyme de quoi vous inspirer de tels sentiments. La peur et la tristesse que vous avez éprouvées là-bas, la fatigue mentale et nerveuse ! J'aurais plutôt pensé que l'endroit vous dégoûtait à présent.

— Les dernières heures ont certes été pénibles, reconnut-elle, mais quand la peine est apaisée, le souvenir en devient souvent agréable. On n'aime pas moins un endroit parce qu'on y a souffert, sauf si l'on n'y a rien connu d'autre que la douleur, ce qui n'était pas du tout le cas à Lyme. Seules les deux dernières heures nous ont apporté anxiété et malheur, et avant, nous avons passé de délicieux moments. Tout était si nouveau et si beau ! J'ai si peu voyagé que tout endroit inconnu est intéressant à mes yeux. Cependant, Lyme est réellement une jolie ville qui m'a semblé très agréable, dit-elle en rosissant.

J'étais submergé d'émotions diverses. Était-ce grâce à moi que ses souvenirs étaient agréables ? Si oui, quel bonheur ! Ou bien était-ce parce qu'elle y avait vu Mr Elliot pour la première fois ? Dans ce cas, quel désespoir !

Je mourais d'envie de lui poser la question, mais un brouhaha s'éleva soudain dans la pièce. Celle-ci s'était remplie peu à peu pendant que je conversais avec Anne, et la foule réagissait à l'arrivée de lady Dalrymple. Anne s'éloigna pour aller à sa rencontre, et je restai seul, à me demander si l'empressement d'Anne à la saluer était lié au fait que lady Dalrymple était escortée par Mr Elliot.

Ils formaient un groupe joyeux. Lady Dalrymple prenait plaisir à l'adulation dont elle faisait l'objet. Sir Walter et Miss Elliot se pavanaient, enorgueillis de compter parmi ses connaissances. Mr Elliot était fasciné par Anne. Et Anne… semblait ravie de le retrouver. J'en eus le cœur brisé, et, ne pouvant le supporter, je quittai la pièce.

Lorsque enfin je repris conscience de mon environnement, j'étais dans la salle de concert. Mrs Lytham ne tarda pas à me trouver et commença à me parler du programme. J'étais incapable de tenir des propos cohérents, mais par chance, elle adorait tellement la musique qu'elle parla pour deux.

— Je vois que lady Dalrymple est ici, me dit-elle.

Je suivis son regard… Je pouvais difficilement m'en empêcher, comme le groupe de lady Dalrymple entrait avec une ostentation destinée à attirer toute l'attention. Je me détournai, mais pas avant d'avoir vu Anne – radieuse, les yeux brillants et les joues animées d'une lumière intérieure – s'asseoir dans l'une des rangées les plus en vue, à côté de Mr Elliot.

Je m'installai le plus loin possible, afin de ne pas les voir ensemble, mais même ainsi, je ne pouvais cesser de la contempler. Je l'apercevais par instants, à travers une forêt de parures de plumes, le visage tourné vers Mr Elliot, et dans la pause qui suivit un air italien, je subis la mortification de la voir lui parler à voix basse, en aparté, leurs têtes se touchant presque.

Il y eut un entracte, et Cranfield me héla de loin. Il discutait musique et politique avec un groupe d'amis, et je fus contraint de me joindre à eux. J'avais du mal à me concentrer sur la conversation, cependant, et je ne pouvais m'empêcher de tourner les yeux vers Anne. Elle était toujours avec Mr Elliot ; toujours en train de lui parler ; toujours ravie de sa compagnie.

J'entendis soudain mon nom, et je m'aperçus que sir Walter et lady Dalrymple étaient en train de parler de moi. Je ne percevais pas ce qu'ils disaient, mais je pouvais imaginer les paroles de sir Walter : « Le capitaine Wentworth a eu autrefois la prétention de vouloir épouser ma fille, mais, comme vous pouvez le voir, elle a fait un meilleur choix, et a l'intention de se marier avec le futur baronnet. » Il ne m'a jamais apprécié, et doit donc se réjouir de ma défaite.

La pièce commença de nouveau à se remplir pour la deuxième partie du spectacle, et je remarquai que Mr Elliot ne retournait pas à sa place à côté d'Anne. Malgré ma peur, je profitai de l'opportunité et m'avançai dans le but de m'installer près d'elle, mais d'autres furent plus prompts que moi, et la rangée ne tarda pas à être occupée. Je continuai toutefois à surveiller, car je ne pouvais m'en empêcher. Et ma bonne fortune voulut qu'ils se lassent bientôt de la musique et quittent la salle. Il y avait une place à côté d'Anne. J'hésitai, de nouveau tourmenté par le doute. Fallait-il m'approcher d'elle, au risque de découvrir que je n'étais pour elle rien de plus qu'une vieille connaissance ? Ou ne rien faire, et peut-être laisser passer la chance ?

Je pris mon courage à deux mains et m'approchai d'elle.

— J'espère que vous appréciez le concert. Je m'attendais à y prendre plus de plaisir, dis-je, en songeant que si Mr Elliot n'avait pas été présent, j'aurais certainement vécu une meilleure soirée.

— Le chant n'est pas de premier ordre, c'est vrai, mais il y a quelques belles voix, et l'orchestre est bon, répliqua-t-elle.

Je fus réconforté par le fait qu'elle soit disposée à me parler, et qu'elle ne semble pas chercher Mr Elliot des yeux. Je commençais juste à profiter de notre conversation, et m'apprêtais à m'asseoir sur le siège à côté d'elle, quand Mr Elliot vint lui tapoter l'épaule.

— Je vous demande pardon, mais on a besoin de votre aide, lui dit-il. Miss Carteret brûle de savoir ce que nous allons entendre ensuite, et elle aimerait que vous lui traduisiez les chants qui sont en italien.

Sa façon de la toucher était tellement intime, et son ton si confiant, que toute joie me quitta. Je ne pouvais pas rester là à écouter ces airs à la beauté si déchirante et leurs paroles italiennes romantiques, pendant que Mr Elliot se tenait derrière nous, prêt à lui toucher de nouveau l'épaule à n'importe quel moment avec des allures d'amant incontesté, et à se pencher vers elle pour murmurer à son oreille, leurs pensées se répondant de façon harmonieuse. Je ne pouvais le supporter. Je savais qu'il fallait que je parte avant le début de la seconde partie, avant de me retrouver piégé dans la pire souffrance. Je m'excusai à la hâte :

— Je dois vous souhaiter une bonne soirée. Je vous laisse.

— Ce morceau ne mérite-t-il pas que vous restiez ? me demanda-t-elle, surprise.

— Non ! Rien ne vaut que je reste, m'écriai-je d'un ton amer.

Et sur ces mots, je quittai la pièce précipitamment.

J'arrivai chez Sophia à temps pour le souper, mais je fus incapable de lui prêter attention. Prétextant une grande fatigue, je me retirai dans ma chambre, où je ne pensai qu'à Anne et à Mr Elliot... Mr Elliot et Anne.

Mercredi 22 février

En m'éveillant, je découvris que le soleil d'hiver brillait à travers mes rideaux, mais la luminosité, qui d'ordinaire m'aurait réjoui, ne put me rendre le bonheur, car le souvenir du concert était trop vif dans mon esprit.

Vendredi 24 février

Après le petit déjeuner, je sortis marcher, et à ma grande surprise, la première personne que je rencontrai fut Charles Musgrove ! Nous sursautâmes tous deux, puis sourîmes en nous reconnaissant, et ensuite Charles me sembla gêné. Je voyais bien qu'il songeait à Louisa, se demandant si j'avais été blessé par l'annonce de ses fiançailles. Je me hâtai de le mettre à l'aise.

— Je suis ravi de vous voir, Musgrove. Nous ne nous sommes pas croisés depuis Lyme. Qui aurait cru que cet accident aurait eu des conséquences si heureuses ? J'ai été tellement content d'apprendre les fiançailles de votre sœur ! Une jeune fille si courageuse et si belle mérite chacune des joies que la vie peut apporter, et je crois que Benwick est exactement l'homme capable de les lui donner. C'est un excellent homme, doté d'un caractère stable, et je me réjouis pour eux du fond du cœur.

— C'est gentil à vous de dire cela, Wentworth, répliqua-t-il en me serrant la main avec chaleur, l'air soulagé. Je pensais… mais oublions cela, c'est le passé, et je sais que ma sœur sera heureuse d'apprendre que vos vœux l'accompagnent.

— C'est le cas, bien sincèrement.

Les choses étant ainsi réglées entre nous, nous nous mîmes à marcher de concert, et je lui demandai ce qu'il faisait à Bath.

— Je suis ici avec ma famille. Ma mère est avec moi, ainsi que Mary bien sûr, et les Harville également. Je ne sais pas si vous êtes au courant, mais ma mère a invité les Harville à Uppercross quand ma sœur a été en état de voyager. Elle voulait les remercier de tout ce qu'ils avaient fait pour Louisa. Je crois pouvoir dire qu'ils ont apprécié leur séjour, et les enfants se sont beaucoup amusés ensemble. C'est Harville qui nous a donné l'idée de venir visiter Bath, car il avait besoin de s'y rendre pour affaires, et j'ai décidé de l'accompagner, car on s'ennuie à la campagne à cette époque de l'année. Alors Mary a déclaré qu'elle ne supporterait pas de ne pas faire partie du voyage, ma mère a dit qu'elle aimerait rendre visite à des amis qu'elle a ici, et Henrietta a pensé que ce serait une excellente occasion d'acheter sa robe de mariée. Aussi nous voici, tous les six, prêts à nous amuser de bien des façons !

— Merveilleuse idée ! Je suis content que Henrietta et Hayter aient décidé de ne pas attendre avant de se marier. Les trop longues fiançailles sont une mauvaise chose, à mon avis. Si deux personnes sont amoureuses, elles devraient officialiser leur affection aussitôt.

En prononçant ces mots, je songeais à Anne et moi. Si seulement nous avions eu l'occasion d'en faire autant en 1806 !

— Vous avez sans doute raison, même si je ne crois pas qu'ils se seraient lancés sans le grand coup de chance qu'ils ont eu. Vous savez quoi, Wentworth ? Hayter a reçu une paroisse !

— Vraiment ? J'en suis heureux pour lui. Où est-elle située ?

— À seulement vingt-cinq miles d'Uppercross, dans le Dorsetshire. Elle ne lui est pas acquise définitivement. Il l'occupe de façon temporaire, car il devra la libérer pour le jeune homme à qui elle est destinée, lorsqu'il aura l'âge de la prendre. Mais ce ne sera pas avant plusieurs années, et d'ici là, Hayter aura sans aucun doute décroché une autre charge.

— Cela semble parfait.

— Oui, je me réjouis pour eux, dit Musgrove avant de passer à des sujets qui nous concernaient davantage. Je viens de réserver une loge au théâtre pour demain soir. J'espère que vous vous joindrez à nous.

J'acceptai avec empressement.

Harville nous rejoignit, revenant d'une course qu'il avait faite pour l'une des dames. Nous repartîmes tous les trois.

— Vous monterez bien pour saluer ma mère ? me proposa Musgrove alors que nous approchions du *White Hart.*

— Avec le plus grand plaisir.

Nous entrâmes dans l'auberge. Musgrove passa devant, et je me retrouvai derrière avec Harville. L'époque où nous servions ensemble dans la Marine semblait bien loin. La vie en mer a ses problèmes, mais je me surpris à penser qu'elle était plus simple que celle que l'on mène sur la terre ferme.

— Parlez-moi de Louisa Musgrove, demandai-je. Est-elle entièrement remise ?

— Elle se porte bien, mais elle n'est pas aussi animée qu'autrefois, à ce que j'ai compris. Bien sûr, je ne l'ai pas connue avant son accident, mais sa famille a souvent dit qu'elle passait son temps à chanter, à danser et à folâtrer.

— Oui, c'est exact, répliquai-je.

— Je ne sais pas si sa langueur s'estompera. Peut-être qu'au fur et à mesure de sa guérison, sa vigueur lui reviendra.

— C'était très aimable à vous et à Harriet de vous occuper d'elle.

— Nous l'avons fait avec plaisir. Vos amis sont nos amis, Wentworth... J'ai cru, à un moment, que vous aviez l'intention de l'épouser. Je me suis trompé, semble-t-il.

— J'étais un ami de la famille, rien de plus. Je me réjouis que Benwick et elle soient heureux.

Il resta silencieux.

— Ces fiançailles ne vous plaisent pas ?

— Si, bien sûr, finit-il par soupirer après une hésitation. James est un homme bien, et elle paraît adorable. C'est juste que... je sais que c'est égoïste de ma part, mais je n'aime pas l'idée qu'il oublie Fanny. Ils sont restés fiancés pendant des années, Wentworth, et elle n'est morte que depuis sept mois.

— C'était une jeune fille merveilleuse, supérieure à tous égards, dis-je avec douceur.

— Oui, c'est vrai. Je ne suis pas objectif, bien sûr, car elle était ma sœur, mais je crois vraiment qu'elle avait quelque chose de particulier. Et James le pensait aussi. Mais maintenant... elle me manque.

Je lui parlai de sa beauté et de son excellente nature, rappelant les moments que nous avions passés tous les trois, et Harville recouvra le sourire.

— Vous avez raison, bien sûr. James a le droit d'être heureux, et je suis content pour lui. Cela m'a juste semblé tellement rapide... Mais mieux vaut trop tôt que trop tard. Je suis content pour lui. C'est vrai.

Nous montâmes dans la chambre de Mrs Musgrove, et dès le seuil franchi, je vis Anne.

Je fus abasourdi, et pourtant j'aurais dû m'y attendre, car l'arrivée des Musgrove devait nécessairement nous mettre en contact à un moment ou à un autre. Nous étions tous deux liés à eux amicalement. Pourtant, je craignais de me laisser aller si je ne me contentais pas de la saluer poliment. Elle me regarda comme si elle souhaitait m'attirer auprès d'elle, et je me demandai pendant un instant si je ne m'étais pas trompé, après tout, en pensant qu'il y avait quelque chose entre Mr Elliot et elle.

Mes espoirs furent tués dans l'œuf, cependant, car Mary, debout près de la fenêtre, dirigea notre attention sur un gentleman en contrebas.

—Anne, voici Mrs Clay, j'en suis certaine, sous les colonnades, et il y a un homme avec elle. Je les ai vus arriver de Bath Street à l'instant. Ils sont en grande conversation. Qui est-ce ? Venez vite me le dire. Juste ciel ! Je le reconnais ! C'est Mr Elliot en personne.

—Non, cela ne peut pas être Mr Elliot, je vous assure. Il devait quitter Bath ce matin à 9 heures, et ne revenir que demain, objecta Anne.

Ainsi, elle était informée de ses moindres allées et venues !

—Je suis certaine que c'est lui, rétorqua Mary, vexée. On peut tout de même espérer que je sais reconnaître mon propre cousin ! Il a les traits des

Elliot ; c'est l'homme que nous avons vu à Lyme. Si seulement vous vouliez bien venir regarder par la fenêtre, Anne !

Anne sembla embarrassée, ce qui n'était pas étonnant, car tous les yeux étaient posés sur elle, mais comme elle ne disait rien, tout le monde se tut. Il y eut un silence gêné.

— Venez, Anne, s'il vous plaît, insista Mary. Voyez par vous-même. Vous allez le rater si vous ne vous dépêchez pas. Ils se disent au revoir. Ils se serrent la main. Il se détourne. Pas maintenant, Mr Elliot, je vous en prie ! Vous paraissez avoir tout oublié de Lyme !

Enfin, Anne s'approcha de la fenêtre. Que signifiait son hésitation ? Qu'elle ne voulait pas le voir ? Ou qu'elle ne voulait pas sembler impatiente de le voir ? J'aurais donné cher pour lire dans ses pensées.

— Oui, c'est Mr Elliot, sans aucun doute, confirma-t-elle d'une voix calme. Il a changé l'heure de son départ, je suppose, rien de plus. À moins que je ne me sois trompée.

C'était bon signe. Si elle s'était trompée, alors c'est qu'elle ne lui avait pas accordé beaucoup d'attention lorsqu'il lui avait fait part de ses plans.

Quelle torture d'examiner ainsi chaque phrase en me demandant si elle cachait l'existence une idylle entre eux, ou l'inverse !

— Eh bien, maman, déclara Musgrove lorsque Mrs Clay et Mr Elliot eurent disparu de notre vue, j'ai fait quelque chose qui devrait vous plaire. Je suis allé au théâtre afin de réserver une loge pour demain. Je sais que vous aimez assister aux pièces, et il y a de la place pour nous tous. J'ai invité le capitaine Wentworth. Anne ne sera pas fâchée de se joindre à nous, j'en suis sûr. Nous adorons tous le théâtre.

— Quelle bonne idée ! s'écria Mrs Musgrove. Du moment que Henrietta est d'accord…

— Dieux du ciel ! Charles, où avez-vous la tête, s'offusqua Mary. Avez-vous oublié que nous nous sommes engagés à nous rendre à Camden Place demain soir ? Et que l'on nous a tout particulièrement invités afin d'y rejoindre lady Dalrymple, sa fille, et Mr Elliot, tous nos parents les plus importants, afin de leur être présentés ? Comment pouvez-vous oublier des choses pareilles ?

Une dispute s'ensuivit entre les époux. Charles affirmait n'avoir fait aucune promesse en ce sens, et Mary prétendait le contraire. J'observai Anne, afin d'essayer de lire sur son visage si elle était ou non impatiente de revoir Mr Elliot.

— Après tout, qui est pour moi ce Mr Elliot ? cria Charles pour mettre un terme à l'affaire.

Je me hâtai de regarder Anne une nouvelle fois, me demandant qui ce Mr Elliot était pour elle… Mais elle resta parfaitement impassible, et ne changea même pas d'expression lorsque Mrs Musgrove suggéra que Charles retourne au théâtre pour décaler la réservation à mardi.

— Ce serait dommage de nous séparer, et nous pourrions perdre Anne dans l'histoire, si son père organise un dîner. Je suis certaine que ni Henrietta ni moi ne prendrions plaisir au spectacle si Anne n'était pas avec nous.

Le souffle court, j'attendis la réponse de l'intéressée.

— Si cela dépendait seulement de moi, madame – mais je ne veux pas contrarier Mary –, je préférerais aller au théâtre qu'assister à la soirée de mon père. Je n'aime pas ce genre de réunions, et je serais trop heureuse d'aller regarder une pièce, pour changer, et qui plus est en votre compagnie.

Mais Mary se montra intraitable : on ne pouvait renoncer à la soirée. Aussi fut-il décidé que l'on irait au spectacle le mardi.

Je me levai, bouleversé par ce que je venais d'entendre. Elle n'aimait pas ce genre de réunions ! Elle n'aimait pas la compagnie de Mr Elliot ! Elle préférait aller au théâtre !

Je m'approchai d'elle en feignant de vouloir m'installer près du feu pour ne pas attirer l'attention, et essayai de trouver quelque chose à lui dire.

— Vous n'êtes pas à Bath depuis suffisamment longtemps pour avoir pu apprécier les soirées de la ville, alors ?

— Oh, non. Ce n'est vraiment pas le genre d'amusement qui me plaît. Je ne joue pas aux cartes.

C'était là l'ouverture que j'attendais, et je la saisis, toute mince qu'elle fût.

— Je me souviens en effet que vous n'y jouiez pas autrefois, vous n'aimiez pas cela. Mais le temps change bien des choses, déclarai-je d'un air plein de sous-entendus.

— Je n'ai pas changé tant que cela, me lança-t-elle sur un ton qui semblait également chargé de sens.

Elle n'avait pas tant changé. Et pourtant…

— Cela fait longtemps, en vérité ! Huit ans et demi, ce n'est pas rien ! m'écriai-je sans m'apercevoir que je parlais si fort.

J'en aurais dit plus, mais Henrietta vint supplier Anne de l'accompagner pour faire une course.

— Volontiers, lui répondit Anne d'un air peu convaincu.

Elle donnait plutôt l'impression d'avoir envie de rester.

Mais quelque chose allait la retarder. On entendit du bruit ; d'autres visiteurs approchaient, et la porte s'ouvrit à la volée. Sir Walter et Miss Elliot entrèrent.

Aussitôt, je me sentis oppressé, et je devinai qu'Anne ressentait la même chose. L'aisance, la liberté et la gaieté qui avaient régné dans la pièce disparurent, étouffées par la bonne tenue, le silence froid et déterminé, les propos insipides auxquels on s'astreignait pour égaler l'élégance des nouveaux venus.

Je fus surpris de les voir me saluer, qui plus est de façon un peu plus aimable que la fois précédente. Je me demandai ce qui avait pu me faire monter dans leur estime. Peut-être lady Dalrymple avait-elle parlé de moi en termes élogieux, car je ne savais pas ce qui aurait pu satisfaire leur vanité à part cela.

— Capitaine Wentworth, me lança Miss Elliot avec un sourire.

Je me contentai de lui faire froidement la révérence. Je n'avais pas oublié sa manière de traiter Anne.

Il s'avéra que son père et elle étaient venus pour distribuer des invitations à leur soirée.

— Demain soir, pour rencontrer des amis. Rien de formel, dit-elle.

Elle déposa ses cartes de visite sur la table avec un sourire courtois, qui s'adressait également à moi. Elle alla même jusqu'à me tendre elle-même une invitation. Je la pris d'un air poli, même si je n'éprouvais que du dédain. Ils ne m'accordaient aucune valeur il y a huit ans, et ce serait toujours le cas aujourd'hui si d'autres ne leur avaient pas ouvert les yeux. Et je savais que je perdrais leur amitié à l'instant où lady Dalrymple – ou toute autre personne en vue – prononcerait un mot contre moi. Mais c'était une invitation, et elle me permettrait de voir Anne.

— Rendez-vous compte, Elizabeth invite tout le monde ! Ce n'est pas étonnant que le capitaine Wentworth soit ravi, on dirait qu'il ne veut pas lâcher sa carte, murmura Mary suffisamment fort pour être entendue de tous.

Je me sentis rougir de mépris, et, en croisant le regard d'Anne, je sus qu'elle partageait mon sentiment. Cela me décida. J'irai à la soirée. Je n'étais pas certain qu'Anne soit amoureuse de Mr Elliot, et je ne me considérerais pas comme vaincu tant que leurs fiançailles ne seraient pas annoncées.

Je fis une révérence, et, gardant un peu d'espoir, je laissai les demoiselles partir faire leurs achats.

Samedi 25 février

Lorsque je me suis éveillé ce matin, il pleuvait à verse, mais il en aurait fallu davantage pour me tenir éloigné du *White Hart*. J'escortai ma sœur et Benjamin et nous arrivâmes aussitôt après le petit déjeuner. À ma grande déception, Anne n'était pas là. Sophia fut bientôt plongée dans une conversation avec Mrs Musgrove, et je me lançai dans une discussion avec Harville. Mary et Henrietta ne cessaient d'aller regarder par la fenêtre et de se plaindre de la pluie. Dès que le ciel s'éclaircit, Henrietta s'exclama :

— Enfin ! Allons, Mary, partons à l'instant !

— Ne voulez-vous pas attendre Anne ? demanda Mary.

— Je n'attendrai personne, je suis impatiente de commencer mes achats. J'ai vu hier de la dentelle que je dois absolument me procurer, ainsi qu'un nouveau chapeau dont je ne pourrais me passer. Maman, il faut que vous empêchiez Anne de partir. Une fois qu'elle sera arrivée, assurez-vous qu'elle reste jusqu'à notre retour. Je ne voudrais la rater pour rien au monde.

J'étais heureux de voir à quel point Henrietta appréciait Anne. Elle n'avait de toute évidence pas oublié comment Anne lui était venue en aide à Lyme.

Les deux jeunes femmes partirent, et Anne entra peu après. Je fus immédiatement conscient de sa présence, même si je ne pouvais me dégager de la conversation de Harville, car il m'avait demandé de l'assister dans la rédaction d'un courrier d'affaires. Voulant en finir au plus vite, je suggérai de l'écrire aussitôt.

On disposa du papier et une plume sur un bureau à l'extrémité de la pièce. Je m'y installai et commençai à rédiger. Je me consolai en me disant que je ne ratais pas de discussion importante, car Mrs Musgrove parlait à Sophia des fiançailles de Henrietta avec tant de détails que je suis certain qu'il fallut à ma sœur de véritables trésors de patience pour garder un air intéressé jusqu'au bout.

— Et donc nous avons pensé qu'il valait mieux qu'ils se marient tout de suite et s'arrangent par la suite, comme tant d'autres avant eux. En tout cas, d'après moi, ce sera mieux que de trop longues fiançailles, conclut Mrs Musgrove.

— Vous m'ôtez les mots de la bouche, renchérit Sophia. Il vaut mieux que les jeunes gens s'installent avec un faible revenu et traversent quelques difficultés ensemble, plutôt que d'attendre trop longtemps. Je crois qu'il n'y a pas d'affection mutuelle qui ne puisse…

Je n'écoutai pas la suite, car il fallait que je me concentre sur mon courrier, mais lorsque je l'eus achevé, Sophia était encore en train d'exprimer tout le mal qu'elle pensait des interminables fiançailles.

Je poudrai la lettre. En me voyant faire, Harville se leva, s'approcha de la fenêtre, et d'un sourire, invita Anne à le rejoindre. Ils se tenaient à présent si près de moi que je ne pus m'empêcher d'entendre leur conversation.

— Regardez, dit-il en ouvrant un petit paquet pour lui montrer une miniature, savez-vous qui c'est ?

Anne la prit et reconnut le capitaine Benwick.

Harville expliqua que l'objet était destiné à Louisa.

— Mais, ajouta-t-il tristement, elle n'a pas été réalisée pour elle. Elle a été peinte au Cap, pour répondre à une promesse faite à ma pauvre sœur, et il la rapportait pour elle. Et à présent, la tâche de la faire sertir pour une autre m'incombe ! Comme si j'étais la personne la mieux placée ! Mais à qui d'autre aurait-il pu le demander ? J'espère m'en acquitter pour lui. Cependant, c'est sans regret, en vérité, que je confie cette mission à un autre. C'est Wentworth qui s'en charge, expliqua-t-il en désignant la lettre que j'étais occupé à rédiger. Il est en train d'écrire en ce moment même. Pauvre Fanny, murmura-t-il. Elle ne l'aurait pas oublié si vite, elle !

— Non, dit Anne d'une voix vibrante de sympathie, je veux bien le croire.

Sa compassion lui valut la gratitude de Harville. Moi aussi, je lui fus reconnaissant de la consolation qu'elle apportait à mon ami. Ainsi mis en confiance, il expliqua :

— Ce n'était pas dans son caractère. Elle était folle de lui.

— Ce ne serait dans le caractère d'aucune femme vraiment amoureuse, répliqua Anne.

Je sursautai, et fus heureux que personne ne soit assez proche de moi pour s'en apercevoir. Pouvais-je y croire ? Anne venait-elle vraiment de dire qu'une femme qui a vraiment aimé ne pourrait jamais oublier un homme si vite ? Et se pouvait-il qu'il y ait un sous-entendu à ses paroles ? Car il me sembla qu'elle me lançait un regard furtif. Voulait-elle dire qu'elle ne m'avait pas oublié ? Je sentis l'espoir renaître... puis s'effondrer. Les deux situations n'étaient pas comparables. Fanny était morte depuis quelques mois seulement, et Anne et moi avions été séparés pendant huit ans. Ce n'était pas du tout la même durée.

Même ainsi, je tendis l'oreille pour entendre la suite, car j'étais certain que ses mots avaient plus de sens que ce que Harville pouvait percevoir, et j'avais les nerfs à vif. Je l'épiai dans le miroir accroché au mur au-dessus du bureau, afin de tenter de lire son expression. À côté d'elle, je vis Harville sourire et secouer la tête.

Anne parla d'un ton plus ferme :

— Nous ne vous oublions certainement pas aussi vite que vous nous oubliez. C'est sans doute notre fardeau plus que notre mérite. Nous n'y pouvons rien. Nous vivons dans le cercle restreint de notre foyer, à l'abri des rencontres, et nos sentiments nous dévorent. À l'inverse, vous êtes contraints à l'exercice. Vous avez toujours une profession, des objectifs, des affaires d'une sorte ou d'une autre, qui vous ramènent aussitôt dans le monde. Le changement et l'occupation incessante ne tardent pas à affadir les impressions.

Était-ce vraiment le fond de sa pensée ? Croyait-elle que les occupations et l'exercice avaient affadi mes impressions ? Que je l'avais oubliée, pressé par d'autres soucis ?

Cette idée me prenait par surprise, et me troublait grandement.

— Si l'on admet votre hypothèse que le monde extérieur accomplisse cela si rapidement sur les hommes – ce que je ne crois pas, cependant –, répliqua Harville qui me réconfortait sans le savoir en prenant ainsi la défense de l'ensemble du sexe fort, cela ne s'appliquerait pas à Benwick. Il n'a été contraint à aucun exercice. La paix l'a ramené à terre à ce moment exact, et il vit avec nous, dans notre petit cercle familial, depuis lors.

— C'est vrai, dit Anne, c'est absolument vrai. Je ne m'en souvenais pas, mais que dire, alors, capitaine Harville ? Si le changement n'a pas été causé par des circonstances extérieures, c'est qu'il est venu de l'intérieur. Ce doit être la nature, dans ce cas, la nature masculine, qui a eu cet effet sur le capitaine Benwick.

Je brûlais de prendre la parole, mais je n'osais pas, car qui sait ce que j'aurais pu dire ? Peut-être aurais-je laissé s'exprimer mon cœur devant tout le monde, les stupéfiant par la ferveur de ma passion.

— Non, non, ce n'est pas la nature masculine, objecta Harville. Je ne pense pas qu'il soit plus propre à l'homme qu'à la femme d'être inconstant et d'oublier ceux qu'il aime, ou a aimés. Je crois tout le contraire. Je pense qu'il existe une véritable analogie entre notre corps et notre esprit, et que puisque notre corps est plus fort, c'est aussi le cas de nos sentiments. Ils sont capables de supporter les circonstances difficiles et d'affronter les tempêtes.

— Vos sentiments sont peut-être plus forts, mais la même analogie me permettra d'affirmer que les nôtres sont plus tendres. Vous êtes toujours occupés par votre dur labeur, exposés au risque et aux pires obstacles. Votre foyer, votre pays, vos amis, tout cela est derrière vous. Ni votre temps, ni votre santé, ni votre vie ne vous appartiennent vraiment. Cela serait trop dur, en vérité, si vous deviez traverser tout cela avec la sensibilité d'une femme !

À ces mots, elle fut submergée par l'émotion et je fis tomber ma plume sur le sol dans mon agitation. Je faillis laisser échapper tout ce que j'avais à dire.

Harville, son attention attirée par le bruit, me demanda si j'avais fini ma lettre. J'allais lui avouer que oui lorsqu'une idée me vint.

— Pas tout à fait, il manque encore quelques lignes. J'aurai terminé dans cinq minutes.

Je tirai une nouvelle feuille vers moi, ramassai ma plume, la trempai dans l'encre et me mis à écrire. La plume courait de façon désordonnée sur le papier dans ma précipitation à exprimer mes sentiments.

Je ne peux écouter plus longtemps en silence. Je dois vous parler par les seuls moyens qui se présentent à moi. Vous me transpercez le cœur. Je suis déchiré entre souffrance et espoir. Dites-moi qu'il n'est pas trop tard, que des sentiments si précieux ne sont pas éteints à jamais.

Tout en écrivant, je continuais à entendre des mots qui me terrassaient.

— Je ne crois pas avoir jamais ouvert de livre qui ne traitait d'une manière ou d'une autre de l'inconstance des femmes. Les chansons, les proverbes, tout parle du caractère volage des dames. Mais peut-être, me direz-vous, ont-ils tous été rédigés par des hommes, déclarait Harville.

— J'ai bien envie de le souligner, en effet. Les hommes ont tout pouvoir sur nous lorsqu'ils racontent leur propre histoire. Les livres ne prouvent rien.

« Les hommes ont tout pouvoir sur nous lorsqu'ils racontent leur propre histoire ! » J'étais déterminé à raconter la mienne à Anne.

Je vous offre de nouveau ma vie, et mon cœur vous appartient encore plus que lorsque vous l'avez presque réduit à néant, il y a huit ans et demi. Vous n'oserez pas dire que l'homme oublie plus vite que la femme, que son amour meurt plus tôt. Je n'ai jamais aimé personne d'autre que vous.

— Mais comment pouvons-nous prouver quoi que ce soit ? demanda Harville.

— C'est impossible, reconnut Anne. Nous partons tous, sans doute, avec un a priori positif envers notre propre sexe. Et à cet a priori viennent s'ajouter tous les événements qui se produisent autour de nous. Et parmi ceux-ci, nombreux sont ceux – et sans doute ils nous frappent davantage – dont on ne peut discuter sans trahir de confidence ni révéler plus qu'on ne le devrait.

À chacun de ses mots, je sentais s'accroître ma conviction qu'elle ne m'avait pas oublié, qu'elle m'aimait encore, car autrement, que signifiaient ses propos sur les secrets que l'on ne peut pas trahir ?

Injuste, je l'ai peut-être été, faible et plein de rancœur sans aucun doute, mais jamais inconstant. C'est pour vous seule que je suis venu à Bath. Pour vous seule que je pense et que j'agis. Ne vous en êtes-vous pas aperçue ? Se peut-il que vous n'ayez pas compris mes vœux ?

— Ah, si seulement je pouvais vous faire comprendre ce que souffre un homme lorsqu'il regarde pour la dernière fois sa femme et ses enfants avant de suivre des yeux le bateau par lequel il les renvoie à la maison jusqu'à ce qu'il disparaisse à l'horizon, en se disant « Dieu seul sait si nous nous reverrons », protestait Harville.

— Oh, mais j'espère bien que je fais justice à tout ce que vous éprouvez, ainsi qu'à ceux qui vous ressemblent. Dieu me garde de sous-estimer les sentiments tendres et fidèles de quiconque ! Je ne mériterais que mépris si j'osais supposer que le véritable attachement et la constance n'appartiennent qu'aux femmes.

Ainsi, elle savait que les hommes pouvaient être constants ! Et le sachant, elle devait savoir également que je l'étais moi-même !

Je lui répondis sur ma feuille, puisque je ne pouvais le faire de vive voix :

Je n'aurais même pas attendu pendant les dix jours qui viennent de s'écouler, si j'avais pu lire vos sentiments comme je crois que vous avez compris les miens. C'est à peine si je parviens à écrire. Chaque mot que j'entends me submerge. Vous parlez bas, mais je perçois les nuances de votre voix que les autres ne peuvent entendre. Vous êtes trop bonne, trop admirable ! Vous nous faites justice, en vérité. Vous pensez que l'attachement véritable et la constance sont possibles de la part des hommes. Croyez bien qu'ils sont les plus fervents et les plus indéfectibles chez…

F. W.

J'allais poser ma plume lorsque je m'aperçus qu'Anne parlait encore.

— Je vous crois capables de tout ce qui est peut-être grand ou bon dans votre vie maritale. Je vous crois capables de beaucoup de travail et de patience aussi longtemps que… si vous me permettez l'expression, aussi longtemps que vos sentiments ont un objet. Je veux dire tant que la femme que vous aimez vit, et qu'elle vit pour vous. La seule qualité que je reconnais à mon sexe plutôt qu'au vôtre – et elle n'est guère enviable – est d'aimer plus longtemps, quand l'être cher n'est plus ou que l'espoir est mort !

Était-ce là ce qu'elle pensait ? Qu'elle aimait plus longtemps quand l'espoir était anéanti ? Non, car je l'aimerai toujours, avec ou sans espoir.

— Vous avez une bonne âme, lui dit Harville avec affection.

Une bonne âme, c'est vrai !

Sophia était en train de prendre congé, déclarant que nous nous reverrions tous lors de la soirée des Elliot. J'en profitai pour ajouter un post-scriptum en toute hâte.

Je dois partir, sans connaître mon sort, mais je reviendrai ici, ou suivrai votre groupe, aussi vite que possible. Un mot, un regard, suffira pour décider si je dois entrer chez votre père ce soir, ou jamais.

Je pliai ma lettre, bredouillai une réponse à Sophia bien que je n'aie pas entendu la question et annonçai à Harville que je le rejoignais dans moins d'une minute. Je scellai la missive, la glissai sous les feuilles éparses – car je n'avais pas le temps de faire mieux –, et quittai précipitamment la pièce. Elle la trouverait, j'en étais sûr.

Mais une minute plus tard cette certitude s'était évanouie, et je décidai d'inventer un moyen afin de la lui remettre en main propre. Prétextant avoir oublié mes gants, je remontai, et à mon grand soulagement découvris Anne debout près du bureau. Ainsi elle était curieuse de savoir ce que j'avais écrit, comme je l'avais espéré !

Le dos tourné à Mrs Musgrove, je tirai la lettre de sa cachette, la donnai à Anne et ressortis de la pièce en un instant.

Que penserait-elle en la lisant ? J'avais écrit avec une telle hâte que je n'étais même pas certain qu'elle soit intelligible. J'étais convaincu d'avoir fait au moins une tache d'encre. Parviendrait-elle à déchiffrer les mots ?

Une fois dans la rue, je marchai, tournai, marchai encore, jusqu'à finir par me retrouver sur Union Street et… en face de moi se trouvait Anne ! Elle rentrait à la maison, donc, et j'avais peut-être une chance de lui parler. Mais Musgrove l'accompagnait. J'aurais voulu le voir à cent miles de là. Je me joignis à eux, espérant pouvoir deviner ses pensées par un mot ou un regard, mais elle ne se tourna pas vers moi. Qu'est-ce que cela signifiait ? Était-elle gênée ? Oui. Mais était-ce à cause du plaisir que lui procurait ma lettre, ou le contraire ? Je l'ignorais.

J'hésitai. Je ne savais pas si je devais ou non rester avec eux. Je tournai de nouveau les yeux vers Anne, et cette fois, elle me rendit mon regard. Elle ne cherchait pas à me repousser. Elle avait les yeux brillants et les joues roses. Je l'avais déjà vue comme cela, lorsque nous marchions au bord de la rivière aux premiers temps de notre idylle, et c'est cette expression qui m'avait encouragé à marcher à côté d'elle.

Soudain, Musgrove prit la parole :

— Capitaine Wentworth, dans quelle direction allez-vous ?

— Je ne sais pas vraiment, répondis-je, surpris.

— Allez-vous jusqu'à Belmont ? Du côté de Camden Place ? Parce que si c'est le cas, je n'aurai pas de scrupule à vous demander de me remplacer et de donner le bras à Anne jusqu'à la porte de son père. Elle a assez marché pour ce matin, et ne doit pas aller aussi loin sans assistance, mais il faut que j'aille retrouver quelqu'un sur la place du marché. Il a promis de me montrer un magnifique fusil qu'il s'apprête à expédier. Il m'a dit qu'il ne l'emballerait qu'à la dernière minute, afin que je puisse l'admirer. Et si je ne fais pas demi-tour maintenant, je n'ai aucune chance de le voir un jour.

— Ce serait vraiment dommage de rater une telle occasion. Je serai ravi d'escorter Anne. Lui rendre service est le plus grand des plaisirs, répliquai-je en espérant que ma voix ne trahissait pas mon bonheur, car mon humeur avait radicalement changé à la pensée d'être seul avec Anne.

Musgrove nous quitta, et nous nous dirigeâmes vers l'allée de gravier où nous pourrions parler à loisir. À peine y étions-nous arrivés que mes sentiments s'épanchèrent, car je ne pouvais plus les contenir :

— Je ne serai pas tranquille… Je ne peux être rassuré… Anne, dites-moi, puis-je espérer ? demandai-je, le souffle court.

— Oui, vous pouvez espérer, et plus encore, me répondit-elle d'une voix aussi haletante que la mienne. J'ai eu tellement tort…

J'aurais voulu crier de joie, mais je me contentai de répliquer :

— Non, vous n'avez jamais eu tort.

— Si seulement vous pouviez savoir quels ont été mes sentiments depuis que vous avez quitté le Somerset, il y a huit ans…

— M'avez-vous aussitôt regretté ?

— Oui, même si à l'époque je pensais avoir eu raison de refuser de vous épouser.

— Mais comment avez-vous pu le faire, alors que vous m'aimiez tant ? Les moments que j'ai passés avec vous cet été-là furent les plus heureux de ma vie. Vous arrive-t-il aussi d'y repenser ?

— Oui, tous les jours. Je me rappelle comme je sentais mon cœur bondir en vous apercevant. Vous sembliez plus vivant que tous ceux que je connaissais. J'étais fascinée par votre esprit, et par vos récits de lointains rivages, votre entrain, et votre amour pour moi, dit-elle en rougissant. Personne ne m'avait encore regardée ainsi, et d'ailleurs je n'aurais pas voulu que quelqu'un d'autre le fasse. Mais avec vous, tout était différent. Avec vous, le monde était merveilleux, comme illuminé.

— Je vous ai déjà demandé une fois si vous vouliez être ma femme. Je vous le demande de nouveau. Anne, voulez-vous m'épouser ?

— Oui.

Une inquiétude me saisit soudain.

— Il ne faut pas craindre que je change d'avis, me rassura-t-elle. À l'époque, j'étais une toute jeune fille. Je me suis laissé persuader par des amis qui connaissaient mieux le monde que moi et qui m'ont dit que ce mariage ferait notre malheur ; que je serais un fardeau pour vous ; que vous ne seriez pas libre de poursuivre vos objectifs ; que vous vous trouveriez frustré dans vos ambitions par ma faute ; que vous en viendriez à regretter votre décision ; et que, rongée par l'angoisse, je regretterais également la mienne. À présent, je suis une femme qui connaît son cœur et son esprit, ainsi que les vôtres. Je n'ai ni craintes ni appréhensions, et je ne laisserai personne me persuader de renoncer à mon bonheur futur.

Je lui pris la main sans me soucier des passants tandis que nous remontions la pente douce.

— Quand vous êtes venu à Bath, était-ce pour me voir ? m'interrogea-t-elle.

— Oui. Je suis venu pour vous seule.

— C'est ce que j'espérais, mais en même temps, je pensais que c'était trop demander. Votre affection pour Louisa…

— Ne dites rien de plus. Ma conscience me le reproche amèrement. Je n'aurais jamais dû chercher à m'attacher à elle, mais j'étais en colère contre vous, et j'étais blessé dans ma fierté. Lorsque vous m'avez rejeté, j'ai cru pouvoir vous oublier. Je me suis concentré sur ma carrière, et j'ai mis toute mon énergie à défendre ma patrie. J'ai commandé d'excellents navires et fait fortune, mais pendant tout ce temps vous étiez là, comme une blessure au cœur qui ne voulait pas guérir. Lorsque je vous ai rencontrée de nouveau, j'étais toujours en colère. J'ai été injuste envers vos mérites parce que j'en avais été privé. Ce n'est qu'une fois à Uppercross que j'ai commencé à leur rendre justice, car vous brilliez là-bas comme vous aviez brillé autrefois. Et à Lyme, j'ai appris une douloureuse leçon : qu'il ne faut pas confondre la constance dans les principes et l'obstination égoïste ; et que vous étiez l'exemple de la première, et Louisa celui de la seconde.

— Jamais je n'oublierai sa chute.

— Moi non plus. J'étais au désespoir, car je pensais que c'était ma faute : je lui avais dit que j'estimais par-dessus tout un caractère déterminé.

— Vous ne pouviez deviner à quoi cela mènerait.

— Non, mais j'étais tout de même abasourdi. Pourtant, alors que Henrietta s'était évanouie et que Mary faisait une crise de nerfs, vous, Anne, vous avez gardé la tête froide et avez pris la situation en main.

— J'étais la moins touchée. C'était plus facile pour moi que pour les autres.

— Il n'y a que vous pour dire une chose pareille, rétorquai-je avec un sourire. Mais vous vous êtes occupée de tout. Et quand nous sommes arrivés chez Harville, et que Louisa fut couchée, alors j'ai pris pleinement conscience de mes nouvelles pensées, car je n'avais plus rien d'autre à faire que de penser. Je commençai par déplorer l'orgueil, la folie et le ressentiment malsain qui m'avaient empêché de tenter plus tôt de regagner votre cœur, lorsque j'avais appris que Benjamin venait de louer Kellynch Hall.

— Ce que j'ai ressenti en l'apprenant…

— Oui ? la pressai-je, brûlant de savoir.

Elle secoua la tête.

— J'étais abasourdie. J'écoutai chaque détail, puis sortis de la pièce pour chercher le réconfort de l'air frais, car j'avais les joues en feu. Je marchai le long de mon bosquet préféré, songeant que dans les prochains mois, vous seriez peut-être ici…

— Est-ce que vous souhaitiez que je vienne ?

— Plus que tout au monde. Lorsque vous avez quitté le Somersetshire, après que je vous ai dit que je ne pouvais, finalement, pas vous épouser, je n'ai pu vous oublier. Mon attachement envers vous, mes regrets, m'ôtaient tout plaisir. Mon humeur en pâtit, tout me paraissait morne et ennuyeux. Je n'en voulais pas à lady Russell pour son conseil, et je ne me reprochais pas non plus de l'avoir suivi. Mais il me semblait que, si une jeune fille placée dans de semblables circonstances me demandait mon avis, elle ne recevrait jamais de moi un conseil qui la conduirait à tant de douleur immédiate dans l'espoir d'un certain bien futur.

— Alors, vous avez regretté votre choix ! m'écriai-je, frappé par ce récit. Et si rapidement après, soupirai-je, sentant mon cœur se réchauffer. Je ne m'en suis jamais douté. J'étais en colère, et tout ce que je voyais, c'était que vous m'aviez trahi. J'étais jeune, impétueux, même si je me croyais plein d'expérience. Pensiez-vous alors, même avec les inconvénients qu'aurait apportés la désapprobation de votre famille, et les angoisses de longues fiançailles, que vous auriez été plus heureuse avec moi ?

— Oui.

— Et espériez-vous que je vous renouvelle mes sentiments lorsque je suis venu à Kellynch ?

— J'osais à peine l'espérer, mais je brûlais de vous revoir, de découvrir si vous aviez changé, et si vous vous souveniez de moi. Je me répétais que c'était impossible, et il fallut bien des promenades et bien des soupirs pour parvenir à me départir de mon agitation. Je me disais que ce n'était que folie, que nous serions devenus des étrangers, que plus jamais nous ne pourrions être l'un pour l'autre ce que nous avions été autrefois, mais je n'arrivais pas à me calmer. Je pensais constamment à vous.

Je n'en croyais pas mes oreilles !

— J'étais soulagée que si peu de gens connaissent le passé, reprit-elle, seulement vous, moi, lady Russell, mon père et ma sœur, car je n'aurais pas pu supporter les regards des autres. Je savais que votre frère était au courant, mais cela faisait longtemps qu'il avait quitté la région, et j'étais certaine de pouvoir compter sur sa discrétion. J'avais donc, au moins, la consolation que l'affaire ne soit pas publique.

—Ainsi vous pensiez à moi, même le premier jour…, soupirai-je, à la fois heureux et en colère contre moi-même. Si seulement j'avais parlé… si j'avais mis de côté mon orgueil et ma rancune, nous aurions pu nous épargner tout ce qui s'en est suivi.

—À quel moment les avez-vous mis de côté ?

—Ce fameux jour, à Lyme. J'ai compris des choses sur moi-même lorsque j'ai mesuré à quel point vous aviez eu raison de vous montrer prudente, et d'écouter les conseils de ceux qui étaient plus âgés et plus sages que vous. Je ne dis pas que leur conseil était bon, mais simplement que vous avez eu raison de les écouter. J'allais vous le dire, je comptais venir vous trouver dès que Louisa aurait été hors de danger, et vous révéler mes sentiments, mais à peine le médecin avait-il annoncé qu'elle survivrait que Harville me laissa entendre clairement qu'il nous croyait fiancés, Louisa et moi. Quelle amertume ! Car si notre entourage nous croyait fiancés, et si Louisa elle-même le pensait, je savais que l'honneur ne me permettrait pas de l'abandonner. Je serais contraint de l'épouser. Jamais je n'ai autant regretté la sottise de cette relation. J'avais commis une erreur grossière, et je devrais en supporter les conséquences. Je décidai de quitter Lyme, car il ne me semblait pas contraire aux principes de tenter de diminuer son attachement, si je pouvais le faire par des moyens loyaux.

— Je ne me doutais de rien de tout cela. Je vous croyais amoureux de Louisa. Je pensais que sa jeunesse et sa gaieté vous avaient charmé. Je savais que, comparée à elle, ma beauté était fanée et mon caractère morne. Vous n'êtes pas rentré à Kellynch, et j'ai supposé que c'était parce que vous étiez trop inquiet au sujet de Louisa.

— Et je l'étais, mais seulement comme on peut l'être au sujet de n'importe quelle demoiselle qui a eu un tel accident. Je séjournai chez Edward. Il me questionna tout particulièrement à votre sujet, et cela me fit du bien de lui parler de vous. Je crois qu'il avait deviné mes sentiments, car il alla jusqu'à me demander si votre apparence était changée, sans se douter qu'à mes yeux, vous ne changeriez jamais.

Elle sourit.

— Et puis, je fus libéré de mes tourments par l'annonce des fiançailles de Louisa et de Benwick. Il ne me fallut que cinq minutes pour déclarer que je serais à Bath dès le mercredi, et c'est ce que je fis. Était-ce impardonnable de penser que le voyage en valait la peine ? Et d'arriver avec quelque espoir ? Vous n'étiez pas mariée. Il était possible que vos sentiments soient toujours les mêmes, comme les miens. Et j'avais reçu un encouragement : je n'ai jamais douté que d'autres que moi ne soient tombés amoureux de vous et ne vous aient courtisée, mais j'avais la certitude que vous aviez refusé un homme, au moins, qui avait pourtant de meilleures perspectives que moi, et je ne pouvais m'empêcher de me demander si c'était à cause de moi.

Je me tournai vers elle.

— Était-ce pour moi, Anne ? Avez-vous éconduit Charles Musgrove parce que vous m'aimiez ?

— Oui, répondit-elle pour mon plus grand bonheur. Ce mariage aurait plu à lady Russell, mais j'étais plus âgée alors, plus sage, et je n'ai pas suivi son conseil. Elle m'avait persuadée de ne pas épouser l'homme que j'aimais. Je n'allais pas la laisser me persuader d'épouser un homme que je n'aimais pas.

Je souris.

— J'étais jaloux de lui, quand je vous ai rencontrée, en 1806, lui confiai-je en secouant la tête. Vous sembliez lui être attachée, mais lorsque j'ai appris qu'il était un ami de votre famille, je lui ai pardonné ! Mais cette année, j'ai eu une autre cause de jalousie. Mr Elliot. Je n'ai pu m'empêcher de remarquer qu'il vous admirait lorsque nous l'avons vu à Lyme, et une fois que j'eus découvert qui il était, et quel beau parti il représentait, et comme le lien entre vous paraissait souhaitable, j'ai pris peur. J'étais venu à Bath pour vous parler, pour vous dire que je vous aimais, et pourtant, quand je vous ai vue, vous étiez en permanence avec Mr Elliot. Vous lui souriiez…

— Par courtoisie, tout simplement.

— Mais je l'ignorais ! Je pensais qu'il vous plaisait, aussi je n'ai rien dit. Notre rencontre sur Milsom Street a été un paroxysme de plaisir et de souffrance, et le concert, pire encore. Vous vous êtes avancée vers moi, ce qui m'a donné de l'espoir, mais ensuite vous vous êtes assise avec Mr Elliot. Vous penchiez constamment la tête l'un vers l'autre, comme lors d'une conversation intime...

—Je lui traduisais les paroles des airs. Mr Elliot ne parle pas l'italien.

—Ah, dis-je ravi.

—Est-ce pour cela que vous êtes parti ?

—Oui, je ne pouvais le supporter une minute de plus. Vous voir si proche de lui... Il fallait que je sorte, car vous contempler entourée de ceux qui ne pouvaient m'encourager, voir Mr Elliot près de vous, discutant et souriant, et ressentir avec horreur toutes les raisons qui rendaient ce mariage souhaitable, c'était affreux pour moi ! Savoir que c'était le vœu de tous ceux qui souhaitaient vous influencer ! Même si vous y étiez pour votre part réticente ou indifférente, savoir de quels puissants soutiens il bénéficierait ! N'était-ce pas suffisant pour me rendre ridicule ? Comment assister à ce spectacle sans ressentir de terribles souffrances ? La seule vue de lady Russell, assise derrière vous, n'était-elle pas propre à me remémorer ce qui s'était passé, son influence, le souvenir indélébile de sa persuasion... Tout ne se liguait-il pas contre moi ?

—Vous auriez dû établir une différence, vous n'auriez pas dû me suspecter alors. La situation est différente, et je n'ai plus le même âge... Si j'ai eu le tort de céder une fois, songez que c'était pour éviter le danger, pas pour courir des risques. Lorsque j'ai cédé, je pensais que c'était mon devoir, mais dans le cas présent, aucun devoir n'entrait en jeu. En épousant un homme qui m'était indifférent, j'aurais couru tous les risques et violé tous les devoirs.

— J'aurais peut-être dû raisonner ainsi, mais j'en étais incapable. Je ne pouvais tirer parti de la connaissance que j'avais acquise récemment de votre caractère. Je ne pouvais en tenir compte : j'étais submergé d'émotion, perdu dans ces anciens sentiments que j'avais tenté d'étouffer, année après année. Je ne pouvais penser à vous que comme à celle qui avait cédé, qui m'avait abandonné, qui s'était laissé influencer par tous, sauf par moi. Je vous voyais en compagnie de la personne même qui vous avait guidée, lors de cette année de malheur. Je n'avais aucune raison de croire que son autorité sur vous avait diminué. Il fallait au contraire compter avec la force de l'habitude.

— J'aurais cru que mes manières envers vous vous auraient épargné ce genre de tourments.

— Non, non ! Car vos manières pouvaient n'être que le témoignage de l'aisance que vous auraient donnée vos fiançailles avec un autre. Je suis parti avec cette croyance ; et pourtant, j'étais décidé à vous revoir. J'ai retrouvé espoir le matin venu, et il m'a semblé que j'avais encore des raisons de rester ici.

Nous étions arrivés à Camden Place, et je fus contraint d'abandonner Anne.

— Je n'ai pas envie de vous quitter, soupirai-je.

— C'est seulement jusqu'à ce soir.

— Ah, oui, la soirée de cartes de votre sœur. Je suis surpris qu'elle m'ait invité.

— Vous avez une bonne réputation, à Bath. Elle a enfin, à travers l'opinion des autres, découvert votre valeur.

Je la laissai partir, à regret, et la regardai entrer. Puis je retournai à mes appartements, plus heureux que jamais.

En m'habillant pour sortir, je songeai que je me serais épargné bien des tourments en lui parlant dès mon arrivée à Kellynch Hall.

Je me dirigeai vers Camden Place.

La soirée était sans intérêt, comme toutes celles de ce genre, mais elle me fournit une occasion de voir Anne. Je la contemplais alors qu'elle circulait parmi les invités de son père, radieuse, et je savais que j'étais la cause de son bonheur.

Je parlai en toute liberté à Mr Elliot, ma jalousie disparue et remplacée par un excès de bienveillance. Je ne m'offusquai pas de l'attitude hautaine de lady Dalrymple et de Miss Carteret, mais leur parlai plutôt de la mer. J'allai jusqu'à échanger des politesses avec sir Walter et Miss Elliot. Les Musgrove étaient là, ainsi que Harville, et nous pûmes converser tout à notre aise. Les fiançailles de Louisa, ma réconciliation avec Anne… Je ne me doutais pas, au début de l'année, qu'un dénouement si heureux pouvait se produire.

Je vis Anne deviser avec ma sœur et mon beau-frère, et je fus enchanté de constater qu'ils s'entendaient si bien, car même si je n'avais pas encore annoncé la nouvelle à Sophia, je savais qu'elle lui procurerait beaucoup de plaisir.

Je réussis, de temps à autre, à voler quelques moments avec Anne. Son châle glissa, et je l'aidai à le remettre en place. Une mouche se posa sur ses cheveux, et je la chassai, effleurant ses mèches si douces du bout des doigts.

Et lorsque je ne pouvais lui parler, je la contemplais.

Mais je ne pus me résoudre à adresser la parole à lady Russell. Anne s'en aperçut, et vint me rejoindre près d'un bel assortiment de plantes d'intérieur, qu'elle fit semblant d'admirer, afin de pouvoir s'entretenir avec moi sans attirer les regards. Elle me demanda si j'avais pardonné à son amie.

— Pas encore, mais on peut espérer que cela viendra avec le temps. Je crois que je me sentirai bientôt plus charitable à son égard. Mais j'ai moi aussi pensé au passé, et une question m'est venue. N'y a-t-il eu personne qui m'ait été encore plus opposé que cette dame ?

Je lui parlai du moment, en 1808, où j'avais failli lui écrire, et en avais été dissuadé par la peur que j'éprouvais.

— J'avais été repoussé une fois, et je ne voulais pas prendre le risque de l'être de nouveau. Mais si je vous avais écrit, m'auriez-vous répondu ? Auriez-vous, en un mot, renoué nos fiançailles à ce moment-là ?

— À votre avis ? me dit-elle d'une voix qui ne laissait pas de doute.

— Seigneur ! Vous auriez accepté ! J'y pensais, je le désirais, comme le couronnement de tous mes autres succès. Mais j'avais trop d'orgueil, bien trop d'orgueil pour renouveler ma demande. Je ne vous comprenais pas. Je fermais les yeux, et je ne pouvais ni vous comprendre, ni vous rendre justice. Cette pensée devrait me faire pardonner tout le monde plus tôt que moi-même. Six ans de séparation et de souffrance auraient pu nous être épargnés. C'est une forme de douleur qui est nouvelle pour moi. J'avais l'habitude, jusqu'ici, d'avoir le plaisir de croire que je méritais chaque événement positif qui m'arrivait. Je m'enorgueillissais de mes louables efforts et de mes justes récompenses. Comme d'autres grands hommes face aux revers du destin, je dois m'efforcer de soumettre mon esprit à ma fortune. Je dois admettre que je suis plus heureux que ce que je mérite.

Elle sourit, mais ne put rien faire de plus, car les Musgrove vinrent réclamer sa compagnie, et je dus me contenter de celle de Harville jusqu'à la fin de la soirée.

Lundi 27 février

Je me levai de bonne heure et me rendis à Camden Place où, pour la deuxième fois, je sollicitai de sir Walter la main de sa fille Anne. Il se montra un peu plus aimable que précédemment, car je bénéficie de l'estime de ses amis. Il exprima sa surprise devant ma constance, puis me demanda quelle était ma fortune. En apprenant qu'elle s'élevait à vingt-cinq mille livres, il déclara qu'elle était inférieure à ce qu'une fille de baronnet pouvait espérer, mais qu'elle suffirait. Son attitude me fit bouillir de colère, mais je résistai au désir de lui faire remarquer que ma fortune, du moins, était meilleure que la sienne, car il n'avait rien d'autre que des dettes. Il finit par me donner son consentement, et l'entretien s'acheva.

Je souris à Anne en retournant au salon. Anne me rendit mon sourire, et nous annonçâmes la nouvelle à sa sœur. Miss Elliot ne montra pas plus de chaleur que la première fois. Elle se contenta d'un regard hautain et d'un « Vraiment ? » teinté d'incrédulité.

Cela me mit en colère pour Anne, car omettre de la féliciter était un véritable manque de gentillesse, mais je vis rapidement qu'elle s'en moquait. Et pourquoi s'en soucierait-elle ? Nous étions ensemble, et que nous importait que les autres approuvent ou non notre union ?

— Quand pensez-vous en informer lady Russell ? lui demandai-je lorsque sa sœur nous eut laissés seuls.

— Bientôt. Cet après-midi. Elle a le droit de savoir, vraiment, et je suis impatiente de le lui dire. Cela sera différent, cette fois-ci, et j'espère qu'elle se réjouira pour moi.

— Je le souhaite, mais attendez demain. Aujourd'hui, je vous veux toute à moi.

Elle accepta, et nous passâmes la journée à discuter en toute franchise et à ouvrir notre cœur l'un à l'autre comme nous le faisions dans le passé, jusqu'à ce qu'il nous semble que nous n'avions jamais été séparés.

Nous ne parlâmes à personne, sauf pendant les repas, où cela ne pouvait être évité, et finîmes par nous quitter à regret lorsque la nuit fut venue.

Je brûlais d'apprendre mes fiançailles à Sophia et à Benjamin, mais ils étaient partis pour plusieurs jours chez des amis, et je dus donc garder mon secret.

Mardi 28 février

Ce matin, lorsque je suis arrivé à Camden Place, j'ai appris qu'Anne était sortie. Je l'attendis, et lorsqu'elle rentra, elle me dit qu'elle était allée rendre visite à lady Russell.

— Et comment a-t-elle pris la nouvelle ? demandai-je.

— Elle a eu un peu de mal au début, mais ensuite elle m'a dit qu'elle ferait l'effort d'apprendre à vous connaître afin de vous rendre justice.

— Je ne puis rien espérer de plus. Je sais qu'elle souhaitait vous voir prendre la place de votre mère. Je ne peux vous offrir de devenir femme de baronnet, mais je peux vous procurer tout le confort que je n'étais pas en mesure de vous donner il y a huit ans. Et Mr Elliot, comment a-t-il pris la nouvelle ? Est-il déjà informé ?

— Je l'ignore, et cela m'importe peu. Je viens d'apprendre qu'il n'est pas l'homme que nous pensions. Il nous a infligé une cruelle déception.

Surpris, je lui demandai à quoi elle faisait allusion.

— Il ne recherchait pas notre compagnie pour combler la distance qui s'était installée entre nous, comme il le prétendait. En réalité, il est venu à Bath pour surveiller mon père. Il avait été informé par un ami que Mrs Clay, qui accompagnait ma sœur à Bath, avait l'ambition d'être la deuxième lady Elliot.

— Il savait que si sir Walter se mariait et avait un fils, il perdrait son héritage, conclus-je, pensif.

— Exactement. Il a déclaré n'avoir jamais parlé avec mépris du statut de baronnet, comme on l'avait raconté à mon père, et avoir toujours voulu être ami avec nous. Il s'est rendu si agréable que mon père et ma sœur étaient totalement séduits. Des relations cordiales avaient été instaurées, et il était à Camden Place comme chez lui.

— Et il a donc étroitement surveillé Mrs Clay.

— Oui, il s'est mis en position de pouvoir intervenir si cela s'avérait nécessaire à ses yeux.

— Mais en êtes-vous absolument certaine ?

— Je le tiens d'une ancienne amie d'école, une certaine Mrs Smith, qui se trouve à Bath en ce moment. Elle était riche, ou relativement riche, autrefois, et son mari et elle fréquentaient Mr Elliot à Londres. Mais elle traverse aujourd'hui une période difficile.

Ce devait être la fameuse amie dont Mrs Lytham m'avait parlé, et j'honorai Anne pour lui avoir conservé son affection malgré l'adversité. Je me trouvai fort chanceux d'épouser une personne qui savait aussi bien que moi que les choses importantes de la vie – l'amour, la tendresse, l'amitié – n'ont rien à voir avec la fortune.

— C'est en grande partie à cause de Mr Elliot que mon amie est dans une situation aussi délicate. Il avait emprunté de l'argent à son mari, qu'il ne lui a pas rendu, et pire encore, il l'a poussé à s'endetter. Lorsque Mr Smith est mort, Mr Elliot aurait dû s'occuper de réclamer une certaine propriété aux Indes-Occidentales à laquelle elle avait droit, car il était exécuteur testamentaire. Mais il n'a pas rempli ses devoirs, si bien que mon amie est tombée dans la pauvreté, soupira-t-elle.

— Mais c'est affreux !

— Oui. Si seulement il voulait bien s'en donner la peine, l'argent que rapporterait la vente de cette propriété permettrait à mon amie d'accroître grandement son confort.

— Je suis vraiment navré d'entendre cela.

Après avoir réfléchi un moment, j'ajoutai :

— Je suis son obligé pour vous avoir ouvert les yeux sur Mr Elliot, et je dois être son ami parce qu'elle est la vôtre. Je connais un peu les Indes, et je serais heureux de l'aider.

Elle me regarda avec une gratitude sincère, et exprima le souhait que nous allions rendre visite à

Mrs Smith cet après-midi. J'acceptai avec plaisir, mais lorsque nous arrivâmes à Westgate Buildings, je fus choqué de voir comment vivait l'amie d'Anne. Son appartement se limitait à un salon bruyant et à une chambre à coucher sombre. Elle était devenue invalide et ne pouvait passer d'une pièce à l'autre sans aide. Anne m'apprit que son amie ne sortait de chez elle que pour se rendre au bain chaud.

J'en fus sincèrement désolé. Cependant, je ne tardai pas à constater que son humeur n'en était pas altérée, car elle exprima son plaisir à me rencontrer, et me félicita du fond du cœur pour mes fiançailles.

— Anne a eu la gentillesse de me rendre visite ce matin pour m'annoncer la nouvelle. Je suis ravie pour elle, et pour vous aussi. Vous avez de la chance d'avoir gagné son cœur.

Je lui assurai que j'étais conscient de ma chance, et elle se déclara certaine que nous serions heureux ensemble.

— J'avais une autre idée en tête en amenant Frederick ici, dit Anne. Je l'ai conduit ici pour qu'il vous aide. Vous m'avez parlé d'une propriété aux Indes…

— Oui, en effet. Si vous pouviez m'apporter de l'assistance en la matière, je vous en serais très reconnaissante.

Je lui demandai les détails de son affaire, et il me sembla qu'elle avait de bonnes chances de connaître une conclusion heureuse. Je lui proposai d'agir en son nom, et lorsque nous nous séparâmes chacun avait une bonne opinion de l'autre.

Je raccompagnai Anne à Camden Place, et dus ensuite la laisser, car j'avais promis de m'occuper des affaires de Mrs Smith sur-le-champ. Nous ne nous retrouvâmes que dans la soirée, pour nous rendre au théâtre avec les Musgrove.

Ils formaient, comme toujours, un groupe joyeux. Benwick n'était pas là, car il s'était engagé à dîner avec une connaissance, mais les autres étaient tous présents. Alors que nous nous installions dans la loge, Henrietta et Louisa ne cessaient de parler de leur futur mariage ; Musgrove avait envie de décrire le fusil qu'il avait vu ; Hayter ne songeait qu'à sa paroisse ; quant à Mr et Mrs Musgrove, ce qui les intéressait, c'était leurs enfants, les boutiques, et le plaisir d'être à Bath. Lorsque la conversation retomba un peu, Anne et moi annonçâmes notre heureuse nouvelle. Tout le monde eut l'air stupéfait, mais Mary fut la première à se reprendre et à nous féliciter du fond du cœur.

— J'ai toujours pensé que vous étiez faits l'un pour l'autre, dit-elle bien que de toute évidence l'idée ne l'ait jamais effleurée avant cet instant. Je crois que vous devriez me remercier, car j'ai joué un grand rôle dans votre rencontre.

— Oui, c'est un heureux événement, renchérit Mrs Musgrove, manifestement enchantée. Je suis ravie. Vous auriez toujours été le bienvenu dans notre famille, capitaine Wentworth, en raison de votre bonté envers Richard, mais vous serez doublement le bienvenu en tant qu'époux d'Anne.

Tandis qu'Anne recevait des félicitations de toutes parts, et tentait de répondre aux questions de Louisa et Henrietta au sujet de sa robe de mariée, Mary, qui était assise à mon côté, se tourna vers moi.

— Si je n'avais pas gardé Anne avec moi cet automne, elle serait allée à Bath avec lady Russell, et vous ne vous seriez jamais rencontrés. Tout cela, c'est grâce à moi. Je serai très heureuse d'avoir une sœur mariée. Je ne vois pas pourquoi Charles aurait deux sœurs qui se marient cet été, et moi aucune. En plus, Anne a trouvé le meilleur mari, finalement, car vous êtes bien plus riche que le capitaine Benwick ou Charles Hayter. Oui, je suis contente que ce soit ma sœur qui ait décroché le meilleur des trois maris.

Je ne pus retenir une grimace, et lorsque Anne vint me rejoindre, un peu plus tard, elle m'en demanda la cause.

— L'un des membres de votre famille est content de m'accueillir, au moins, mais c'est seulement parce que je suis plus riche que Hayter ou Benwick.

Elle rougit, embarrassée, mais elle était trop heureuse pour se laisser troubler bien longtemps par la vulgarité de Mary, et nous passâmes une excellente soirée. La pièce était bonne, je crois, mais aucun de nous deux n'y prêta attention, car nous étions trop occupés à nous regarder l'un l'autre.

Mars

Mercredi 1er mars

Ce matin, j'ai rendu visite à lady Russell. Il était inévitable que notre première rencontre soit un moment de gêne, et je préférais qu'elle ne se produise pas en public. On me fit entrer, et je me trouvai face à face avec la femme qui avait anéanti tous mes espoirs huit ans et demi plus tôt.

Elle paraissait en être consciente, et je ressentis une bouffée de rancœur… puis ce sentiment s'effaça, chassé par mon bonheur intense.

Je m'avançai pour la saluer. Elle ne semblait pas savoir quoi dire. J'eus pitié de sa confusion et m'adressai à elle avec amabilité.

— Lady Russell. Une fois par le passé vous m'avez tendu la main en suggérant que nous soyons amis. J'ai refusé, car à l'époque je n'étais pas prêt à faire la paix avec vous, mais je le suis maintenant. Cette fois, c'est moi qui vais vous tendre la main et vous dire : « Ce qui est fait est fait. Soyons amis. »

Je joignis le geste à la parole. Elle hésita un instant, sembla sur le point de parler, puis accepta la main offerte.

— Je vous ai dit il y a longtemps que jamais je ne ferais quoi que ce soit qui puisse causer du tort à Anne, et je le répète aujourd'hui, ajoutai-je. Plus encore, je vous dirai que son bonheur est, et sera toujours, ma première considération. J'espère que cela vous réconciliera avec l'idée de notre mariage.

— Vous êtes très généreux, dit-elle, et je tâcherai d'en faire autant. Même si le conseil que j'ai donné à Anne me semblait bon à l'époque, la suite des événements a montré qu'il ne l'était pas. Je crois que vous vous aimez d'un amour sincère et profond. Bien que j'aie souhaité pour elle un époux d'un meilleur rang – vous voyez, je suis honnête –, je pense qu'elle ne pourrait contracter de meilleur mariage en termes d'affection mutuelle et de fidélité.

Avec une révérence, je l'assurai de nouveau de ma détermination à rendre Anne heureuse. Lorsque nous nous séparâmes, nous n'étions peut-être pas devenus amis, mais nous étions néanmoins parvenus à nous comprendre et à nous respecter.

Je narrai cette rencontre à Anne alors que nous dînions chez une connaissance commune.

— Lady Russell m'en a parlé. Je suis contente que vous lui ayez rendu visite. Avec le temps, elle en viendra à vous aimer autant que je vous aime, et alors, mon bonheur sera parfait.

La nouvelle de nos fiançailles s'était répandue, et nous reçûmes des félicitations de tous les côtés. Benwick me regarda d'un air soulagé et heureux à la fois, et lorsque nous nous retrouvâmes pour le porto, il me confia :

— Cela m'ôte un poids, Wentworth. J'ignorais, lorsque vous êtes venu à Lyme en novembre, si vous étiez amoureux de Louisa. J'ai d'abord gardé mes distances, car je ne voulais pas vous faire de tort, mais quand vous êtes parti puis que vous n'êtes pas revenu, je me suis douté qu'il n'y avait pas d'attachement sérieux, et je me suis autorisé à l'aimer. C'est une jeune fille si intelligente, avec des yeux si expressifs et un caractère si doux. Qui plus est, elle ne me fait pas penser à… Fanny, conclut-il d'une voix basse et pleine de regrets.

Je le regardai d'un air compréhensif. Je commençais à imaginer comment les choses s'étaient passées pour lui. Une jeune fille semblable à Fanny lui aurait rappelé son premier amour. Une demoiselle qui était son contraire ne lui infligeait pas cette souffrance.

— Je me souviens encore d'elle, Wentworth, mais à présent c'est sans chagrin, seulement avec chaleur. Je suis heureux d'avoir eu la chance de la rencontrer. Dieu sait si j'ai souffert quand elle est morte… Enfin, vous le savez, vous étiez là, dit-il en serrant son verre d'un geste tremblant. Mais tout doit passer, ou du moins diminuer, même la douleur. Je la ressens encore, mais elle est moins forte. Et même si elle me manquera toujours, j'ai d'autres joies maintenant pour m'attacher à l'existence. Je suis persuadé que c'est ce que Fanny aurait voulu.

— En effet, répliquai-je avec ferveur. C'était une jeune fille intelligente, qui aimait la vie. Elle n'aurait pas voulu vous voir dépérir sous le poids de vos souvenirs.

Il m'adressa un sourire reconnaissant.

— C'est ce que je pense aussi. Harville a du mal à accepter ce nouvel amour – non, ne niez pas, vous le savez aussi bien que moi. Et c'est normal. Fanny était sa sœur. Je ne dirais pas qu'il était heureux de me voir souffrir, mais il est naturel que quelqu'un qui l'aimait autant que lui ait envie de savoir qu'elle manque à d'autres, qui l'aimaient aussi. Mais c'est un homme bien, et il est content de me voir surmonter mon désespoir. Il apprécie Louisa, et les circonstances de notre rencontre sont propres à attendrir le cœur le plus sec.

Il secoua la tête, en se remémorant les événements.

— Quand je pense que Louisa aurait pu mourir aussi, reprit-il. Elle paraissait sans vie quand on l'a ramenée après sa chute.

Je ne me rappelais que trop bien ce moment. Il nous avait tous affectés.

— Mais il s'est produit une chose étrange, me confia-t-il d'une voix plus ferme. En la regardant revenir peu à peu de cet état proche de la mort, je me suis senti guérir. Je me suis trouvé, enfin, capable d'aimer de nouveau. Je suis reconnaissant d'avoir reçu une seconde chance, Wentworth.

— Une seconde chance ! m'écriai-je, frappé par cette idée, car c'était ce qui m'était arrivé avec Anne.

— Qu'y a-t-il ? s'étonna-t-il en remarquant mon changement d'humeur.

Je me contentai de lui sourire, car il ne savait rien de nos premières fiançailles.

— Rien, c'est juste que je suis d'accord avec vous. Aux secondes chances, dis-je en levant mon verre.

Il se fit un silence à cet instant précis, et mes mots furent repris pour un toast. Chacun leva son verre et tout autour de moi jaillit le cri : « Aux secondes chances ! »

Dimanche 5 mars

Ce matin, Anne et moi nous sommes trouvés au centre de l'attention à l'église, car tout Bath ne parle que de nos fiançailles. Nous fûmes félicités par ceux qui n'avaient pas encore eu l'occasion de le faire, et même Mr Elliot parvint à se forcer à nous adresser une révérence depuis l'autre côté de l'édifice, même si nous souhaiter beaucoup de bonheur était au-dessus de ses forces.

Mrs Clay était très contente, car la chute de Mr Elliot dans les faveurs de sir Walter signifiait qu'elle était libre de l'épouser si elle le désirait. Je demandai à Anne si elle jugeait prudent d'avertir son père des intentions de cette dame.

— Cela ne servirait à rien. J'ai essayé de prévenir Elizabeth, mais elle n'en a pas cru un mot. Mon père aurait la même réaction. Pire, cela pourrait même faire germer le projet dans son esprit.

— Dans ce cas, vous avez raison de ne rien dire.

Je n'aimais pas l'idée de Mrs Clay vivant à Kellynch Hall si elle parvenait à épouser sir Walter, aussi exprimai-je à haute voix la pensée qui m'était venue il y a quelque temps.

— J'ai pensé à Kellynch Hall, Anne. Pensez-vous que votre père accepterait de me le vendre ? Si ce n'est pas une partie inaliénable de la propriété, il pourrait le faire. Cela lui permettrait de rembourser toutes ses dettes d'un coup, et Kellynch Hall resterait dans la famille. Qui plus est, cela vous conduirait à reprendre la place de votre mère comme maîtresse du domaine.

— Je doute que mon père consente à s'en séparer. En outre, je n'aimerais pas y vivre. Lady Russell serait enchantée, je le sais, mais je n'ai pas été heureuse dans cet endroit. Le projet d'une maison sur la côte me tient à cœur.

— Celle dont nous rêvions lors de nos premières fiançailles, il y a si longtemps ?

— Oui, elle m'est toujours apparue comme un modèle de perfection depuis lors, avec sa portion de littoral et ses criques sablonneuses, ses étendues de campagne à l'arrière et sa vue sur la mer à l'avant.

— Alors nous devons nous mettre à sa recherche. Je vais commencer à poser la question à des agents immobiliers dès demain, pour voir s'il y a des propriétés que nous pouvons visiter.

Nous engageâmes une délicieuse conversation sur le nombre de pièces et la surface de terrain que nous voulions pour notre future résidence et n'abandonnâmes le sujet que lorsque notre entourage se rappela à nous.

Mardi 7 mars

Ce matin, j'ai reçu une lettre d'Edward, me remerciant pour celle que je lui avais envoyée, et me disant qu'il était enchanté qu'Anne m'ait accordé sa main. Il nous proposait de lui rendre visite jeudi. Anne accepta, et je répondis aussitôt favorablement à son invitation.

Mercredi 8 mars

Aujourd'hui, Sophia et Benjamin sont rentrés de la semaine qu'ils avaient passée avec des amis, et je leur annonçai mes fiançailles.

— Enfin ! s'écria Benjamin. Sophia et moi commencions à penser que vous ne vous marieriez jamais. Vous avez pris votre temps, mais pour finir vous avez bien choisi. C'est une jolie petite créature. Pas aussi animée que les demoiselles Musgrove, peut-être, mais elle possède un raffinement discret qui me plaît.

— Je suis très heureuse pour vous, me dit Sophia, et pour moi aussi. Elle a un air très plaisant, et je l'apprécie bien plus que les demoiselles Musgrove. Je m'étonne que vous ne l'ayez pas remarquée autrefois, lorsque vous séjourniez chez Edward. Vous l'aviez sans doute rencontrée ?

— Peu importe ce que Frederick a pu faire ou ne pas faire il y a huit ans, Sophia, il nous amène enfin la demoiselle. Il faut absolument l'inviter ici cet après-midi, Frederick.

Je me pliai à sa suggestion, et fus ravi de voir comme ils s'entendaient tous bien. Sophia et Benjamin pouvaient apprécier Anne Elliot, fille de leur propriétaire ; mais Anne, ma future épouse, ils pouvaient même l'aimer.

— En avez-vous parlé à Edward ? me demanda Sophia.

— Oui, je lui ai écrit pour lui faire part de la nouvelle. Nous devons lui rendre visite demain.

Jeudi 9 mars

Notre visite à Edward fut un moment de joie. Il accueillit Anne avec chaleur, et Eleanor ne fut pas en reste. Edward et Anne se souvenaient l'un de l'autre à l'époque où il vivait à Monkford, et ils reparlèrent de ces années avec plaisir.

— Vous étiez au bal où Frederick et moi nous sommes rencontrés, dit-elle.

— C'était une rencontre de bon augure, répliqua Edward avec un sourire entendu.

— Ah…, balbutia Anne en rosissant.

— Il n'a pas cessé de me parler de vous. Je n'arrivais pas à le faire taire. Il ne pouvait parler de rien d'autre que de vous : votre beauté, votre intelligence, votre tendresse et votre charme. Il me décrivait son bonheur à être fiancé avec vous.

Eleanor sourit avec bienveillance, et Anne s'empourpra, car il devenait évident qu'Eleanor également était au courant.

— Je sais garder un secret, expliqua Edward, mais aucun homme ne peut dissimuler une chose pareille à sa femme. Eleanor n'a pas mis longtemps à deviner qu'il y avait eu une histoire entre vous, et je lui ai tout raconté. Je vous donne ma parole que je ne l'ai jamais évoqué devant quelqu'un d'autre, et j'espère que vous me pardonnerez cette unique indiscrétion.

Nous lui accordâmes notre pardon, et en vérité, le fait qu'Eleanor connaisse toute l'affaire rendait la conversation plus facile et plus libre. Nous nous entretînmes du passé, et nous souvînmes tendrement de l'été 1806. Comme tout s'était si bien arrangé, je pus repenser à cette époque sans chagrin, et même avec le plus grand plaisir.

Lundi 13 mars

Mr Elliot a quitté Bath ! Je suis surpris. Il est vrai qu'à présent qu'Anne et moi sommes fiancés, il n'a plus aucun prétexte pour se rendre à Camden Place, et ne peut donc surveiller Mrs Clay, mais je ne m'attendais pas à ce qu'il renonce aussi facilement. Il laisse la voix libre à Mrs Clay pour épouser sir Walter si elle parvient à lui plaire. Cela me semble assez probable, car sir Walter a une très bonne opinion d'elle. Je ne verrais pas cette union d'un bon œil, mais on n'y peut rien, et au moins, puisque j'emmène Anne au loin, elle n'aura pas à voir Mrs Clay à la place de sa mère.

Mercredi 15 mars

Ce matin, j'ai trouvé les résidents de Camden Place en état de choc, car Mrs Clay est partie !

— Où donc est-elle allée ? demandai-je à Anne.

— Personne ne le sait. Je suis aussi ignorante que vous. Elle a laissé une lettre à ma sœur, expliquant qu'elle avait été rappelée chez elle, sans donner de détails.

Elizabeth entra à cet instant, accompagnée de lady Russell.

— Quelle vile ingratitude ! souffla-t-elle avec colère. J'ai pris Mrs Clay sous mon aile, j'en ai fait ma confidente, et voilà comment elle me remercie !

Je vis lady Russell s'apprêter à parler, puis se raviser. De toute évidence, elle avait eu envie de rappeler à Elizabeth qu'elle l'avait mise en garde, mais avait préféré finalement ne rien dire.

— Partir sans me laisser le temps de me retourner, sans même me dire en face quelles étaient ses intentions ! J'espère que c'est une raison sérieuse qui requiert sa présence, et non quelque frivolité.

Anne et moi décidâmes d'aller nous promener, car l'atmosphère dans la maison était très inconfortable. Une fois dehors, je demandai à Anne comment elle s'expliquait le départ abrupt de Mrs Clay.

— Pensez-vous qu'elle ait compris que sir Walter ne l'épouserait jamais, et qu'elle ait donc choisi de ne pas gaspiller plus de temps, ou croyez-vous que Mr Elliot ait quelque chose à y voir ?

— Je crois plutôt que c'est cela.

— Il l'a peut-être soudoyée pour se tenir à distance de sir Walter. Il est bien décidé à être le prochain baronnet, et comme l'argent n'est pas un problème pour lui, ce ne serait qu'un faible prix à payer pour assurer son héritage.

Je me demandais ce que Mr Elliot pouvait lui avoir proposé pour la tenter de renoncer à rechercher un futur si florissant, mais je ne consacrai guère de temps à cette question. Mrs Clay ne m'intéresse que très peu. Ce qui m'intéresse, c'est Anne.

Vendredi 17 mars

Ce matin, j'ai reçu une lettre concernant la propriété de Mrs Smith aux Indes, et les nouvelles semblaient si prometteuses que je suis allé les lui communiquer. À ma grande surprise, elle m'annonça que Mrs Clay avait rejoint Mr Elliot à Londres, et vivait là-bas sous sa protection.

— Elle est sa maîtresse ? m'exclamai-je, stupéfait.

Mrs Smith acquiesça.

— Mais Mrs Clay est une femme intelligente. Je ne pense pas qu'elle se contente de rester sa maîtresse bien longtemps, dit-elle.

— Vous voulez dire qu'elle a pour objectif de l'épouser ?

— Je crois qu'elle a pour objectif d'épouser un baronnet, et que le futur baronnet fera aussi bien l'affaire que l'actuel.

— Je ne crois pas qu'il veuille l'épouser.

— Non ? S'il refuse, elle retournera tout droit chez sir Walter. Il lui suffirait de protester un peu de son innocence, de faire part de son indignation face aux mensonges que l'on a répandus sur elle, puis de le flatter, et la chose serait décidée.

Je me mis à sourire.

— L'idée me plaît. Je crois que Mrs Clay et Mr Elliot iront très bien ensemble. Ce sont deux personnes cupides et égoïstes, qui n'ont pas un seul principe de morale à eux deux.

— Et je préfère nettement savoir ces deux personnes loin des Elliot. Le père et la sœur d'Anne ont toujours été orgueilleux, et peu m'importe ce qu'il adviendra d'eux, mais je ne voudrais pas voir Anne blessée, en aucune manière.

Nous étions bien d'accord sur ce point. Je me rendis à Camden Place, où je trouvai Anne prête pour la promenade en voiture que nous avions projetée. Alors que nous sortions de la ville, nous discutâmes de tout ce que Mrs Smith m'avait révélé. Elle fut d'abord surprise, mais il ne lui fallut pas longtemps pour penser comme son amie que Mrs Clay pourrait bien parvenir à persuader Mr Elliot de l'épouser, après tout.

— Cela vous ennuierait-il ? lui demandai-je.

— Je n'aimerais pas la voir comme la nouvelle lady Elliot, mais en réalité, je doute que cela se produise, car nous aurons quitté la région d'ici là.

— À propos, j'ai entendu parler d'une propriété très prometteuse. Aimeriez-vous la voir ?

Elle était enchantée de cette idée, et après l'avoir ramenée à Camden Place, je pris les dispositions nécessaires.

Lundi 20 mars

Nous avons trouvé notre domaine. Il est exactement comme nous l'avions imaginé, une maison *Queen Anne* nichée dans une campagne verdoyante, avec une longue portion de côte et trois baies sablonneuses. Nous fûmes tous les deux séduits, et je signai aussitôt avec l'agent.

Nous rentrâmes dîner avec les Musgrove, où notre nouvelle reçut un accueil mitigé. Les Harville étaient enchantés ; Henrietta et Louisa voulurent savoir si cela signifiait que nous serions mariés avant elles, et Mary semblait vexée.

— Vous vous demandez pourquoi Mary est de si mauvaise humeur, devina Henrietta après le repas. Ce n'est pas très étonnant. Elle vous aimait bien, au début, parce que vous étiez assez riche pour qu'elle puisse s'enorgueillir de votre parenté, mais pas assez pour qu'Anne risque de l'éclipser. Elle avait devant elle la perspective d'hériter d'Uppercross Hall, une propriété importante que Charles recevra le moment venu, tandis qu'Anne n'avait rien de tel. Cela lui permettait de se sentir supérieure. Vous venez de lui retirer cette source de gratification par l'achat de votre domaine. Malgré tout, du moment que vous n'êtes pas baronnet, je pense qu'elle s'en remettra.

En effet, Mary ne tarda pas à retrouver son entrain.

— Vous pouvez choisir une date pour votre mariage, maintenant, suggéra Benjamin.

— Mariez-vous tôt. Pour notre part, nous nous marierons en mai, déclara Henrietta.

— Nous aussi, ajouta Louisa. Nous pourrions nous marier toutes les trois au mois de mai.

— J'ai envie de me marier en juin, objecta Anne.

Cela me fit plaisir, car même si j'apprécie les demoiselles Musgrove, je ne voudrais pas partager le jour de mon mariage avec elles.

— C'est une bonne idée, affirmai-je. J'ai une proposition à faire : nous pourrions nous marier le 9 ?

Anne rougit, car ce sera l'anniversaire de notre première rencontre.

— On dirait bien qu'elle est d'accord, commenta Benjamin avec un sourire.

— Alors c'est décidé ? demandai-je à Anne.

— Oui.

Juin

Vendredi 9 juin

Aujourd'hui, Anne et moi nous sommes mariés. Lorsque je la vis remonter la nef au bras de son père, je ne pensai plus aux années que nous avions perdues, mais à celles qui s'ouvraient devant nous. Elle avait ses sœurs comme demoiselles d'honneur, et l'église était remplie de fermiers des Elliot. Lady Russell était là, de même que Mrs Smith. Edward et Eleanor étaient assis à côté de Sophia et Benjamin. Harville était présent, ainsi que les Musgrove, tous venus nous apporter leurs vœux.

Après la cérémonie, nous retournâmes à Kellynch Hall pour le petit déjeuner de noces.

— Vous avez vu ? demanda Mary alors que nous sortions de la salle à manger. Papa a écrit dans *Généalogie de la noblesse anglaise*.

Anne prit le livre, et en effet, la nouvelle de notre mariage était notée de la main de sir Walter après la date de naissance d'Anne.

C'était une chose que je n'aurais jamais cru voir, mais, sous l'influence de lady Dalrymple, sir Walter a appris à respecter le grade de capitaine, ou du moins, à reconnaître que d'autres le respectent, et pour sir Walter, c'est suffisant.

Mais est-ce suffisant pour moi ?

Alors que nous sortions pour monter en voiture, je me pris à songer au futur.

— À quoi penses-tu ? me demanda Anne.

— Je me disais que j'étais encore jeune, et que j'avais le temps d'avancer encore dans le monde. Que dirais-tu de sir Frederick et lady Wentworth ?

— Je suis heureuse d'être Mrs Wentworth, mais comme tu réussis tout ce qui t'intéresse, je crois que je dois me faire à l'idée d'être lady Wentworth avant longtemps.

— Tu crois en moi ! dis-je, touché jusqu'au plus profond de mon être.

— Comme toujours.

— Alors, il ne me manque plus rien.

— Sauf d'être anobli, me taquina-t-elle.

— Être anobli pour commencer, et ensuite… qui sait ?

Je la fis monter en voiture et nous partîmes vers notre avenir.

Achevé d'imprimer en septembre 2013
Par CPI Brodard & Taupin - La Flèche (France)
N° d'impression : 3002179
Dépôt légal : octobre 2013
Imprimé en France
81121086-1